Sina Blackwood

Die Schlacht um Wildforest

Bibliografische Informationen der Deutschen Nationalbibliothek:
Die Deutsche Nationalbibliothek verzeichnet diese Publikation in der Deutschen Nationalbibliografie; detaillierte bibliografische Daten sind im Internet über http://dnb.de abrufbar.

Coverbilder: Czerwony smok nad ruinami twierdzy © Chorazin
Umschlaggestaltung: Sina Blackwood
Layout: Sina Blackwood

Herstellung und Verlag:
BoD – Books on Demand, Norderstedt
ISBN: 9783738632514

Prioritäten

Es war nicht das erste Mal, dass man die Jagdgesellschaft König Williams aus dem Hinterhalt angriff.

Bisher hatte der Regent kaum darauf reagiert, zumal es stets nur jene seiner Verwandten getroffen hatte, die sich sehr gut selber helfen konnten und welche die Zwischenfälle in gleicher Weise ignorierten.

Mehr Sorgen machten sich die Untertanen, die nicht verstanden, warum sich Sir William so zurückhielt. Während die einen schließlich gar munkelten, er sei zu feige, sich zu wehren, lobten die anderen seine Kaltblütigkeit. Aber auch dies ließ den König bestenfalls mit den Schultern zucken.

Menschen sind kurzlebig und das geschriebene Wort tut man schnell als Legende ab. Keiner ahnte, dass auf dem Thron ebenjener William saß, der schon vor 500 Jahren das Land regiert hatte. Wären die Untertanen nicht rundum zufrieden gewesen, dann hätten sie wohl schon lautstark um Auskunft ersucht, was den Herrscher so zaudern ließ.

Ein Tag im Juni sollte alles ändern.

Sir William war mit seinen beiden Söhnen und einem Neffen auf der Pirsch, als man sie mit einem wahren Pfeilregen aus dem Hinterhalt überschüttete. Die Begleiter der vier versuchten zwar, die Prinzen mit ihren breiten Schilden zu schützen, konnten es aber nicht verhindern, dass Vincent, der Ältere, schwer an der Schulter verletzt wurde.

In König Williams Augen begann ein gefährliches Feuer zu lodern. Er sprang vom Pferd und rannte, nur mit einem Schwert bewaffnet, in den Wald, wo sich die Angreifer versteckt hielten. Noch ehe sich die anderen von ihrem namenlosen Schreck erholt hatten, tauchte er in das Unterholz ein.

Im Bruchteil einer Sekunde schien der ganze Wald in Aufruhr zu sein. Angstschreie gellten auf, ganze Bäume knickten einfach um, als wüte ein Tornado zwischen ihnen. Die Männer glaubten sogar, das Brechen von Knochen vernommen zu haben. Dann stank es nach verbranntem Fleisch.

Während sich einige Ritter um die Prinzen kümmerten, beeilten sich die anderen, ihrem König zu Hilfe zu eilen. Noch bevor sie den Waldrand erreichten, trat Sir William blutüberströmt zwischen den Sträuchern hervor.

„Um Himmels willen, Sire!" Ritter Elliot starrte den König entsetzt an.

„Beruhigt Euch, meine Herren. Nicht ein Tropfen davon ist mein Blut." Er wandte sich seinem Sohn zu. „Ich habe sie es büßen lassen. Eurer Wunde wird sich Lady Brenda annehmen."

„Wir konnten die Pfeilspitze nicht entfernen", raunte ihm einer der Ritter ins Ohr. „Ich weiß nicht, ob er den Transport lebend überstehen wird. Sie steckt verdammt nah an der Schlagader."

William schloss die Augen. In seinem Inneren tobten die Gefühle. Es galt, das gut gehütete Geheimnis gegen das Leben seines Sohnes abzuwägen. Als er die Lider wieder öffnete, brannte in seinem Blick das gleiche Feuer wie vor dem Kampf im Wald.

„Sire!"

„Ihr habt mir Treue geschworen."

„Bis in den Tod!" Die Ritter knieten nieder.

William nickte ihnen zu. „Entfernt Euch alle ein paar Fuß von Vincent und mir, es könnte ungemütlich werden."

„Was habt Ihr vor, mein Herr?"

„Keine Zeit für Erklärungen, ich versuche, meinem Sohn das Leben zu retten."

Im nächsten Augenblick hockte ein gigantischer schwarzer Drache auf der Wiese, der behutsam nach dem Schwerverletzten griff. Als er mit machtvollen Flügelschlägen abhob, wirbelten die Ritter wie Strohpuppen durcheinander.

Elliot hatte sich zuerst vom Schock erholt. „Wusstet Ihr es?", wandte er sich an die Prinzen.

Beide nickten.

„Nur Vincent war nicht informiert", schränkte Andrew, der jüngere Bruder, ein.

Die Ritter schauten ungläubig und Elliot sprach aus, was alle dachten: „Ausgerechnet der Älteste soll es nicht gewusst haben? Warum?"

„Er ist ein Mensch", platzte Andrew heraus. Dann hielt er sich erschrocken den Mund zu, während sein Cousin verschüchtert grinste.

„Ihr nicht?", hakte Elliot sofort nach und erntete betretene Gesichter. Sowohl die Prinzen als auch die Ritter fühlten sich nicht ganz wohl in ihrer Haut.

Sir Elliot schüttelte beinahe amüsiert den Kopf. „Meine edlen Herren Prinzen, ich habe nicht nur dem König ewige Treue geschworen, sondern seinem ganzen Clan. Solltet Ihr das gleiche Geheimnis hüten, dann kann es mir nur recht sein. In diesem Fall muss ich mir weniger Sorgen machen und kann mich mehr auf Sir Vincents Schutz konzentrieren."

„So soll es sein", erklärte Sir Kenneth, Lady Brendas Sohn feierlich, womit er indirekt zugab, sich in einen Drachen verwandeln zu können.

Nichtsdestotrotz scharten sich die Ritter auf dem Heimweg schützend um die jungen Prinzen, wie es ihnen der König befohlen hatte.

Dann trafen sie allerorten auf Menschen, die entsetzt berichteten, sie hätten einen Drachen gesehen, der einen leblosen Menschen in den Krallen trug.

Wer würde wohl der Nächste sein, den sich der schwarze Riese holte, um ihn aufzufressen?

„Narren!", schimpfte Sir Elliot, glättete mit wohlgesetzten Worten die Wogen und stimmte die Entsetzten günstig für den Drachen, der alles versuchte, den Sohn ihres Königs zu retten. „Ihr solltet dankbar sein, dass es ihn gibt. Niemand kann uns besser gegen Feinde beistehen."

Lady Brenda hatte die Verwandlung ihres Bruders gespürt und seine telepathischen Nachrichten empfangen. Sie wies die Wachen an, den geflügelten Riesen in Ruhe im Burghof landen zu lassen und sich ja nicht in seine Nähe zu wagen.

So ging die Rückverwandlung ohne lästige Zeugen vonstatten und Sir William eilte, seinen Sohn auf den Armen, in die Burg, wo Lady Brenda schon Salben, Pasten und Tinkturen bereithielt.

Eine kurze Untersuchung genügte, ein Blick zu ihrem Bruder, dann nahm ihre Haut einen milchweißen Schimmer an, der überdeutlich die hervortretenden Drachenschuppen betonte.

Übertragt ihm Lebenskraft, hörte er es in seinen Gedanken wispern, als sie mit einer Zange die Pfeilspitze aus Vincents Fleisch zog.

Sir William stellte sich ans Kopfende des Bettes, legte beide Hände an die Schläfen seines Sohnes und gab ihm reichlich von seiner unermesslichen Kraft ab.

Lady Brenda spülte die tiefe Wunde mit einem Sud aus Kräutern, verband sie fachgerecht und flößte ihrem Neffen tropfenweise ein starkes Schlafmittel ein.

„Nun heißt es warten und hoffen", seufzte sie.

Ehe sie dazu kam, nach dem genauen Hergang des Unglücks zu fragen, traf die Schar der Reiter ein. Der König ließ alle sofort zu sich rufen, um sowohl die Ritter als auch die Clanmitglieder allumfassend zu informieren.

Offenbarungen

„Lady Brenda hat die Pfeilspitze entfernt und meinen Sohn in einen heilenden Schlaf versetzt", begann er. „Ihr, edle Ritter, dürft Euch erheben", fuhr er fort, denn die Geharnischten hatten noch immer ein Knie auf den Boden gestützt und die Köpfe gesenkt. Er deutete auf Bänke, die den Raum einsäumten. „Setzt Euch! Ich werde Euch jetzt mit Informationen überhäufen, die Euer Weltbild gehörig ins Wanken bringen werden."

Die Ritter beeilten sich, dem Wunsch Folge zu leisten, legten die Waffen und Helme ab. Als Ruhe einzog, sprach der König weiter.

„Nachdem wir Drachen seit vielen Generationen unerkannt unter Euch gelebt haben, ist nun endgültig der Zeitpunkt gekommen, uns zu erkennen zu geben."

Er schaute in die sehr gefasst wirkende Runde, nickte den Prinzen zu und meinte dann: „Ich merke schon, dass Ihr einen kleinen Teil erfahren habt. Dies erleichtert es mir, frei darüber zu sprechen, weil Ihr zumindest alle schon die Tatsache akzeptiert, dass es uns gibt und wir nichts Böses im Schilde führen. Sogar im wahrsten Sinne des Wortes."

Lächelnd ließ er die Fingerspitzen über einen der an der Wand lehnenden Schilde gleiten, den das Wappen mit dem Drachen zierte.

„Ich herrsche seit mehr als 500 Jahren über dieses wundervolle Land und ich habe nicht vor, es mir von irgendwelchen Schurken wegnehmen zu lassen.

Das Gerede, ob ich denn zu feige sei, gegen die Nachbarn vorzugehen, wenn sie in unser Land eindringen, kenne ich. Spätestens seit heute dürfte der Letzte unter Euch wissen, dass ich mich aus völlig anderen Gründen gezügelt habe.

Ich werde, nun wo alle wissen, dass uns ein Drache hilfreich zur Seite steht, mit aller Härte gegen jegliche Übergriffe vorgehen. Ob als Mensch oder in Gestalt des Drachen, wird die jeweilige Situation bestimmen."

Er legte Andrew und Kenneth von hinten die Hände auf die Schultern.

„Diese beiden und Lady Brenda sind ebenfalls Drachen. Wobei Lady Brenda derzeit der mächtigste Drache ist. Zudem ist sie nicht meine Schwester, wie man zu wissen meint. Sie ist meine älteste Tochter und somit ist Kenneth einer meiner zahlreichen Enkel."

Sir Elliot kratzte sich am Kinn. Der König hatte nicht übertrieben. Es galt tatsächlich, das ganze Weltbild neu zu ordnen.

„Ihr werdet unseren Stammbaum studieren müssen, Sir Elliot, wenn Ihr halbwegs klar sehen wollt", schmunzelte Sir William. „Ich befehle es Euch nicht. Ich stelle Euch dies frei."

Das zustimmende Gemurmel zauberte Grübchen auf Lady Brendas Wangen. „Ich stehe Euch gern zur Verfügung, da mein Vater in den nächsten Tagen andere Sorgen als Familiengeschichte haben wird."

Sir William stimmte zu. „Das kommt mir sehr entgegen. Ich werde mich unserer beiden Jungspunde annehmen und Vincent um Verzeihung bitten müssen, ihn nicht eingeweiht zu haben."

Versonnen sah er aus dem Fenster, um etwas leiser zu berichten: „Die meisten aus meiner langen Ahnenreihe sind Menschen. Und nicht alle sind mir unbedingt ergeben. Als Drache werden nur wenige geboren. Wobei alle unsere Nachfahren die Anlagen haben, sich zu Drachen entwickeln zu können. Nur ist nicht jeder dazu in der Lage. Wer sich bis zum 20. Lebensjahr nicht verwandelt hat, der wird in der Regel auch kein Drache mehr."

„Dann besteht für Euern Ältesten also noch ein winziger Funken Hoffnung?", wagte Sir Elliot zu fragen.

Der König nickte kaum merklich. Vincent war 19. Er frönte lieber der Dichtkunst und der Musik, als sich im Waffenhandwerk zu üben. Mit einer Handbewegung wischte Sir William die Gedanken beiseite.

„Meine Herren, ab morgen werdet Ihr ein besonderes Kampftraining bekommen. So können die beiden prinzlichen Heißsporne auch gleich zeigen, ob sie würdig sind, mit in die kommende Schlacht ziehen zu dürfen. Meine Herren Ritter, haltet Eure Ohren offen und die Münder geschlossen. Es werden harte Zeiten kommen."

Er entließ sie für den Augenblick mit einer kurzen Geste und hielt nur Ritter Elliot, seinen besten Mann, zurück.

„Euch erwarte ich nach Einbruch der Dunkelheit im hinteren Burghof beim alten Kerker. Kleidet Euch warm und verzichtet auf jegliche Panzerung." „Ein Dolch reicht!", rief er ihm noch nach, als Elliot schon fast die Tür hinter sich geschlossen hatte.

„Was für ein Training habt Ihr für uns vorgesehen?", bestürmten ihn die Prinzen.

Sir William lachte. „Wie ich schon sagte - Heißsporne. Ihr werdet es zum gleichen Zeitpunkt wie die anderen erfahren."

Milde lächelnd macht er sich auf, seinen verwundeten Sohn zu besuchen.

Prinz Vincent lag mit schmerzverzerrtem Gesicht im Bett. Die sedierende Wirkung der Kräuter hatte nachgelassen und er freute sich, etwas abgelenkt zu werden.

„Nun, mein Sohn, musstet Ihr am eigenen Leibe erfahren, dass jene, die keine Waffen tragen, trotzdem durch welche umkommen können", seufzte der König. „Wie fühlt Ihr Euch?"

„Unschön. Wie ein aufgespießter Eber. Zudem denke ich die ganze Zeit darüber nach, warum nur mich ein Pfeil getroffen hat. Sie fielen doch fast wie Regentropfen vom Himmel."

„Das ist es, worüber ich mit Euch sprechen möchte, selbst wenn es Euch zutiefst kränken könnte, warum ich es erst heute wage. Was ist das Letzte, woran Ihr Euch erinnern könnt?"

„Dass die Ritter die Schilde nach oben rissen, dann ein Zischen, ein Schmerz und mehr weiß ich nicht."

„Ganz sicher?"

„Der Rest muss eine Fieberfantasie gewesen sein …"

„Erzählt es mir trotzdem", bat der König.

„Nun, ich glaube, einen Drachen gesehen zu haben. Er hat mich mit seinen Krallen sanft und sicher durch die Lüfte hierher getragen", erklärte Vincent mit stockender Stimme.

„Diesen Drachen gibt es wirklich und er hat Euch tatsächlich nach Hause gebracht, damit Euch Lady Brenda retten konnte."

„Was?! Wo kam er so plötzlich her und warum haben wir nie von ihm gehört?" Prinz Vincent versuchte, den Kopf zu heben.

11

Sir William biss sich auf die Unterlippe. „Ihr kennt den Drachen und habt seit 19 Jahren täglich mit ihm zu tun. Ich will es kurz machen – ich bin der Drache."

Vincent wusste nicht, ob er lachen oder weinen sollte. Vielleicht hatte sein Vater im Kampf ja einen Schlag auf den Kopf erlitten. Anders konnte er sich den Unsinn nicht vorstellen, den dieser soeben von sich gegeben hatte.

William begann schallend zu lachen. „Mein Sohn, ich habe weder eins auf den Helm bekommen, noch zu tief in den Weinbecher geschaut. Und ganz nebenbei bemerkt kann ich die Gedanken der Menschen lesen."

„Oh weh!" Vincent wurde noch eine Spur blasser, als er durch den hohen Blutverlust schon war.

„Ich, an Eurer Stelle, würde mich auch für verrückt geworden halten", erklärte der König milde.

„Ihr meint das offenbar alles ernst. Bitte lasst Lady Brenda holen!"

„Die übrigens nicht Eure Tante, sondern Eure älteste Schwester ist", warf der König ein, als er den Befehl gab, Brenda zu rufen.

Vincent fasste sich an den Kopf. Er fürchtete ernsthaft, jeden Augenblick die Fassung zu verlieren.

Lady Brenda trat mit einem amüsierten Kichern ein. „Mein lieber Sir Vincent, Ihr lasst einen zweiten Drachen rufen, Euch gegen den Ersten beizustehen? Eine interessante Entscheidung."

Vincent klappte der Mund auf. „Ihr … Ihr … Ihr auch … ist das eine Verschwörung?"

„Nein, Euer Vater versucht nur, Euch endlich die Augen zu öffnen." Sie schloss die Lider und bildete die milchweiße drachenschuppige Haut aus. „Genügt das als kleiner Beweis, dass auch ich ein Drache bin?"

12

„Darf ich Euch berühren?", hauchte Vincent.

„Natürlich!" Sie hielt ihm eine Hand entgegen, die der junge Prinz beinahe verzückt betastete.

Der König rückte ihr einen Stuhl zurecht und ließ sich auf den Zweiten sinken.

„Ihr seid wirklich meine Schwester und nicht meine Tante?", hörte er seinen Sohn fragen.

„Richtig, mein Prinz. Wir werden Euch in den nächsten Tagen in alles einweihen. Bitte seid uns nicht gram, weil wir die ganzen Jahre geschwiegen haben."

„Und was ist mit Andrew und Kenneth?"

„Sie sind beide Drachen", antworteten Lady Brenda und Sir William wie aus einem Mund.

Diesmal huschte ein winziges Lächeln über das Gesicht des Schwerverletzten. „Das war zwar nicht die Absicht meiner Frage, aber die Antwort erstickt viele andere Gedanken gleich im Keim."

„Ihr müsst schnell zu neuen Kräften kommen." Lady Brenda ließ ihre Drachenhaut wieder verschwinden, entzog ihm aber ihre Hand nicht.

Vincent drückte diese vorsichtig. „Danke, meine große wundervolle Schwester." Er schloss die Augen und schlief im selben Moment ein.

„Er wird die Wahrheit verkraften. Nun wird unser Schöngeist wohl von gigantischen Drachen und deren Abenteuern träumen", sinnierte sie. „Gehen wir." Sie zog Sir William an der Hand aus dem Zimmer.

„Ihr wollt heute Nacht mit Sir Elliot fliegen, vermute ich", sagte sie auf dem Flur.

„Genau das habe ich vor." Sir William stützte sich auf das Fensterbrett und schaute der Sonne nach, die langsam ihre Bahn vollendete.

„Daran tut Ihr gut. Er ist der Vertrauenswürdigste unter den Menschen. Unseren gesamten Clan habe ich informiert. Die Blackstones und Whitecastles sind bereit, uns beizustehen."

„Ausgezeichnet!"

„Die Drachen aus Wildforest treffen morgen hier ein."

Sir William schaute Lady Brenda neugierig an. „Was bewegt sie dazu?"

„Die alte Dankbarkeit. Sie sind halt so."

„Dabei bin ich derjenige, der dieser Familie des Clans beinahe alles zu verdanken hat."

Brenda schmunzelte. „Also auch alte Dankbarkeit."

„Unbedingt. Deshalb werde ich auch besonders aufpassen, dass Sir Elliot, der beste menschliche Spross aus jenem Hause, bei unserem kleinen Ausflug nicht zu Schaden kommt."

Der König schlenderte mit ihr weiter bis zum Palas, wo er sich mit einer angedeuteten Verbeugung verabschiedete.

Ritter Elliot kontrollierte gerade, ob sein neuer Knappe den Harnisch ordentlich geputzt und geölt hatte. Die Kleidung für den Abend lag schon bereit. Als er nach seinem Dolch fassen wollte, spürte er einen stechenden Schmerz hinter der Stirn, gleichzeitig hörte er deutlich die Stimme des Königs in seinem Kopf: *Wenn Ihr bereit seid, kommt sofort zum Kerker.*

Elliot zog ungläubig-erstaunt die Augenbrauen zusammen und hoffte, dass sein Herr die gedachte Antwort hören konnte: *Ich gehorche, mein König. In wenigen Augenblicken bin ich bei Euch.*

„Du hast jetzt schon dienstfrei", wandte er sich an den Knappen. „Mich rufen dringende Geschäfte."

Den Dolch umschnallend und einen warmen Umhang überwerfend, eilte er zum vereinbarten Treffpunkt, wo der König tatsächlich auf ihn wartete.

„Ihr seid begabt", lobte der und verwandelte sich ohne Vorwarnung in den Drachen. *Steigt auf meinen Rücken und haltet Euch an meinen Hörnern fest.*

Sir Elliot hätte niemals zu widersprechen gewagt. Er nahm die dargereichte Klaue als Steighilfe dankbar an und wusste sofort, dass er gleich ein atemberaubendes Abenteuer erleben werde.

Mit mächtigem Schlag der dunklen Schwingen stieg der schwarze Drache beinahe senkrecht in den Himmel. Die anfängliche Furcht des Ritters wich rasch der Neugier und er betrachtete mit leuchtenden Augen das weite Land unter sich.

Die letzten Sonnenstrahlen verwandelten den Fluss in ein goldgleißendes Band, in den Fenstern der Hütten rings um die Burg glimmten erste Lichter auf und weiße Rauchfahnen stiegen in den Himmel.

„Grandios", murmelte er beeindruckt.

Ich weiß, wie Ihr Euch fühlt. Ich selber habe dieses Bild vor fast 300 Jahren zum letzten Mal gesehen. Ich hatte schon fast vergessen, wie wundervoll es ist, fliegen zu können. Die Menschen werden sich wieder an den Anblick durch die Lüfte gleitender Drachen gewöhnen müssen.

„Das werden sie gewiss tun", versprach Elliot, den Flug mit allen Sinnen genießend.

Auf einer kleinen Wiese, fernab jeder Zivilisation landete der Drache und Sir Elliot sprang von seinem Rücken.

Jetzt zeige ich Euch, was wir noch für Fähigkeiten haben. Im selben Augenblick loderte eine gigantische Flamme in den nächtlichen Himmel. Als Nächstes griff der Drache nach einem Baum, riss ihn ohne Mühe aus und biss den fast meterdicken Stamm einfach durch. Einen herumliegenden Felsbrocken in der Größe eines Schafes zerquetschte er zwischen seinen Pranken. Dann verwandelte er sich zurück in menschliche Gestalt.

„Es wäre mir ein Leichtes, missliebige Menschen zu beseitigen. Nur ist es nicht das, was wir Drachen wollen. Im Grunde genommen wollen wir nichts weiter, als in Ruhe gelassen werden. Reizt man uns aber so, wie es seit vielen Monaten geschieht, dann ist auch unser Maß voll. Dass man meinen Sohn heute fast getötet hätte, ist der genau jener Tropfen, der das Fass zum Überlaufen bringt.

Ruft die waffentauglichen Männer zusammen! In vier Wochen ziehen wir gegen König Wenzel zu Felde. Bis dahin werden die Prinzen und zwei ausgewählte Ritter eingespielte Teams sein."

„Darf ich fragen, wie viele Drachen es gibt?"

„Nie mehr als 49. Das scheint eine magische Grenze zu sein, die wir nicht überschreiten können. Aktuell gibt es 42 von uns. Ich bin einer der ältesten noch lebenden Drachen, wobei sich meine Zeit langsam dem Ende nähert."

„Sire!"

„Keine Bange! Falls man mich nicht auf perfide Art mit einer Speerschleuder ermordet, dann kann ich sogar Euch noch für wenige Jahre überleben. Ihr habt Euch oft gefragt, warum ich Euch schon als Knappen auf meine Burg und persönlich unter meine Fittiche genommen habe, obwohl andere damals körperlich geeigneter waren. Aus Dankbarkeit für Euren Ahnherrn Ken.

Er hat mich indirekt zum Drachen werden lassen. Ich habe ihm, als ich durch seinen Turniersieg über den alten König, dessen Platz einnehmen konnte, die Ländereien zurückgegeben, die ihm mein Vorgänger geraubt hatte. Es ist eine lange Geschichte, die ich Euch irgendwann in einer sentimentalen Stunde erzählen werde.

Jedenfalls schlummerten schon als Knabe in Euch die Kraft und das Feuer der Brennigans of Wildforest, was Ihr seit jenem ersten Tag bei mir immer genutzt habt, um überall der Beste zu werden. Aber fliegen wir zurück. Sonst vermisst man uns noch."

Von Menschen unbemerkt erreichten sie die Königsburg, wo sich Sir Elliot mit sehr bewegten Worten für all das Gute bedankte, das ihm immer wieder von der Königsfamilie zuteil wurde.

Auf dem Weg zu seinen Räumen erschreckte ihn, wie schon so oft, Lady Brenda, die gerade noch einmal nach Vincent gesehen hatte und aufgrund ihrer scharfen Drachenaugen keine Kerze mitgenommen hatte. Heute musste Elliot, eingedenk dessen, was er alles erfahren hatte, über die Begegnung schmunzeln, während es ihm diese bisher ziemlich suspekt erschienen waren.

Einen Quergang weiter rannten ihn fast die beiden Prinzen über den Haufen, die wohl wieder irgendwelche Streiche ausgeheckt hatten, was ihn zu dem Ausruf veranlasste: „Himmel, hier muss irgendwo ein Nest sein!"

„Ein Drachennest, Sir Elliot!" Die beiden wollten kichernd davonhuschen.

„Halt! Müsstet Ihr nicht in Euren Betten liegen und Kraft für das Training morgen sammeln? Auch junge

Drachen sollten ihren Eltern gehorchen. Besonders wenn es sich dabei um den König und seine Familie handelt."

„Ihr habt recht", murmelte Andrew. „Es war dumm von uns, jetzt, wo es Krieg geben kann. Verzeiht uns bitte."

„Ich lasse ausnahmsweise Gnade vor Recht ergehen." Er sah den beiden hinterher, die sich den Rüffel sehr zu Herzen nahmen. Ihr Verhalten war wenig geeignet, sie bald in den Ritterstand zu erheben. Drachen hin oder her.

Sondierungsgespräche

Am nächsten Morgen erschien sogar Vincent mit am Tisch, obwohl er ziemlich die Zähne zusammenbeißen musste. Ritter Elliot schwieg wie ein Grab über das Zusammentreffen mit den beiden anderen, die sich auffallend bemühten, keine dummen Sprüche von sich zu geben und sich auch sonst verdächtig mustergültig verhielten.

„Gibt es etwas, das ich wissen sollte?", fragte König William schließlich, der sich keinen Reim auf die plötzliche Zahmheit der Wildfänge machen konnte.

Andrew spitzte die Lippen. „Sir Elliot hat uns gestern Nacht beim Herumgeistern erwischt und gründlich den Kopf gewaschen."

„Oha."

Kenneth zupfte sich an der Nasenspitze. „Was er gesagt hat, ist eigentlich harmlos, aber ziemlich tief gegangen." Er berichtete in genauem Wortlaut, was sich ereignet hatte. „Wenn es Krieg gibt, dann leiden die Menschen. Wir Drachen sind ziemlich gut geschützt", fügte er noch hinzu. „Das hat uns sehr zu denken gegeben."

„Ihr wollt doch nicht etwa wirklich erwachsen werden?", rief Lady Brenda überrascht.

„Wollen wir. Und wir werden verdammt ernst nehmen, was uns Sir Elliot heute beim Training zu sagen hat."

„Wo steckt Ritter Frederik?", fragte der König, weil ein Platz leer geblieben war.

„Er ist gestern Abend fortgeritten und noch nicht zurückgekehrt", erwiderte Sir Kenneth. „Er hat den Weg nach Osten eingeschlagen."

„Seltsam", murmelte der König. „Ich wollte ihn heute zum Schutz meines Sohnes hierlassen."

„Dagegen hätte ich mich mit einer Hand und zwei Füßen gewehrt", ließ sich Vincent vernehmen.

Auf die verdatterten Mienen nickte er heftig.

„Was habt Ihr gegen ihn vorzubringen?", fragte der König sofort.

„Ihr habt mich gestern gefragt, woran ich mich erinnern kann – da ist noch etwas …" Prinz Vincent verzog angewidert das Gesicht. „Sein schadenfrohes Grinsen, als ich am Boden lag."

„Diese Anschuldigung wiegt schwer." König William schaute seinen Sohn prüfend an, der diesem Blick standhielt.

„Seht mir in die Augen!", forderte ihn Lady Brenda auf und der Prinz gehorchte ohne Zaudern. Nach wenigen Sekunden schüttelte sie deutlich sichtbar ärgerlich den Kopf. „Sir Vincent spricht die Wahrheit. Kein Zweifel, Sir Frederik ist ihm nicht wohlgesonnen."

Entgegen jeder Etikette sprangen die meisten Ritter auf und redeten wild durcheinander.

„Ruhe!", rief Sir Elliot. „Wir sind hier an des Königs Tafel und nicht im Gänsestall!"

„Sein Wort hat Gewicht", stellte Prinz Kenneth trocken fest, als sich die aufgescheuchten Edelleute schlagartig beruhigten.

„Also wird er heute hierbleiben", legte der König fest und wandte sich gleichzeitig telepathisch an Sir Elliot:

Euch wird trotzdem nichts entgehen. Wir beide machen in der Nacht einen kleinen privaten Ausflug.

Ich danke Euch, mein Herr. Sir Elliot neigte den Kopf, zum Zeichen, dass er sowohl die Botschaft verstanden habe, als auch dem Befehl folgen werde.

„Dagegen habe ich nichts einzuwenden", freute sich Prinz Vincent.

Elliot, nur wenige Jahre älter als er selber, hatte niemals die Nase gerümpft, wenn der Prinz zu Feder und Pergament, statt zu Harnisch und Schwert griff. Im Gegenteil, er hatte sich die Texte angehört und manchmal sogar großartige Änderungsvorschläge gemacht.

Vincent beschrieb Turniere so plastisch, dass Elliot geradezu den Staub schmecken konnte, den die Pferdehufe aufwirbelten. Der eine schätzte des anderen Kunst, was auf Gegenseitigkeit beruhte.

Er ist auch die beste Wahl, um unsere Gäste zu empfangen und zu unterhalten. Lady Brendas Gesicht zeigte keine Regung, als sie sich mit ihrem Vater absprach.

Eine Stunde später ritten alle schwer bewaffnet vom Hof, von Sir Elliot mit den Augen verfolgt, bis sie im nahen Wald verschwanden.

Lady Brenda ließ ihn ins Krankenzimmer des Prinzen rufen. „Damit ich nicht alles doppelt erzählen muss", sagte sie lächelnd. „In wenigen Minuten werden nämlich Gäste aus Wildforest kommen. Sie überfliegen soeben unsere Landesgrenze und steigen gleich auf ihre Pferde, um nicht aufzufallen."

„Es kommen Drachen?", staunte Vincent, als Elliot das Gleiche dachte.

Brenda nickte. „Ja, sie sind heute Morgen aufgebrochen, um Euch am Krankenlager Mut zu machen und uns gegen die Feinde beizustehen."

„Aber sollte Vater dann nicht lieber hier sein?"

„Es ist wichtiger, die Ritter das Fliegen mit den Drachen zu lehren, als zu repräsentieren", stellte Lady Brenda klar. „Sir Elliot hat vermutlich letzte Nacht seinen ersten Flug absolviert."

„Wirklich?" Prinz Vincent schaute den Ritter ehrfürchtig an.

„Eure Schwester hat recht. Wir haben einen weiten Flug unternommen und Euer Vater zeigte mir die unglaublichen Kräfte der Drachen. Den majestätischen Anblick des schwarzen Riesen und die Gluthitze der gigantischen Flamme werde ich wohl niemals mehr vergessen. Ich ahne, was im Wald geschehen ist, als er die Feinde ganz allein niederstreckte."

„Sie sind da." Lady Brenda erhob sich.

„Ich habe keine Pferdehufe auf der Zugbrücke gehört", wagte Vincent, zu widersprechen und wurde von dem trommelnden Geräusch, das plötzlich einsetzte, regelrecht mundtot gemacht.

„Widersprecht nie einem Drachen!", blinzelte Elliot. „Kommt, ich bringe Euch in den Rittersaal."

Lady Brenda war ihnen flinken Fußes dahin vorausgeeilt.

Sir Elliot stützte den Prinzen auf dem Weg zum Saal und wie dieser glaubte er zu träumen, als er sah, wer erschienen war, und sich als Drache zu erkennen gab.

Als der letzte Gast den Saal betrat, machte Sir Elliot ganz den Eindruck, als ginge er jeden Augenblick ohnmächtig zu Boden. „Vater???"

Prinz Vincent reichte ihm die Hand. „Wenigstens bin ich nun nicht der einzige menschliche Sohn, der im Schockzustand ist."

„Nur überwinde ich ihn schneller." Sir Elliot blinzelte dem Prinzen beinahe fröhlich zu. „Ich bin unglaublich stolz, der Sohn eines Drachen zu sein." Er erwiderte die innige Umarmung seines Vaters.

Die Gäste ihrerseits staunten, dass Lady Brenda den jungen Ritter ganz selbstverständlich in alle Gespräche einbezog.

„Er ist die rechte Hand meines Vaters, sein Vertrauter, Berater und bester Kämpfer. Und er ist auch der erste Ritter an diesem Hof, der mit seinem Drachenkönig geflogen ist. Wir vertrauen ihm wie uns selbst. Er ist ein Mensch mit dem Herz eines Drachen.

Zudem ist er der Einzige, dem auch mein Bruder Vincent volles Vertrauen schenkt. Erst recht nach dem unschönen Vorfall von gestern. Heute wissen wir, es könnte einen Verräter in unseren Reihen gegeben haben. Er hat möglicherweise sogar den Feinden verraten, wann und wo die Jagdausflüge stattfinden sollten."

„Von wem sprecht Ihr?"

„Von Sir Frederik", erwiderte Lady Brenda. „Er ist seit gestern, seit der Verwandlung meines Vaters, verschwunden. Sicher nicht, weil ihn der Anblick eines Drachen zu Tode erschreckt hätte." Sie erzählte, was sie von Prinz Vincent erfahren und in seinen Augen gesehen hatte.

„Seid Ihr sicher, dass er ein Verräter ist?", fragten einige.

Lady Brenda schüttelte den Kopf. „Nein. Sicher ist nur die Häme, die er für meinen verletzten Bruder zeigte, und dass ich ihn belauern werde, sollte er wieder auftauchen. Bis sich alles klärt, wird Sir Elliot in der Hauptsache den Schutz Vincents übernehmen, wie er es Andrew und Kenneth gegenüber schon erklärt hat."

„Ist es mir erlaubt, die Runde zu verlassen?", bat Vincent. „Ich bin der angreifbarste Punkt und möchte nicht aus Unvermögen zum Verräter an der Familie werden."

„Wie meint Ihr das?", fragte Sir Elliot.

„Mich plagen seit Stunden Ahnungen, die ich nicht beschreiben kann. Was ich nicht weiß, kann im Ernstfall auch keiner aus mir herauspressen."

Sir Elliot fasste nach Vincents gesundem Arm. „Ich bringe Euch in Eure Gemächer."

„Eine weise Entscheidung", bemerkte Lady Faye of Blackstone and Wildforest, als sich die Tür geschlossen hatte. „Zwar ist er kein Krieger, aber in ihm steckt das Herz eines Löwen. Hat er öfter Visionen?"

„Heute zum ersten Mal", murmelte Lady Brenda angestrengt überlegend.

„Drachenmagie, meine Liebe." Oliver of Wildforest, der Vater Sir Elliots deutete all umfassend in die Runde. „In der Nähe so vieler Drachen ist das für den Sohn eines Drachen nicht verwunderlich, darauf irgendwie zu reagieren."

Sir Elliot kam zurück. „Ich habe ihn zu Bett gebracht und zwei Wachen vor seiner Tür postiert. Sie sind instruiert, mich sofort zu rufen, sollte ihn irgendjemand, außer der Familie, sprechen oder besuchen zu wollen."

„Danke, Sir Elliot. Hervorragend", sagte Lady Brenda erleichtert. „Ich nehme seine Worte ebenfalls sehr ernst."

Ob Sir Elliot auch ahnt, dass Vincent nicht König werden kann, hörte Brenda die Stimme Fayes.

Sie bekam zur großen Verblüffung der Anwesenden von Sir Elliot selber die Antwort. „Ich denke, das dürfte ich gestern Nacht begriffen haben. Wenn Sir William seit über 500 Jahren auf diesem Thron sitzt und mich auch noch überlebt, wie er mir sagte, dann ist eine Thronfolge durch den menschlichen Sohn Vincent ausgeschlossen. Es sei denn, man meuchle den König mit einer Speerschleuder. Und das werde ich, solange ich lebe, zu verhindern suchen."

„Ihr könnt unsere Gedanken hören?"

„Laut und deutlich. Mein König hat es mich gestern gelehrt, es bewirkt oder was auch immer man dazu sagen soll." Sir Elliot strahlte Lady Faye regelrecht an.

„Vor Euch muss man sich also in acht nehmen." Sie drohte ihm scherzhaft mit dem Finger.

Nur bei Liebesgeflüster, gab er mit unbewegter Miene zurück, worauf Faye in herzhaftes Lachen ausbrach.

„Ihr wäret durchaus ein Kandidat, um über Liebesgeflüster nachzudenken, mein Herr Ritter", bekam er laut zur Antwort und wurde rot wie eine reife Tomate.

„Es steht Euch!", lachte Lady Brenda, während Sir Elliot mühsam versuchte, eine unbefangene Miene aufzusetzen.

Die Männer hoben die Augenbrauen und grinsten amüsiert, besonders Sir Oliver. Der wusste genau, dass sich Lady Faye selten Späße auf Kosten anderer erlaubte. Hier schien ein Blitz aus heiterem Himmel einen Drachenpanzer durchschlagen zu haben. Sie hatte offen zugegeben, ernsthaftes Interesse an dem schmucken, hoch gelobten Ritter zu haben.

Wie die Versammelten reagierten, zeigten Sir Elliot auch, dass man ihn nicht zur Zielscheibe irgendwelcher Spötteleien auserkoren hatte. So nahm er wieder an der Tafel Platz und trug mit den anderen akribisch militärische Details zusammen, die diese aus der Luft völlig anders beurteilt hatten.

„Ihr könnt stolz auf Euern Sohn sein, Sir Oliver." Faye schaute mit ihm zum Fenster hinaus, als Sir Elliot seinen König auf dem Burghof empfing.

„Das bin ich, Lady Faye. Seine wenigen Möglichkeiten, ein wirklich großer Mann zu werden, hat er genutzt. Was gibt es Höheres für einen Menschen, als der beste Ritter und Vertrauter des Königs und seine Familie zu sein? Schade, dass ich ihn nur alle drei Jahre sehen kann."

„Das dürfte sich rasch ändern, wenn es wieder als normal gilt, Drachen fliegen zu sehen."

Faye schenkte Sir Elliot ein warmherziges Lächeln, als sein Blick zufällig das Fenster streifte.

Ich würde Euch gern meine Zeit widmen, Mylady, nur wissen wir beide, dass das im Angesicht eines Krieges nicht den Vorrang haben darf.

Fayes Lächeln verstärkte sich. *Ich habe Zeit. Viel Zeit sogar, um auf den richtigen Moment warten zu können. Ihr müsst mir nur versprechen, immer gut auf Euch aufzupassen.*

Ich werde es versuchen, erwiderte Sir Elliot.

Er wusste nicht, ob einer der Drachen dem Gespräch gelauscht hatte und wenn, dann wäre es ihm ziemlich egal gewesen. Seine Aufgabe war, das Königshaus zu schützen. Persönliche Dinge mussten warten. Einer hübschen und zudem überaus einflussreichen Dame, wie Lady Faye, hätte er auch niemals Hoffnungen

26

gemacht, die er dann nicht zu erfüllen bereit gewesen wäre.

Der König zog Sir Elliot unbemerkt in den Pferdestall. „Ich weiß, dass Euch Lady Faye, die Ahnherrin des Wildforest-Clans, ausersehen hat", raunte er. „Seid versichert, dass ich Euch keine Steine in den Weg legen werde."

Auf Sir Elliots halb freudigen und halb fragenden Blick: „Ich hatte gehofft, sie werde eines Tages Interesse an Vincent zeigen. Macht Euch darum aber keine Gedanken. Drachendamen wählen immer selbst und davon bringt sie dann auch niemand ab."

Sir Elliot blies die angestaute Luft aus und folgte Sir William in den Palas. Er hatte erwartet, ein kategorisches Nein zu hören.

Die heimgekehrten Ritter, allesamt ziemlich zerzaust und rußgeschwärzt, beeilten sich, wieder in einen hoftauglichen Zustand zu kommen, um am Festmahl zu Ehren der Gäste teilnehmen zu können.

Den halbwüchsigen Prinzen waren unter dem strengen Regiment des Königs beim Training gründlich die restlichen Flausen vergangen, welche ihnen noch in den Köpfen herumgespukt hatten.

Auf die Nachfrage durch Lady Brenda lachte der König. „Ich habe Sir Elliot wohl doch recht würdig vertreten."

Das verschämte Nicken der Prinzen ließ dann auch alle anderen in Gelächter ausbrechen.

Versprechen

Sir Elliot legte dem König die Ergebnisse des ersten Gespräches vor.

„Ihr seid also auch der Meinung, erst zuzuschlagen, wenn wir erneut angegriffen werden?", stellte Sir William nach wenigen Augenblicken fest.

„Ja, Sire." Lady Faye, die Anführerin der Wildforest-Drachen, nickte. „Dann aber mit ganzer Härte. Wobei die Kampfhandlungen nur den Burgbezirk König Wenzels betreffen, aber gänzlich ausradieren sollen. Greift er natürlich mit einem Heer an, wird er lernen müssen, dass auch wir alle Register ziehen."

„Wir sollten die großen Bäume am Hang der hinteren Mauer fällen lassen", schlug Sir Elliot, die Burg Drachenstein betreffend, vor. „So, wie sie die Prinzen von oben als Kletterbäume nutzen, könnten von unten Feinde eindringen. Besonders die beiden Eichen sind mir ein Dorn im Auge."

„Ich werde es veranlassen", erwiderte Sir William.

Lady Brenda ging selbst, ihren verletzten Bruder zu Tisch zu bitten. Es lag ihr viel daran, ihm persönlich zu sagen, dass Lady Faye ein Auge auf Sir Elliot geworfen habe, um mögliche Missverständnisse zu vermeiden.

„Sie hat einen guten Geschmack", lächelte Vincent, kein bisschen gekränkt, dass Faye einen Ritter vorgezogen hatte. Und er war dankbar, sofort informiert worden zu sein. Er nahm auch ganz selbstverständlich den Platz zwischen Sir Elliot und seinem Vater ein.

Der junge Ritter legte seinem besonders schutzbefohlenen Prinzen die Speisen vor. So war Vincent bestens und vor allem mundgerecht versorgt.

Auf ein Schmunzeln seines Vaters erklärte der Prinz: „Er ist im Augenblick nicht nur Eure rechte Hand, sondern mein ganzer rechter Arm und er schafft es dabei sogar noch, selbst nicht leer auszugehen."

Die Schmausenden lachten herzlich. Der Prinz hatte mit seiner zweideutigen Wortwahl einen genialen Rundumschlag, den jungen Ritter betreffend, geliefert. Fayes Augen blitzten amüsiert.

Zu sehr später Stunde sagte der König schweren Herzens den Flug mit Sir Elliot ab. Lady Faye stand in der Nähe. Sie hatte zwar nicht verstanden, worum es bei dem Gespräch gegangen war, aber deutlich die Traurigkeit Sir Elliots gespürt.

Sie trat zu ihnen.

Im selben Augenblick huschte ein Lächeln über Sir Williams Gesicht. „Lady Faye, ich möchte Euch von Herzen bitten, mich heute Nacht zu vertreten."

„Ganz die Eure, Sire."

„Ich habe Sir Elliot ein Versprechen gegeben und muss es nun, meiner Gäste wegen, brechen."

Lady Faye überlegte nicht lange. „Sire, es wird mir ein Vergnügen sein. Worum handelt es sich genau?"

„Um einen wundervollen Nachtflug."

„In zehn Minuten am alten Kerker, Sir Elliot."

Der Ritter verneigte sich tief und eilte davon, warme Kleidung überzustreifen.

Sir William atmete auf. „Ich danke Euch. Es wäre eines der wenigen Male in meinem Leben, dass ich hätte ein Versprechen brechen müssen. Ausgerechnet dem Mann gegenüber, dem ich das meiste Vertrauen schenke. Ein äußerst unschöner Gedanke. Ich bin sicher, er wird Eure Gesellschaft mit allen Sinnen genießen."

Sie hob neckisch eine Augenbraue, was dem König zeigte, dass dies wohl auf Gegenseitigkeit beruhen werde.

Sir Elliot traf auf der Treppe mit Lady Faye zusammen. Er führte sie am Arm in den hinteren Hof und beobachtete hingerissen die unglaubliche Verwandlung. Obwohl Lady Faye als Drache nicht einmal halb so groß wie der König war, wirkte sie imposant.

Ihr Schuppenkleid schimmerte im Licht der Sterne in den wundervollsten Blautönen. Und wie es in der Nacht zuvor Sir William getan hatte, reichte sie ihm eine Klaue als Steighilfe.

Haltet Euch gut fest. Ich fliege die gleiche Route wie unser König.

Der Drache erklomm die Zinnen der Burg, von wo aus er sich mit ausgebreiteten Schwingen einfach vom Wind tragen ließ.

Eine interessante Methode, dachte Sir William.

Lady Faye gab ein leises Grollen von sich, das menschlichem Lachen nicht unähnlich war. *Ich liebe es, stundenlang einfach nur zu schweben. Aber es gibt viele Dinge, die ich genau so mag. Vertraut Ihr mir?*

„Ja. Was habt Ihr vor?"

Etwas, das ich nur mit einem einzigen Menschen bisher tun konnte. Aber ich glaube, Ihr seid ihm in vielem ähnlich.

„Dann tut es! Ich mache mich auf alles gefasst."

Auf denn! Der Drache stieg so hoch in den Nachthimmel, bis die Hütten wie Spielzeug aussahen. Dann ließ er sich wie einen Stein kopfüber fallen. Dabei legte er die Schwingen auf seinem Rücken zusammen, den Ritter damit fest an sich drückend.

Das langgezogene „Jaaaaaaaaaaaaaa!", des begeisterten Drachenreiters ging in ein „Wowwwww!" über, als der Riese genau über dem Boden die Schwingen ausbreitete und, mit den Krallen die Erde sogar berührend, wieder in den Himmel zog.

„Ich glaube, ich habe noch nie solchen Spaß gehabt", lachte Sir Elliot. „Das ist grandioser, als junge Pferde einreiten."

Sie hatten inzwischen die kleine Wiese erreicht, auf der er gestern mit dem König gewesen war. Lady Faye landete und warf sich in Sir Elliots Arme, kaum dass er abgestiegen war. Der dachte auch gar nicht weiter nach und küsste die ungestüme Lady so innig, dass ihm selber heiß und kalt wurde.

„Denkt, was Ihr wollt. Ich will Euch haben. Wie lautet die zustimmende Antwort?" Faye setzte eine Unschuldsmiene auf.

„Habe ich eine Chance, nein zu sagen, wenn ich selber nicht mal nein sagen will?"

„Bestimmt nicht", sagte sie kategorisch, zog ihn neben sich ins Gras und wäre arg enttäuscht gewesen, wenn er sich nicht augenblicklich angeschickt hätte, ihr ein überglückliches Lächeln aufs Gesicht zu zaubern.

„Ich glaube, die vielen Argumente, dass Ihr der Richtige seid, gefallen mir ausgezeichnet", hauchte sie ihm nach einer Stunde rundum zufrieden ins Ohr.

„Würde ich etwas anderes behaupten, wäre ich wohl der größte Lügner aller Zeiten." Elliot genoss es, wie sie sich anschmiegte, ihren Kopf an seine Schulter legte und einfach nur mit ihm zu den Sternen aufsah, die heute für beide besonders hell strahlten.

Ohne sich abgesprochen zu haben, standen sie auf, tauschten noch einen langen Kuss, ehe sich Lady Faye wieder verwandelte.

„Euer Schuppenpanzer funkelt so wundervoll, als sei er mit blauen Edelsteinsplittern übersät", schwärmte Sir Elliot.

Lady Faye rieb liebevoll ihren riesigen Kopf an seinem Körper. Sie fühlte sich in seiner Nähe wie bei ihrer allerersten großen Liebe. Kein Wunder, dass Sir Elliot Brennigan of Wildforest beim selben König die gleiche Wertschätzung genoss, wie vor vielen Hundert Jahren Ken, der sie zur Ahnfrau der heutigen Wildforests gemacht hatte.

Den Rückweg gestaltete Lady Faye weniger spektakulär, obwohl sie immer wieder Schrauben und Loopings flog, die Sir Elliot bis zur letzten Sekunde auskostete. Nach der Landung zog er sie fest an sich. „Ich weiß nicht einmal, womit ich Euch für dieses wundervolle Erlebnis danken kann."

„Ihr müsst mir nicht danken. Ihr seid seit 300 Jahren der erste Mann, der wirklich einer ist. Keiner hat seitdem den Sturzflug bis zum Ende durchgehalten und so war es auch keiner wert, mit mir die Linie der Drachen weiterführen zu dürfen. Ich liebe Euch, Sir Elliot."

„Ihr macht mich sehr glücklich. Ich liebe Euch auch. Schlaft gut, mein wundervoller Drache." Er gab ihr vor der Tür des Gästezimmers den Gutenachtkuss.

Am Morgen wurde sie durch Waffenlärm geweckt. Ein Blick nach der Sonne - Trainingszeit. In ein wärmendes Cape gehüllt, strebte sie zum Kampfplatz, um den Rittern zuzuschauen. Die hochrangigen Wildforests waren auch schon da. Sir Oliver genoss das

Schauspiel, wie sein Sohn einen nach dem anderen aus dem Ring stach.

„Rekordzeit!", lobte der König, als der letzte Ritter geschlagen war.

Sir Elliot verneigte sich. „Ein Sieg, der Dame meines Herzens gewidmet."

„Dann erübrigt sich ja die Frage nach dem Ausgang des Fluges", schmunzelte der König. „Ihr habt also den wildesten Drachen der Sippe gezähmt."

Sowohl Lady Faye als auch Sir Elliot mussten lachen.

„Ganz bestimmt nicht", meinte der Ritter und blinzelte Lady Faye zu.

Sie erklärte, so dass nur er und die Drachen mithören konnten: „Ich habe den Flug mit *dem Tanz* begonnen und Jubelstürme heraufbeschworen."

Sie Oliver riss, genau wie die anderen, die Augen auf. „Wie?"

„Ja, mein lieber Sir Oliver, Ihr werdet mich wohl eines Tages als Schwiegertochter auf dem Hals haben."

„Hat sie gerade, *auf dem Hals haben*, gesagt???" Der sonst so ruhige Sir Oliver wurde hektisch. Zur Belustigung seines Sohnes, obwohl der nachvollziehen konnte, warum sein Vater so reagierte.

Er selber hätte es wohl auch für völlig ausgeschlossen gehalten, dass sich gerade Lady Faye einen Menschen zum Gefährten erwählte. „Hat sie", bestätigte er nun, vergnügt grinsend.

„Dass ich das noch erleben darf, meine kleine Nichte wieder unter die Haube zu bringen!", witzelte der König. „Ihr müsst wissen, sie ist sehr anspruchsvoll", wandte er sich amüsiert an Sir Elliot.

Elliot, der ganz genau wusste, worauf der König gerade hinaus wollte, zog ein harmloses Gesicht.

„Alsoooo, eine gemütliche Burg habe ich und verhungern muss auch keiner."

„Eben. Alles handfeste Argumente für eine glückliche Ehe." Lady Faye blinzelte ihm verschwörerisch zu.

„Ich merke schon, die beiden verstehen es auch aus dem Stegreif, andere zu verwirren. Meinen Segen habt Ihr." Der König nickte ihnen lachend zu.

„Wenn es keinen Krieg gibt, in einem halben Jahr?", wagte Elliot Lady Faye gleich öffentlich zu fragen.

Die hauchte ihm einen Kuss auf die Wange. „So soll es sein. Endlich ein Mann, der wirklich weiß, was er will und das auch tut. Sir Oliver, Ihr habt nur noch ein paar Monate Ruhe vor mir. Genießt sie!"

Das einsetzende Gelächter hörte man bis auf den vorderen Hof.

Lady Brenda und Sir Vincent bekamen die Neuigkeit brühwarm von Sir Andrew aufgetischt. Der kannte Lady Faye bisher nur als Ehrfurcht gebietende, meist unnahbare Dame und war dementsprechend aus dem Häuschen, sie völlig anders erlebt zu haben.

„Eine wahre Liebe macht sogar aus einem Drachen ein Schmusetier", seufzte Brenda. Sie hatte ihren Gatten vor fünf Jahren verloren, als er sich auf einem Lanzenstechen beim Sturz vom Pferd das Genick brach. Gerald war ein Drache gewesen, wenn auch ein unbedeutender.

Sie konnte bestens verstehen, dass sich Lady Faye Sir Elliot nicht nur sofort reservoert, sondern seinem ungewöhnlichen Antrag auf der Stelle zugestimmt hatte. Nur mit sich selber haderte sie etwas. Warum war sie nicht auf den Gedanken gekommen, dem besten Ritter des Landes schöne Augen zu machen?

„Mutter?" Prinz Kenneth konnte ihrem Mienenspiel nicht ganz folgen.

Sie wachte aus ihrem Tagtraum auf. „Vertanen Chancen soll man nicht nachtrauen, sondern sehen, dass man die nächste am Schopf packt."

„Ich verstehe Eure Worte nicht."

Lady Brenda lächelte. „Dazu seid Ihr noch ein wenig zu jung."

„Also Herzensangelegenheiten."

„Richtig." Dabei blinzelte sie Vincent zu, der sehr wohl eins uns eins zusammenzählen konnte.

„Dann müssen wir uns wohl gegenseitig trösten?", scherzte er auch gleich.

Lady Brenda kicherte. „Jawohl. Ihr habt die Frau verpasst und ich den Mann. Auf zur nächsten Suche."

„Jetzt, wo ich die wahren Familienverhältnisse kenne, dürfte das auch leichter fallen." Er bot ihr den gesunden Arm an, um sie in den Rittersaal zu führen.

Der Frühstückstisch war so reich gedeckt, dass es alle erstaunte.

König William klärte schließlich auf: „Für jene, die es vorhin verpasst oder anderweitig nicht verstanden haben – wir feiern heute die Verlobung meines besten Ritters, Sir Elliot, mit meiner wundervollen Nichte, Lady Faye."

Aller Augen richteten sich auf das strahlende Pärchen. Sir Elliot zog seinen Lieblingsring vom kleinen Finger. Einen Wimpernschlag später glänzte er an Lady Fayes Hand.

Außerdem ließ der König Herolde ein zweitägiges Fest ausrufen und bald schon wimmelte der Burghof von Gauklern, Spielleuten und Volk. Zumal allerorten bekannt war, dass noch nie jemand hungrig von hier weggehen musste.

Prinzenraub

Sir Vincent folgte dem Trubel vom Fenster aus nur mit den Augen, während sich die beiden jüngeren Prinzen unters Volk mischten.

Zufällig einen Stoß an die verletzte Schulter zu bekommen, wollte Vincent nicht riskieren. Es schmerzte ihn nicht nur die Wunde, sondern auch die Tatsache, so nicht die Laute zupfen zu können.

Als er sich gerade in sein Zimmer zurückgezogen hatte, um ein wenig zu ruhen, klopfte es und ein Knecht mit einem Tablett und einem Krug Wein trat ein. „Heute soll keiner leer ausgehen, mein Prinz." Er schenkte ein und schaute erfreut zu, wie Sir Vincent den Becher in einem Zug leerte. Auch die beiden Wachen vor dessen Tür erhielten ihren Trank zu Ehren der frisch Verlobten.

Andrew und Kenneth hatten inzwischen einen Mann erspäht, der Zuckerwerk verkaufte. Sie erstanden für Vincent mehrere Leckereien, der dem Süßkram, genau wie sie, nicht widerstehen konnte. Lady Brenda schaute ihnen amüsiert hinterher, als sie schnurstracks den Weg zu seinen Gemächern einschlugen.

Sekunden später schrie Prinz Kenneth um Hilfe.

Ritter, Knappen, der König und seine Gäste hasteten durch die Gänge, um dem völlig verstörten Prinzen beizustehen.

Die Wachen vor Sir Vincents Zimmer lagen regungslos am Boden, neben seinem Bett stand, zur Salzsäule erstarrt, Prinz Andrew. Von Prinz Vincent selber fehlte jede Spur.

„Sie haben ihn mitgenommen!"

„Wer hat ihn mitgenommen?", fragte Sir Elliot, das Zimmer akribisch untersuchend.

„Ich weiß es nicht. Er ist weg. Einfach weg", flüsterte Prinz Andrew immer wieder und schließlich traten ihm Tränen in die Augen.

Sir Elliot übernahm sofort die Initiative. „Ich möchte die Damen bitten, sich um die Prinzen zu kümmern. Sir Thomas und Sir Willfred befragen die Dienerschaft nach Auffälligkeiten. Alle anderen, auf zur Spurensuche, jeder nach seinen Fähigkeiten!"

Es wurde schlagartig so still, dass man selbst eine Nadel hätte fallen hören.

„Da lang!", rief Sir Oliver und nahm die Fährte wie ein Bluthund auf.

Sir Elliot drehte sich noch einmal zu seinem König um. „Ich bringe ihn zurück."

Wenig später standen alle im hinteren Burghof, Sir Oliver deutete auf die Eichen. „Ihr hattet recht, mein Sohn, man hätte sie wohl schon lange fällen sollen."

„Verdammt!" Sir Elliot spähte über die Mauer, an deren Fuß deutliche Hufspuren zu sehen waren. „Mein Pferd!"

Vor den Ställen warteten schon vier Ritter, drei der Drachen und Lady Faye auf ihrem Rappen, Sir Elliots Pferd am Zügel haltend. „Ihr werdet mich brauchen, Herr Ritter."

„Ich danke Euch!" Elliot schwang sich in den Sattel und umrundete mit seinen Begleitern die Burg. „Sie werden etwa drei Stunden Vorsprung haben", vermute ich. „Die Befragung hat noch kein Ergebnis gebracht."

„Es waren fünf Berittene", murmelte Lady Faye plötzlich.

„Woher …" Sir Elliot verstummte. „Ach ja, Drachensinne. Ich bin froh, dass Ihr mit uns kommt."

Da wo die Spuren begannen, hielt Faye an und hob die Nase witternd in die Luft. „Sie reiten einen Bogen, wir nehmen den geraden Weg. Mir nach!" Sie trieb ihr Pferd in den Galopp.

„Sie wollen zu Sir Frederiks Burg!", grollte Elliot. „Keine Gnade, sollte er wirklich hinter der Sache stecken oder auch nur irgendwie damit zu tun haben!"

Lady Faye stimmte zu. „Das wird nur eine Zwischenstation sein, um ihn außer Landes zu bringen. Falls er die Gefangennahme überstanden hat", fügte sie leise an.

Sir Elliot knirschte mit den Zähnen.

Nach einem Zweistundenritt öffnete sich das Tal und gab den Blick auf die kleine Burg frei.

„Das gibt es doch nicht! Die haben eine Speerschleuder aufgebaut. Verdammtes Pack. Da hat aber einer alles getan, um seinen König zu verraten." Sir Elliot war außer sich.

„Beruhigt Euch. Noch lebt der Prinz. Ich kann es fühlen." Lady Faye gab das Handzeichen zum Halt, ehe man sie von der Burg aus erspähen konnte. Sie schaute in die Runde. „Ihr seid zu wenige, um die Burg anzugreifen. Und tun wir Drachen es, dann bringen sie ihn um. Ich werde den König um mehr Leute bitten."

Ein paar Wimpernschläge später atmete sie auf. „Es sind fast 40 bewaffnete Männer unterwegs."

„Ich reite allein vor. Das erregt keinen sonderlichen Verdacht", erklärte Sir Elliot. „Ich mache mir eben ganz einfach Sorgen, weil Sir Frederik verschwunden ist."

„Passt bitte auf Euch auf!", riefen Lady Faye und Sir Oliver zugleich.

Sir Elliot rieb sein Pferd trocken. „So erregt es noch weniger Aufmerksamkeit, wenn ich gemächlich angetrabt komme." Er nickte zum Abschied und hielt auf die Burg zu. Man ließ ihn problemlos passieren, zumal er das Visier seines Helmes hochgeklappt und das Schwert am Sattel trug.

Aus den Augenwinkeln bemerkte er, dass doppelte Wachen am Tor standen, was bei den Rittern des Landes sonst niemals der Fall war.

Ein Knecht kam heran.

„Ist Sir Frederik zu Hause?", fragte Elliot und hängte sich das Schwert lässig über die Schulter, als sei er zum Gelage eingeladen.

Die Antwort ließ ungewöhnlich lange auf sich warten und kam erst, als der Knecht auffällig zum Fenster hinaufgespäht hatte. „Er ist drüben auf dem Trainingsplatz."

„Um diese Zeit?" Sir Elliot zog die Augenbrauen nach oben. Und weil er im Gesicht des Knechtes zu lesen versuchte, bemerkte er nicht den Mann, der sich von hinten näherte.

Als er den Schatten gewahrte, spürte er auch schon einen Schlag ins Genick und sackte zusammen. Die schwere Eisenstange traf ihn mit solcher Wucht, dass sie glatt den Nackenschutz seines Helmes zusammenbog.

„Der ist hinüber", rief der Knecht zum Fenster hinauf. „Das überlebt keiner."

„Werft ihn trotzdem in den Kerker! Ich komme gleich nach." Sir Frederik rieb sich die Hände. „Nein! Wartet. Ich will dabei sein."

40

Er trat als Erster in die modrige Kerkerzelle. „Schaut, wer zu Besuch kommt! Nur wird Euch seine Leiche nicht viel nutzen, mein Prinz."

Man warf Sir Vincent, den man in Ketten an der Wand fixiert hatte, den Ritter wie ein verendetes Stück Vieh vor die Füße.

Ein böses Lachen. „Zieht die Kette fester!" Frederik schlug die Tür hinter sich zu.

Die beiden Knechte rissen den Prinzen hoch, der mühsam versucht hatte, sich zu Sir Elliot hinunterzubeugen. Sie wickelten die Kette so über den Haken an der Wand, dass es dem Gefangenen die Arme verdrehte. Die Schulterwunde brach wieder auf und ein Schmerz rast durch Vincents Körper, schlimmer als jener, als ihn der Pfeil getroffen hatte.

Sein Schrei hallte grauenvoll durch die Gänge der alten Burg.

Vor seinen Augen bildete sich ein blutroter Strudel, in dessen Zentrum klar und deutlich das blutleere Gesicht Sir Elliots erschien. Wut, Hilflosigkeit und Schmerz steigerten sich ins Unermessliche.

„Nein. Ihr dürft nicht tot sein. Ihr seid nicht tot. Hört Ihr? Verdammt, Ihr seid nicht tot! Aaaaaaagrrrrrrr … Ihr seid nicht tot!!! Aaaaaaagrrrrrrr … Nicht tot … nicht tot!!!"

Er riss an seinen Fesseln und tobte vor Wut. Blut sprudelte aus der Wunde. Prinz Vincent brüllte und wütete weiter, bis er irgendwie eine Umschlingung der Kette vom Haken lösen konnte.

Nun hatte er soviel Freiraum, dass er mit der Fußspitze den Oberschenkel Sir Elliots berühren konnte. Wie ein Irrer trat er nach ihm. „Ihr seid nicht tot! Nein, nein, nicht tot. Hört Ihr?! Steht auf, verdammt noch mal!"

Irritiert zuckte er zusammen, als plötzlich sein Schuh zerriss, genau wie das Hosenbein, und eine schwarze schuppige Klaue nach dem Ritter fasste. „Nicht tot", flüsterte er. Dann ertönten Raubtiergebrüll und Fauchen, welchen das trockene Geräusch folgte, mit dem dicke Eisenketten reißen.

Es dauerte einige Sekunden, bis er begriff, nicht von einem Drachen gerettet, sondern selber zu einem geworden zu sein.

Ich werde Euch rächen!

Er stieß den Toten mit der Nasenspitze an und hörte ein leises Stöhnen.

Ah, ich wusste doch, dass man Euch nicht so einfach um die Ecke bringt. Wacht auf, Sir Elliot.

Der Angesprochene schlug tatsächlich die Augen auf und schaute sich mit verlorenem Blick um. „Was ist geschehen? Und wer seid Ihr?"

Man denkt, man habe Euch umgebracht. Wenn Ihr meinen rechten Flügel anschaut, dann ahnt Ihr vielleicht, wen Ihr vor Euch habt.

„Prinz Vincent? Aber wie?"

Egal. Ich bin es und ich werde mich blutig für alles an diesem Pack hier rächen. Könnt Ihr aufstehen? Er hielt dem Liegenden die Klaue hin, zog ihn auf die Füße und reichte ihm sogar das Schwert, welches man der vermeintlichen Leiche gelassen hatte.

Sie sind da! Jaaaaaa! Die anderen Drachen greifen an. Räuchern wir die Bande aus!

„Ganz vorsichtig, Ihr seid verletzt und sie haben eine Speerschleuder." Sir Elliot betaste den riesigen Bluterguss in seinem Genick.

Könnt Ihr kämpfen?

„Wird schon gehen", murmelte Sir Elliot, noch immer stark schwankend.

Gut, dann öffne ich für uns die Zelle. Drache Vincent griff ins Gitterfensterchen und riss die Tür aus den Angeln. Vorsichtshalber schickte er einen mächtigen Feuerstoß in den Gang. *Freie Bahn.*

„Umso besser. Da draußen tobt jedenfalls eine gewaltige Schlacht." Sich an dem Drachen festhaltend, wankte der Ritter ins Freie.

Für die Männer Sir Elliots und Lady Faye hatte sich die letzte Stunde ebenfalls dramatisch gestaltet.

Es begann damit, dass Lady Faye mit einem Schmerzenslaut auf ihrem Pferd zusammensank.

„Mylady, was habt Ihr?" Sir Oliver fing sie auf, bevor sie zu Boden stürzen konnte.

„Sir Elliot", stammelte sie, „Man hat ihn beinahe totgeschlagen. Ich kann fühlen, was er fühlt. Es ist grauenvoll. Aber ich weiß nicht, was dort geschieht."

Sir Oliver schwoll die Zornesader an. Er riss das Schwert in die Höhe. „Wir greifen an!"

„Verwandeln wir uns!", forderte Lady Faye und wartete nicht erst auf Zustimmung. Mit einem schrillen Schrei, den man bis in die Burg hörte, flog sie davon. Die drei anderen Drachen folgten sofort, während die Ritter mit den ledigen Pferden die Straße nehmen mussten.

Der Angriff der Drachen erfolgte in genau jenem Augenblick, als Sir Vincent und Ritter Elliot die Kerkerzelle verließen.

Welcher der olivgrünen Riesen nun wer war, interessierte den Ritter nicht. Die blau schillernde kleinere Lady Faye war nicht schwer unter ihnen

43

auszumachen. Er winkte hinauf! *Rettet den Prinzen! Mit seiner verletzten Schwinge ist er in Todesgefahr.*

Faye bemerkte, wie einer auf dem Turm die Speerschleuder genau auf den flugunfähigen Drachen richtete. Sie ließ sich tiefer sinken und begann, den Mann abzulenken. Allerdings hatte sie nicht mit derartig starkem Pfeilhagel vom kleinen Wehrgang gerechnet, wie er soeben niederging.

Trotz der einsetzenden Dunkelheit trafen einige Geschosse und blieben in ihren Schwingen stecken. Faye schrie vor Schmerz.

Inzwischen war es Prinz Vincent gelungen, sich zurückzuverwandeln. Ein anderer Drache stieß herab, griff blitzschnell zu und trug den Königssohn auf geradem Weg zur Burg seines Vaters. Beim Überflug konnte er sehen, dass die kleine Armee des Königs den Wald in unmittelbarer Nähe der Burg passierte und beim Anblick des Drachen die Pferde noch mehr zur Eile trieb.

Die Schützen der Schleuder waren mit den Augen dem blauen Drachen gefolgt und richteten die Waffe auf jene Stelle, wo er gleich wieder auftauchen musste. Sir Elliot versuchte, sich zu ihnen durchzuschlagen, um das Gerät unschädlich zu machen. Nur drangen so viele Bewaffnete gleichzeitig auf ihn ein, dass er ernsthaft überlegte, wie er hier lebend herauskommen sollte.

Jede Regel missachtend, begann er wild auf die Männer loszuschlagen. Dem einen hackte er einen Arm ab, dem nächsten stach er die Schwertspitze ins Bein, um ihn kampfunfähig zu machen. Der Dritte büßte ein Auge ein und trotzdem schien die Angriffswelle kein Ende zu nehmen.

In Sir Elliot stieg Wut auf und die Angst, nicht für Lady Faye da sein zu können, falls die Speerschleuder in Aktion trat. Da hörte er das Knacken des Mechanismus, das Zischen, wie der Speer die Luft durchschnitt, sah Lady Faye und wie sie, getroffen von der gefährlichen Waffe, außerhalb der hohen Mauer in die Tiefe stürzte.

Mit einem irren Schrei begann er sich, das Schwert in der Hand, wie ein Kreisel zu drehen, um sich die unzähligen Feinde vom Hals zu schaffen.

Woher plötzlich das Feuer kam, das diese pulverisierte, konnte er sich nicht erklären. Auch, dass er plötzlich neben Faye stand, die benommen, aber nicht lebensgefährlich verletzt am Boden hockte, begriff er nicht sofort.

Stutzig wurde er erst, als er den Arm nach ihr ausstrecken wollte und stattdessen eine schwarze ledrige Schwinge um sie legte.

Gütiger Himmel! Ich glaube, der Schlag ins Genick hat Spuren hinterlassen. Ich sehe Dinge, die gar nicht vorhanden sind. Lady Faye, verzeiht mir.

Eure Augen zeigen das, was auch ich erblicke - einen stolzen schwarzen Drachen. Fliegt und bringt Sir Frederik zur Strecke!

Das werde ich. Sir Elliot hob mit mächtigem Schlag der riesigen Schwingen ab und brannte alles nieder, was sich ihm in den Weg stellte.

Die Drachenflammen erhellten die Nacht und boten dem kleinen Heer vor den Toren der Burg einen schaurigen Anblick.

Keiner von ihnen musste mehr ernsthaft kämpfen. Sie sammelten nur noch die Fliehenden ein, fesselten sie und wartete darauf, siegreich mit den Drachen zurückkehren zu dürfen.

Die gingen nun dazu über, mit ihren mächtigen Klauen die Burg in Schutt und Asche zu legen. Sie rissen die Schlusssteine aus den Tor- und Fensterbögen, sodass eine Kettenreaktion in Gang gesetzt wurde, welche die Wände in sich zusammenfallen ließ.

Selbst den großen runden Turm brachen die Drachen in wenigen Stunden bis auf die Grundmauern nieder.

Sir Elliot suchte in den Trümmern nach dem Verräter Frederik, der sich zuletzt feige ins Innere seiner Burg geflüchtet hatte. Er fand ihn auch, wenig ehrenhaft von einem Balken erschlagen.

Den lege ich meinem König und Sir Vincent zu Füßen. Kommt, edle Drachen, fliegen wir zurück.

Er landete kurz in der Nähe der Bewaffneten und gab den Befehl zum Abmarsch, ehe er sich mit den Wildforest-Drachen auf den Flug zur Königsburg begab. Nur sein Pferd konnte er nicht mitnehmen. Im Gegensatz zu den Pferden der anderen Drachen scheute es bei seinem Anblick.

Na, das üben wir noch, lachte er, mit Faye den Schwarm der Drachen anführend.

Freudenfeste

Jubelnde Menschen empfingen sie, als sie im Morgengrauen, einer nach dem anderen, in den Burghof einschwebten. Selbst Sir Vincent hatte sich auf einer Trage hinausbringen lassen, um das Schauspiel zu genießen.

Der König stand neben ihm, als sich der letzte Drache zu erkennen gab und ihnen den toten Verräter vor die Füße legte.

„Wie er uns, so wir ihm", sagte Sir Elliot. „Dabei hätte ich gern das Entsetzen in seinem Blick gesehen, als die Drachen angriffen und er das Ende ahnen musste."

Sir Vincent hielt Sir Elliot die gesunde Hand hin und zog ihn einfach an seine Wange. „Danke für alles. Danke dafür, dass Ihr mich zu einem Drachen werden ließet. Und danke dafür, dass Euch die Liebe zu einem gemacht hat." Er deutete auf Lady Fayes Kleid, welches an der Schulter zerrissen und blutverschmiert war.

„Wie geht es Euch?", fragte er besorgt.

Lady Faye winkte ab. „Nur ein Kratzer, der schon bald vergessen sein wird, sich aber wirklich gelohnt hat." Blinzelnd nahm sie Sir Elliots Hand.

„Ich kann es verstehen. Ich bin ja auch durchgedreht, als man mir jemanden, den ich zutiefst verehre, vor die Füße warf", erklärte der Prinz. „Ich scheue mich auch nicht, allen zu verraten, dass ich Sir Elliot als Freund betrachte. Dafür zu kämpfen, ist es wert, auch wenn die Chancen schlecht stehen."

„Ich muss danken, dass Ihr mich ins Leben zurückgeholt habt." Sir Elliot erwiderte die feste Umarmung.

„Da ist er nicht der Einzige. Wisst Ihr was? Ich werde für Sir Vincent einen Überraschungsgast einfliegen lassen. Ich schätze, der wird ihn auf angenehme Gedanken und ganz schnell wieder auf die Beine bringen. Ach, ich bin ja so genial!", kicherte Lady Faye.

Das einsetzende Gelächter war sicher meilenweit zu hören.

Der König winkte zwei Knechte heran, deutete auf die Leiche des abtrünnigen Ritters. „Verscharrt ihn am Rande des Totenackers."

Dann schaute er auf die Menschenmenge im Burghof. „Wir waren gestern bei einem Fest unterbrochen worden, feiern wir es also nun gleich drei Tage weiter. Gründe haben wir zur Genüge. Möge der Frohsinn beginnen!"

Durch die Berichte der Drachen, Sir Elliot natürlich inbegriffen, bekam der König ein vollständiges Bild über die Geschehnisse.

Gegen Mittag meldete die Turmwache: „Ein roter Drache ist im Anflug!"

König William schmunzelte aufatmend. „Wisst Ihr, Lady Faye, bis gerade eben, fürchtete ich noch, Ihr hättet von Lady Fran gesprochen."

„Aber Sire!" Die tiefe Missbilligung in Lady Fayes Stimme war nicht gespielt. „Die Dame würde ich nicht einmal als Gespielin für einen Eurer Ritter freiwillig einladen. Die Huren in diesem Städtchen sind sicher erbaulicher. Vor allem kleben sie dem Freier nicht wie Leim am Hals, wenn er keinen weiteren Kontakt mehr wünscht."

48

„Oha", murmelte Sir Oliver. „Harte, aber verdammt wahre Worte."

Prinz Vincent war auffallend nervös geworden. „Ihr habt Eure Schwester, Lady Maya, zu mir beordert?"

„Mögt Ihr sie etwa nicht?", fragte Faye erstaunt.

„Äh, ganz im Gegenteil. Ich mag sie sehr." Sir Vincent bekam einen Hauch Farbe.

Da kreiste die rot schimmernde Drachendame auch schon um das Haupthaus. Sir Elliot eilte hinaus, um sie gebührend zu empfangen.

Lady Maya, obwohl die Zwillingsschwester Lady Fayes, war ein eher stilles Wesen. Auch die rund 500 Jahre ihrer Existenz hatten daran nichts geändert. Wenn Elliot so darüber nachdachte, dann passte wohl keine besser zu Vincent.

Der Prinz erhob sich und ging ihr einige Schritte entgegen. Zwar musste ihn sein jüngerer Bruder stützen, aber solch seltener Besuch, der auch noch seinetwegen gekommen war, hatte alle Ehren verdient.

Nach der Begrüßung ergab es sich ganz von allein, dass beide dem intensiven Gespräch frönten. Natürlich erkundigte sich der Prinz auch nach dem aktuellen Anwärter auf den Platz an ihrer Seite.

Lady Maya zog die Nase kraus.

Faye, die in der Nähe stand, drehte sich um. „Sagt ihm die Wahrheit. Außer im Bett ist er zu nichts zu gebrauchen."

Maya wurde dunkelrot, nickte aber. „Ja, mein Prinz, meine Schwester hat den Finger genau in der Wunde. Das ist der Grund, weshalb ich ihn immer wieder aufnehme, auch wenn ich ihn schon zehnmal hinausgeworfen habe. Und ganz genau genommen habe ich ihn vor zwei Wochen gerade wieder vor die Tür gesetzt."

„Na wunderbar! Dann habe ich also echte Chancen, Euch davon zu überzeugen, dass ich die bessere Wahl, selbst wenn ich im Augenblick etwas unpässlich bin", rief Sir Vincent.

König William brach in dröhnendes Lachen aus. „Endlich wird er erwachsen. Die besten Stücke sollte man sich reservieren, bevor andere auf die gleiche Idee kommen."

Sir Vincent stimmte ein. „Von Sir Elliot kann man immer wieder etwas lernen. Ihr müsst wissen, dass sich Eure Schwester mit ihm verlobt hat."

„Tatsächlich?" Lady Maya bekam große Augen.

„In einem halben Jahr soll Hochzeit sein", freute sich Faye, ihr den Verlobungsring präsentierend.

Maya taxierte Sir Elliot mit noch größeren Augen. „Und ich habe es immer für schier unmöglich gehalten, dass sie wirklich noch einmal auf die ganz große Liebe trifft."

„Glaubt es ruhig", warf Lady Brenda ein. „Wir alle hier sind Zeugen, dass es inniger gar nicht gehen kann. Ihretwegen sind ihm gestern Nacht sogar Flügel gewachsen."

„Flügel?" Lady Maya spitze die Lippen. „So, so … Flügel … wirklich oder im übertragenen Sinne?"

„Räumt die Mitte des Saales frei, der Platz dürfte reichen", gebot der König.

Sir Elliot schmunzelte und ging vorsichtshalber auf alle viere, was sich Sekunden später als umsichtige Entscheidung herausstellte. Er nahm den vollen Platz ein und stieß mit dem Rücken an die Decke.

„Keine weiteren Fragen", hauchte Maya verzückt.

„Mal sehen, ob ich mit mithalten kann." Prinz Vincent tauschte mit dem Ritter den Platz.

Nun sahen endlich alle das, was sie nur aus den Erzählungen der Drachen kannten. Bei diesem Anblick kippte Lady Maya mit einem matten Seufzer einfach um. Sir Elliot konnte sie gerade noch auffangen, um Schlimmeres zu verhindern.

Als sie wieder zu sich kam, blinzelte ihr Sir Vincent zu. „Nun hoffe ich inständig, dass ich anderweitig auch für helle Begeisterung sorgen kann."

„Das ist einem Drachen gegeben, mein Lieber", verriet Lady Brenda schmunzelnd. „Wenn sich Lady Maya nicht rasch entscheidet, dann ist der begehrteste Junggeselle des Landes Beute für andere Anwärterinnen aus dem Clan."

„Ach herrje!" Lady Maya wechselte die Farbe zwischen Rot und Weiß.

Sir Vincent nahm ihre Hand. „Tut mir aufrichtig leid, Euch so in Bedrängnis zu sehen. Ihr müsst mir doch kein Jawort geben, wenn Ihr es nicht wollt."

„Ich will ja!" Maya stockte, wurde dunkelrot und wäre am liebsten im Boden versunken.

„In einem halben Jahr?" Sir Vincent bat seine Schwester um Hilfe, ihm einen Ring vom Finger zu ziehen.

Maya nickte ganz verschämt, strahlte aber gleichzeitig so sehr über das ganze Gesicht, dass jede verbale Antwort völlig überflüssig war. Im nächsten Augenblick steckte ihr Sir Vincent den Verlobungsring an den Finger.

Der König, nicht weniger glücklich, legte fest: „Ein Tag, zwei Paare und eine Feier, an der uns nichts und niemand hindern werden." Er nickte Lady Faye zu. „Ihr seid wirklich genial, meine Liebe."

„Ich weiß, dass es auf Außenstehende wie ein Kuhhandel wirkt. Aber die Chancen, als Drache unter Drachen einen wirklich passenden Partner zu finden, sind so minimal, dass man es gern in Kauf nimmt, unter Menschen als unsensibler Seelentrampel zu gelten." Lady Faye umarmte ihre ungleiche Schwester liebevoll. „Ich war also so frei, für zwei besonders schüchterne Exemplare etwas Schicksal zu spielen."

„Ich werde es Euch nicht vergessen", versprach Sir Vincent. „Von mir aus hätte ich wohl nie gewagt, Lady Maya nach einem Date zu fragen."

„Wenn Ihr mögt, dann zieht Euch zurück. Ich merke doch überdeutlich, wie Euch alles anstrengt." Der König schaute seinen Sohn prüfend an.

Lady Maya erhob sich. „Gehorcht der Stimme der Vernunft. Ich werde Euch Gesellschaft leisten." Sie half ihm auch, die Strecke zu seinen Gemächern zu überwinden.

„Schlaft ein wenig, Sir Vincent. Den starken großen Drachen könnt Ihr herauskehren, wenn Ihr wieder voll bei Kräften seid. Ich werde Euch jetzt ein bisschen meiner Energie abgeben, damit das schnell der Fall ist." Sie nahm seine Hand und begann eine monotone Melodie summend, mit einer Fingerspitze den Handteller zu streicheln.

Es dauerte auch nicht lange, das dämmerte Sir Vincent weg und Lady Maya gab alles an Kraft an ihn ab, was sie nicht selbst in den nächsten Stunden benötigte. Sie hätte sich nicht einmal im Notfall mehr in einen Drachen verwandeln können.

Lady Brenda machte sich irgendwann Sorgen, weil sich auch nach drei Stunden keiner von beiden rührte. Sie fand Maya, noch immer Vincents Hand haltend, schlafend auf dem Stuhl neben seinem Bett sitzend.

„Oh je", murmelte Brenda, „sie hat sich ja völlig verausgabt, kein Wunder, dass hier keine Drachenenergien zu spüren sind." Sie huschte unbemerkt wieder davon, um den anderen zu berichten, dass alles in bester Ordnung sei.

Lady Faye nickte wissend. „Das war mir schon vorher klar. Immerhin kenne ich mein Schwesterchen schon ziemlich lange. Diesmal tut sie es wenigstens für jemanden, der ihre ganze Liebe wert ist und von dem sie auch jetzt schon weiß, dass er sie genau so innig erwidern wird."

Lady Brenda seufzte. Sie hatte seit dem Tod ihres Mannes beinahe die Hoffnung aufgegeben, in dieser Welt überhaupt noch irgendwo wahre Liebe zu erleben. Die sich überschlagenden Ereignisse der letzten Tage ließen sie aufhorchen.

„Darf ich Euch auf einen Spaziergang einladen?", hörte sie hinter sich die Frage und drehte sich neugierig herum.

Mit einem Lächeln erwiderte sie: „Aber gern, Sir Oliver, der herrliche Sonnenschein verleitet ja regelrecht dazu. Habt Ihr ein bestimmtes Ziel?"

„Ja. Ich glaube, gestern im Wald hinter der Burg, reife Erdbeeren gerochen zu haben."

„Oh, da kann ich auch nicht widerstehen. Auf sie!"

Der König hatte nur den letzten Satz vernommen. „Wen wollt Ihr überfallen?", fragte er irritiert.

„Die Walderdbeeren", witzelte Lady Brenda. „Sir Oliver wird sie aufspüren und gemeinsam machen wir beide sie dann nieder, bis zur letzten Frucht."

„Viel Spaß beim Anschleichen. Lasst sie bloß nicht entkommen." Der König amüsierte sich über seine Tochter, die schon lange nicht mehr solch eine Begeisterung für etwas gezeigt hatte.

Andrew und Kenneth rissen die Augen auf. „Erdbeeren?"

Der König hielt beide an der Schulter zurück. „Meine Herren Prinzen, nicht heute oder nicht in diesem Wald."

„Dann ein andermal", murmelte Andrew, mit seinen Neffen wieder auf dem Festplatz verschwindend.

„Ihr vermutet, dass mein Vater mit Eurer Tochter noch anderes als Erdbeeren finden könnte?", fragte Sir Elliot.

Sir William lächelte melancholisch. „Ich hoffe es." Dann blinzelte er Sir Elliot verschmitzt zu. „Ihr seid es doch gewohnt, Euch mit Prinz Kenneth und seinen Streichen herumzuschlagen. Warum nicht in Familie?" „War ja nur so ein Gedankengang", fügte er hinzu, als Sir Elliot etwas skeptisch schaute.

„Der nicht übel ist, mein König", bestätigte Sir Elliot. „Meine Mutter hätte sicher nicht gewollt, dass mein Vater nach ihrem Tod in lebenslange Trübsal verfällt. Ich weiß zwar nicht, was hier im Augenblick so heftig alle Herzen zueinander fliegen lässt, aber es gefällt mir. Solltet Ihr nicht auch Ausschau halten?"

„Lieber nicht. Mir läuft wohl jede davon, wenn sie merkt, dass die Kinder seltsame Fähigkeiten entwickeln. Bei den Drachendamen habe ich nie eine gefunden, mit der ich wirklich leben möchte. Das große Dilemma ist, jene, die passen würden, sind alle in direkter Linie sehr eng mit mir verwandt."

Sir Elliot war fast versucht, dem König tröstend die Hand auf die Schulter zu legen. Nur stand ihm dies nicht zu.

„Ihr hättet es ruhigen Gewissens tun dürfen. Ich kann wirklich ein bisschen Trost gebrauchen", seufzte der König. „Aber ich bin Euch noch die Antwort auf Eure Frage nach der plötzlichen Zuneigung unter uns Drachen schuldig. Solche Phasen treten immer genau dann auf, wenn unser Clan vor Veränderungen steht, zu denen uns die Menschen zwingen.

Ich werde Euch in den nächsten Tagen von meinem Vater erzählen. Er war jener Mensch, der den allerletzten Drachen dieser Welt, nämlich meine Mutter, aufspürte, ihre Liebe errang und uns zu neuer Blüte verhalf.

Über Eure Ahnfrau, die bald Eure Gattin sein wird, habt ihr ja auf unserem gemeinsamen Flug erfahren, was nicht einmal Euerm Vater bekannt war."

Sir Oliver

Lady Brenda wandelte an Sir Olivers Arm Richtung Wald. Sie unterhielten sich wahrhaft glänzend, besonders als Sir Oliver tatsächlich eine Stelle fand, die über und über mit reifen Erdbeeren bedeckt war.

„Ich fühle mich wie damals, als ich im Nebelwald lebte", lachte Lady Brenda. „Ich glaube, es war keiner Beere gelungen, sich vor mir zu verstecken." Sie naschte munter drauflos. „Aber gemeinsam macht es erst richtig Spaß."

Sir Oliver hatte ein Händchen dafür, besonders süße Früchte zu finden, die er allesamt Lady Brenda überließ. Manche davon schob er ihr gleich zwischen die Lippen. Dabei schaute er sie, die für ihn süßeste Frucht im ganzen Wald, mit solch sehnsüchtigem Blick an, dass sie einen heftigen Stich im Herzen fühlte.

Er genoss es, wie sie sich an seine Schulter lehnte, als sie auf einem umgestürzten Baumstamm eine Rast einlegten. Die Sonne ging langsam unter und Lady Brenda nahm seufzend die entgegengereichte Hand, um sich aufhelfen zu lassen.

„Sir Oliver …"

„Was habt Ihr, Mylady?"

„Könnt Ihr nicht noch ein paar Tage hierbleiben, wenn die anderen zurückfliegen … ich meine …" Sie schaute ihn beinahe verunsichert an. „Bitte."

Spontan zog er sie in seine Arme und Lady Brenda ließ es geschehen.

„Ich werde versuchen, Eure Bitte zu erfüllen, sofern es nicht den Interessen Eures Vaters entgegensteht."

Sie nickte stumm und hakte sich wieder bei ihm unter. Schweigend gingen sie zurück. Plötzlich blinkte etwas metallisch auf dem Weg.

Sir Oliver bückte sich danach. „Eine Münze mit dem Konterfei König Wenzels. Geprägt vor einem Jahr. Seltsam."

„Vielleicht haben sie die Entführer meines Bruders verloren?"

„Das glaube ich nicht. Die werden eher alles unterlassen haben, um nicht weiter aufzufallen, wäre der Prinzenraub schief gegangen. Auf alle Fälle erinnert sie mich daran, ab sofort immer und überall in voller Alarmbereitschaft zu sein."

„Ich werde mit meinem Vater sprechen, dass außer unseren Rittern und dem Clan niemand erfahren darf, dass Prinz Vincent auch ein Drache ist. Sicher ist sicher."

Im Schatten der hohen Mauer neben dem Tor hielt Lady Brenda inne. „Nehmt mich noch einmal in den Arm."

Eine Bitte, die Sir Oliver sofort und sehr gern erfüllte. Gerade rechtzeitig, um an der Abendbrottafel Platz zu nehmen, kamen sie zurück. Die melancholische Stimmung beider, obwohl sich die Spaziergänge nun Tag für Tag wiederholten, fiel wohl jedem auf. Kein Wunder, dass sie der König schließlich zu sich befahl.

Sir Oliver wurde aschfahl im Gesicht, er zermarterte sich das Gehirn, womit er wohl das Missfallen des Königs erregt haben könnte. Das aufmunternde Nicken seines Sohnes nahm er nicht einmal wirklich wahr.

„Ihr wisst, warum ich Euch sprechen will?", fragte Sir William, kaum dass sich die Tür zu seinem Arbeitszimmer geschlossen hatte.

„Nein, Sire", antwortete Sir Oliver, während Lady Brenda verschüchtert den Kopf schüttelte.

„Weil es mich aufrichtig freuen würde, wenn Ihr im Wald mehr als nur Erdbeeren gefunden hättet. Ihr wirkt beide so bedrückt, als wäret Ihr nicht sicher, wie Ihr Eure Gefühle füreinander einordnen sollt."

Das gleichzeitige Aufatmen beider entlockte Sir William ein Schmunzeln. „Das war alles, was ich zu sagen hatte. Fakt ist, dass Ihr, meine liebe Tochter, keinen vollendeteren Kavalier, der noch nicht vergeben ist, finden werdet, als Sir Oliver."

„Ich weiß und ich habe ihn gebeten, noch bei uns zu bleiben, wenn die anderen nach Wildforest fliegen", erklärte Lady Brenda, Sir Oliver ein Lächeln schenkend.

„Hat er wenigstens zugesagt?"

„Ja", entgegneten sie zugleich.

„Na bestens!" Sir William schien hoch zufrieden zu sein. „Prinz Kenneth wird die Hand eines starken Mannes guttun, die ihn führt."

„Wie wird er es wohl aufnehmen?", flüsterte Lady Brenda.

„Fragt lieber, wie es Sir Andrew aufnimmt, wenn er plötzlich keinen mehr hat, mit dem er Dummheiten anstellen kann."

„Oh je", hauchte Brenda traurig. „Daran habe ich wirklich nicht gedacht."

Sir Oliver winkte ab. „Dann kommt er eben alle paar Tage nach Wildforest. Wenn er schnell fliegt, ist er in vier Stunden da. Ich habe einige Knappen, denen es sicher gut tut, endlich stilvollen Unsinn zu lernen. Und wenn es ihm bei uns gefällt, dann kann er gern auch bleiben."

„Ich wusste, dass Ihr der richtige Mann seid, mit der Situation unkompliziert zu verfahren." König William legte ihm dankbar die Hand auf die Schulter. „Euer Sohn war schon am Tag der ersten Beerensuche wirklich erfreut. Ihr müsst Euch also darum, wie er reagieren könnte, kein Kopfzerbrechen bereiten."

Lady Brenda schüttelte fassungslos den Kopf. „Wie es scheint, warten alle nur darauf, dass wir uns endlich einen Ruck geben und zu unseren Gefühlen füreinander stehen!"

„Unbestritten." Sir Oliver lächelte still in sich hinein. Die lange Zeit, ausschließlich wie ein Mensch gelebt zu haben, hatte deutliche Spuren hinterlassen. Nun waren die Drachen aber in Hochform – denen konnte man einfach nichts vorspielen.

„Wenn wir demnächst schon mal am Feiern sind … Wie wäre es mit drei Hochzeiten?"

„Ihr meint … Ihr würdet …", Lady Brenda blieb beinahe die Luft weg. „Ja, ich will!", rief sie dann, Sir Oliver um den Hals fallend.

König Williams dröhnendes Lachen war bis in den Rittersaal zu hören. „Erst ist jahrzehntelang kaum ein Kontakt unter den Familien und dann überschlagen sich in wenigen Tagen die Freudenbotschaften im Clan. Nun habe ich auch wieder Hoffnung, dass Prinz Kenneth nicht der letzte junge Drache ist, der geboren wurde. Nehmt mein Töchterchen und werdet zusammen glücklich."

Lady Brenda schmiegte sich an Sir Olivers Schulter, als sie zurück in den Saal gingen.

Das „Ahhhhhh", „Ohhhhhh" und unzählige gute Wünsche, zauberten ihnen ein fröhliches Lachen ins Gesicht. Sogar die jungen Prinzen applaudierten. Lady Brenda fiel ein ganz dicker Stein vom Herzen. Ihr Sohn schien Sir Oliver zu mögen und als zukünftigen Ziehvater zu akzeptieren. Er ging sogar von sich aus auf ihn zu, um lachend und scherzend ein paar Worte mehr mit ihm zu wechseln.

Lady Brenda betrachtete immer wieder den Ring mit dem riesigen Rubin, den ihr Sir Oliver geschenkt hatte. Sie kannte ihn. Es war eines jener Schmuckstücke, an dem Jack Brennigan of Wildforest vor rund 500 Jahren seinen hingerichteten Vater identifiziert hatte. Ihr Vater hatte damals dafür gesorgt, dass die Gebeine des Ritters in die Gruft der Blackstones überführt und den Söhnen Land und Rechte wiedergegeben wurden.

Wildforest der wundervolle Landsitz inmitten uralter Bäume, die die Brennigans wie einen Schatz hüteten. Von hier stammten die Rosenstöcke, die den riesigen Turm der Burg Blackstone inzwischen vollständig umrankten und jedes Jahr in ein Blütenmeer verwandelten, welches schon aus weiter Ferne zu sehen und, wenn der Wind günstig stand, weithin zu riechen war.

„Ihr träumt mit offenen Augen", stellte Sir Oliver blinzelnd fest.

„Ja, von den Wundern Wildforests. Von den Bäumen, den Rosen und den herrlichen Hirschen, die viel zu schön sind, um Jagd auf sie zu machen. Ich freue mich darauf, an Eurer Seite Herrin über diese geheimnisvolle Fleckchen Land zu sein."

Prinz Vincent, der sich dank der aufopferungsvollen Pflege durch Lady Maya, sehr gut erholt hatte und erste Versuche unternahm, seinen Arm zu belasten, freute sich auf die Besuche in Wildforest. Die gigantischen Baumriesen waren ihm immer wieder Inspiration, obwohl er sie bisher nur drei Mal gesehen hatte.

Nun, wo er hoffte, bald wie alle anderen Drachen fliegen zu können, werde sich das ganz schnell ändern. Maya freute sich genau so sehr darauf, in den tiefen Wäldern eins mit der Natur zu werden.

Doch vorher galt es, die anrückenden Armeen König Wenzels zurückzuschlagen.

Die Schlacht um Wildforest

Die Drachen aus Whitecastle und Blackstone trafen zuerst am Kriegsschauplatz ein. Ihre menschlichen Heere wurden von den Damen Maya und Brenda in die Schlacht geführt. Als Letzte sollten die Truppen aus Whitecastle innerhalb von zwei Tagen ankommen.

Von Weitem war bereits deutlich zu erkennen, dass die Söldner König Wenzels mordend und brandschatzend in das Land eingefallen waren. Es gab unzählige Opfer unter dem einfachen Volk.

Auf die Verteidigung durch die Drachen waren die Angreifer offenbar bestens vorbereitet. Sie führten Dutzende Speerschleudern und mehrere Wagenladungen der dazugehörigen Geschosse mit sich.

Sir Oliver hatte daraufhin befohlen, dass sich alle Drachen in schwerem Plattenpanzer verwandeln sollten, um doppelt geschützt zu sein. Das aus gutem Grund, denn jedes Mal, wenn sich auch nur von ferne ein Drache zeigte, wurden die Schleudern bestückt und zusätzlich durch Langbogenschützen unterstützt. So kamen die geflügelten Riesen nie nahe genug an die Söldner heran, um ihre Flammen lodern zu lassen.

Allerdings konnten die Armeen König Wenzels auch nicht weiter vorrücken, weil die Drachen in kürzester Zeit mit ihren riesigen Krallen tiefe Gräben durch die Erde zogen und dahinter mit dem Aushub Wälle auftürmten.

Lady Faye, im Kampf die Wildeste der Damen, gelang es mit halsbrecherischen Flugmanövern, zwei Wagen mit Munition in Brand zu stecken. Einen dritten riss sie um, wobei die Räder zu Bruch gingen. Dann musste sie schleunigst in den Wolken Schutz suchen.

„Schießt das Drecksvieh ab!", tobte König Wenzel, als ihm die Verluste gemeldet wurden.

Doch Lady Faye hütete sich, in den nächsten Minuten hervorzukommen. Sie drehte ab und flog zum Pulk der anderen Drachen zurück.

Gute Arbeit, lobte der König. *Seid aber bitte vorsichtiger.*

Die beiden Jungdrachen Andrew und Kenneth schleppten ein riesiges eisernes Netz herbei, welches Sir Elliot bei den Schmieden seines Vaters in Auftrag gegeben hatte. Es wog an die zwei Tonnen und die Prinzen hatten Mühe, es nicht fallen zu lassen.

Fliegt hoch über den Wolken und haltet es weit ausgebreitet. Ich gebe Euch Bescheid, wann und wo Ihr es fallen lassen dürft.

Ich fliege mit ihnen. Lady Faye schnappte nach einer der langen Seiten.

Rasch stiegen sie auf und näherten sich unbemerkt dem Ziel.

Los!

Das schwere Geflecht raste dem Boden entgegen, zerquetschte zwei weitere Wagen mitsamt den Pferden. Von einigen Geharnischten, die zum Schutz der Wagen zwischen diesen geritten waren, blieben nur noch blutige Reste, die nicht einmal mehr menschliche Formen zeigten.

Eine heillose Panik brach aus, in welche die Drachen herabstießen und tödliche Ernte hielten. Sie verfolgten allerdings jene nicht, die sich über die Grenze retteten.

In den nächsten Tagen ließ König Wenzel immer öfter noch vor dem Morgengrauen angreifen. Diesmal trafen seine Söldner auf die berittenen Truppen König

Williams, während sich die Drachen im Hintergrund hielten.

Es gab auf beiden Seiten hohe Verluste an Menschen und Reittieren. An Letzteren fraßen sich Nacht für Nacht die Drachen satt, um bei Kräften für die mörderischen Kämpfe zu bleiben.

Manch einem hatten Geschosse die Flughäute zerfetzt, sodass sie am Boden bleiben und mit den Reitern angreifen mussten. Sie hatten auch mehr als genug damit zu tun, im Wald versteckte Feinde aufzuspüren und ihnen das Handwerk zu legen.

Immer wieder wurden sie auch hier mit Speerschleudern und Armbrustpfeilen attackiert. Die Fremden wussten ganz genau, dass die Drachen niemals den dichten Wald niederbrennen würden, nur um ihrer habhaft zu werden.

Lady Fran war besonders geschickt, wenn es darum ging, verborgene Lager auszuheben. Sie machte es auf die ihr eigene Weise, indem sie in menschlicher Gestalt erschien und mit ihrem Pilzkörbchen einen harm- und hilflosen Eindruck erweckte. Wollten die Männer dann über das vermeintlich wehrlose Mädchen herfallen, erlebten sie eine bitterböse Überraschung.

Schon für den Gedanken, *erst schänden wir die Kleine und dann knüpfen wir sie am nächsten Baum auf,* rächte sie sich auf furchtbare Weise.

Die Reste ihrer Opfer nahm sie mit und präsentierte sie König William. Sie wusste, dass man sie im Clan wegen ihres lockeren Liebeslebens nicht sonderlich mochte und bewies so, dass sie deswegen nicht weniger für das Wohlergehen des Clans zu geben und zu tun bereit war.

Als sie auf einem dieser Einsätze einen Messerstich in den Arm erhielt und nicht mehr fliegen konnte, nahm sich Lady Faye persönlich ihrer Wunde an. Faye war wohl auch das erste Wesen, das überhaupt darüber Kenntnis bekam, warum Lady Fran so aus der Art geschlagen erschien.

Sie war bei einer nächtlichen Kurzromanze ihres Vaters entstanden und weder er noch die Mutter hatten die Kleine gewollt. Fast immer sich selber überlassen, hatte sie sich ihr ganzes Leben lang nach Liebe gesehnt und sich an jeden geklammert, der auch nur den Eindruck erweckte, für sie da sein zu wollen.

Ihre Drachenkräfte hatte sie entdeckt, als einer der Männer versuchte, sie umzubringen, ehe seine Frau hinter das Verhältnis mit ihr käme.

Er legte ihr eines Nachts plötzlich die Hände um den Hals und drückte zu. Seine, von riesigen Krallen, zerfetzten Überreste fand man am nächsten Morgen am Rand eines Waldes. Seinen Tod schrieb man einem Bären zu und Fran blieb unbehelligt.

Auch von den Söldnern in den Wäldern ließ sie nicht viel übrig. Während sie die einen mit ihren gefährlichen Krallen einfach zerriss, mähte sie die Flüchtenden mit gezielten Feuerstößen nieder, die dem Wald nicht schadeten.

Heute waren es einfach zu viele Feinde gewesen. Blutüberströmt und erschöpft hatte sich Fran zu Fuß nach Wildforest geschleppt. Lady Faye nahm sie in den Arm und streichelte sie tröstend.

„Ihr seid wahrlich kein schlechterer Drache als alle anderen. Hier seid Ihr sicher. Ruht Euch aus."

„Wie geht es ihr?", fragte Sir Elliot, als sich Lady Faye wieder mit an den Kamin setzte.

„Die Wunde wird schnell verheilen", erwiderte sie.

„Ihr sagt das so eigentümlich."

Faye fuhr sich mit dem Handrücken über die Nasenspitze. „Sie tut mir unendlich leid. Ein Wunder, dass sie nicht schon am Leben zerbrochen ist. Ich will nicht darüber reden. Ich werde aber versuchen, irgendwie für sie da zu sein, bevor sie völlig am Boden liegt. Zudem fühle ich mich schlecht, weil ich abwertend über sie gesprochen habe, ohne zu wissen, was der Grund für ihr Anderssein ist.

Sie braucht uns und, dass wir sie auch brauchen, haben wir in den letzten Tagen gemerkt. Sie hat den nördlichen Teil des Waldes im Alleingang von König Wenzels Gelichter gesäubert."

„Wie können wir helfen?", fragte König William sofort. „Das Mädchen ist doch bestenfalls 20 Jahre alt. Da muss doch irgendwas zu machen sein?"

Faye zuckte hilflos mit den Schultern. „Sie braucht jemanden, der für sie da ist, der vergessen kann, dass sie bisher beinahe täglich einen anderen Mann im Bett hatte und der ihr das niemals, nicht mal im Streit, unter die Nase reibt."

Dass Lady Faye nicht scherzte, zeigten die düster zusammengezogenen Augenbrauen.

Fran, die bisher immer irgendwie allein klarkommen musste, erschien am nächsten Morgen pünktlich bei Tisch. Den blutigen Verband, weil durch das Hantieren beim Anziehen die Wunde wieder rumorte, hatte sie unter einem Tuch verborgen.

Doch Lady Faye roch es. Vor ihren scharfen Drachensinnen blieb nichts unentdeckt. So legte sie der völlig verdutzten Fran kurzerhand die besten Stücke vom Tisch vor, füllte ihren Becher und knotete, damit

Fran die Hand auch wirklich ruhig hielt, ihren Schal zu einer Trageschlinge.

„Ihr werdet heute ganz brav hier beim Haus bleiben!", gebot sie schließlich.

„Aber ich …"

Frans Protest erstickte König William mit den Worten: „In Eure scharfen Drachensinne habe ich mehr Vertrauen als zur Turmwache, mögen deren Augen auch noch so gut sein."

„Ich gehorche, Sire." Fran sah die Worte durchaus als die Auszeichnung an, als die sie auch gemeint waren.

So schaute sie nach dem Essen neugierig zu, wie Lady Faye eine grüne, stinkende Kräuterpaste zusammenrührte, die aber sofort nach dem Auftragen ihre sedierende Wirkung merken ließ. Frisch verbunden ging Lady Fran Streife auf dem Landsitz. Die anderen drangen in die Wälder ein, um unliebsame Überraschungsgäste fernzuhalten.

Sir Elliot flog mit Prinz Vincent in der Nacht in Feindesland, um Truppenstärke und -verteilung König Wenzels auszuspionieren. Offenbar bereitete er einen neuen Schlag gegen Wildforest vor, denn er hatte es irgendwie geschafft, mehrere neue Speerschleudern zu bekommen. Zwei davon waren sehr viel kleiner und konnten wohl besonders mobil agieren.

„Das missfällt mir", überlegte König William. „Damit können sie praktisch überall auftauchen."

Der erwartete Angriff erfolgte drei Tage später. Allerdings lief er, weil Sir Elliot und der Prinz ganze Arbeit geleistet hatten, ins Leere. Die Armee König Wenzels wurde Mann für Mann aufgerieben und Sir William gab schließlich den Befehl, die Königsburg des Nachbarreiches direkt anzugreifen.

Auf den Angriff von über 40 Drachen war man zwar vorbereitet, aber nicht darauf, dass die Drachen Tag für Tag und sogar mitten in der Nacht in mehreren Wellen heranflogen. Nach drei Wochen wurde die Munition knapp und die Drachen nahmen, ohne Verluste und mit nur wenigen Verletzten in den eigenen Reihen, die Burg ein.

König William setzte Sir Elliot als Statthalter ein und gleichzeitig ein Kopfgeld auf den flüchtigen Sir Wenzel aus. Doch der blieb, wie vom Erdboden verschluckt. Da man nicht jede der bis zur Unkenntlichkeit von den Drachenflammen verbrannten Leichen identifizieren konnte, ging man am Ende davon aus, er habe den Tod gefunden.

Der Drachenkönig, weit davon entfernt, sich an der Bevölkerung zu rächen, verleibte sich die neuen Ländereien zu seinen Steuerkonditionen ein, womit er sich die Menschen sehr gewogen machte. Sogar die meisten Ritter des Landes schworen ihm Treue, als sie merkten, dass man sie ungeschoren und im Besitz ihrer Burgen ließ. Die anderen suchten mit allem, was sie fassen und irgendwie mitnehmen konnten, das Weite.

Der Tag des Abfluges der Drachen stand bereits fest und Sir William schaute noch einmal von den Zinnen der Burg über sein neues Herrschaftsgebiet, als er ein verräterisches Knacken vom Turm hinter sich hörte. Auf das Zischen des Speers wirbelte Sir William herum und glaubte, Gespenster zu sehen.

Mit einem wilden Schrei warf sich Lady Fran als Schutzschild vor ihn. Der Speer durchschlug den schmächtigen menschlichen Körper und streifte König William nur leicht an der Hüfte.

Die Verwandlung in einen Drachen und der tödliche Feuerstoß gegen Sir Wenzel, der die mobile Waffe ausgelöst hatte, erfolgten im Bruchteil einer Sekunde.

Da herrschte auch schon Aufruhr in der Burg und alle liefen zusammen. Erschüttert standen sie vor Sir William, der neben Fran kniete, ihre Hand hielt und inständig hoffte, sie möge noch einmal die Augen aufschlagen.

Brenda und Faye untersuchten sofort die zerfetzt aussehende Wunde und versuchten, die Blutung zu stoppen. Sir Elliot breitete seinen Umhang aus, auf dem Fran sogleich in die Burg getragen wurde. Es war keine Zeit für Etikette und so fegte Sir Oliver mit der Hand das Geschirr vom Tisch, auf den die bewusstlose Fran gebettet wurde.

Faye schnitt ihr die Kleider vom Leib, während Brenda Kräutersud bereitete. Maya drehte Pfropfen aus Leinentüchern, welche sie mit dem desinfizierenden Pflanzensaft durchtränkte.

Sir William hielt, noch immer völlig erschüttert, Frans Hand. „Ihr dürft nicht sterben", flüsterte er beschwörend.

Faye legte die Verbände an. „Noch schlägt ihr Herz", sagte sie leise. „Doch ich weiß nicht, ob sie die nächsten Stunden überleben wird. Es ist eher unwahrscheinlich."

Sie ließ Fran in ihr Zimmer tragen. Wo sich alle um das Bett der Reglosen versammelt.

„Sir Elliot und Sir Oliver, seid so lieb, mich in den nächsten beiden Tagen in Staatsangelegenheiten zu vertreten. Lasst mir eine Matratze und eine Decke bringen. Ich werde keinen Schritt von dieser Frau weichen."

Er wartete auch gar nicht ab, was geschehen werde. Er gab jegliche verfügbare Energie an die fast tödlich Verletzte ab. Ein violettes Leuchten zeigte an, dass diese alles, was sie bekommen konnte, unbewusst aufsog wie ein trockener Schwamm.

Die Ritter brachten nicht nur eine Matratze, sondern mehrere gleich hohe Truhen, auf die sie die Matratze legten. Gerade noch rechtzeitig, ehe ihr König völlig ausgepumpt zusammenbrach.

Zwei Drachen wachten auf Befehl Sir Elliots direkt im Zimmer und hätten nicht einmal eine Ameise ungestraft eindringen lassen.

Lady Brenda flog in den Nebelwald, um Kräuter zu sammeln, die nur dort wuchsen. In der Mittagsstunde des nächsten Tages kam sie zurück. „Wie geht es ihnen?"

„Lady Fran liegt noch immer in todesähnlichem Schlaf. Wenigstens verliert sie kein Blut mehr. Euer Vater erholt sich langsam wieder. Aber er weicht nach wie vor keinen Schritt von ihrer Seite."

„Sehr gut. Ich bin überzeugt, dass sie seine Nähe spüren kann." Brenda begab sich sofort in das Krankenzimmer.

„Sie wacht nicht auf", klagte Sir William, kaum dass seine Tochter eingetreten war.

„Ihr müsst Geduld haben", tröstete ihn Brenda. „Wenn sie es bis hierhin geschafft hat, dann kommt sie auch wieder zu sich. Sprecht mit ihr. Erklärt ihr, dass es 1000 Gründe gibt, für die es sich lohnt, wieder gesund zu werden."

Sie schaute ihn prüfend an. „Oder ist es gar mehr als Dankbarkeit, die Euch hier wachen lässt?"

Das kaum sichtbare Nicken fiel so hilflos aus, dass sie trotz aller Sorgen lachen musste. „Dann sagte es ihr. Dafür könnt Ihr getrost die 999 anderen Gründe weglassen. Kommt schon!" Um ihren Vater nicht vollkommen zu verwirren, ließ sie ihn wieder mit Fran allein.

Er setzte sich auch sogleich auf die Bettkante, betrachtete lange das totenbleiche, aber wirklich hübsche Gesicht seiner Retterin und streichelte es vorsichtig mit einer Fingerspitze.

„Fran? Fran wacht bitte auf. Es ist unfair, mich zu retten, um mich dann allein zu lassen. Im Frühling wollen wir die Hochzeit der drei Pärchen feiern. Hättet Ihr nicht Lust, neben mir zu gehen? Mit einem Brautstrauß, meine ich. Als meine Braut, um es genau zu sagen. Fran, ich liebe Euch."

Er hauchte ihr einen Kuss auf die Stirn. Als er sich wieder aufrichtete, schauten ihn zwei dunkelblaue Augen dankbar an.

„Oh, Fran." Sir William legte seine Wange an die ihre. „Heißt das ja?"

Ja.

Fran war zu schwach, um sprechen zu können. Ihre gedachte Antwort hörte der überglückliche Sir William mit größter Freude.

Sofort gab er telepathisch an alle Drachen Bescheid, dass Lady Fran erwacht sei und er sie nie mehr allein lassen werde.

So verzögerte sich sein Heimflug um ganze zwei Wochen, weil Lady Fran nicht eher transportfähig war. Bis dahin vertrat Prinz Vincent seinen Vater beim Volk.

In warme Decken gewickelt und durch ein festes Tuch gesichert, trug Sir William seine Liebste schließlich nach Hause, wo schon alles vorbereitet war, um sie gesund zu pflegen. Vier Ritter nahmen dort dem Drachenkönig vorsichtig das Tuch aus den Klauen und brachten ihre zukünftige Herrin in die Burg.

Lady Fran

Am Kaminfeuer konnte sie sich aufwärmen, heißen Kräutertee trinken und von den Strapazen des Fluges erholen. Sie war dankbar für alles, was ihr in den letzten Wochen widerfahren war – für Gutes und Böses. Für heute war es zu viel Aufregung gewesen und sie schlief ganz fest ein.

Sir William gab einem Ritter Handzeichen, gut auf sie zu achten. Er selber eilte in die Schatzkammer, um ein besonders wertvolles Geschmeide für Fran herauszusuchen. Sie trug zwar den Titel einer Dame, war aber praktisch mittellos.

Ihr Vater hatte einige Jahre dafür gesorgt, dass sie nicht hungern musste, aber die Zuwendungen gestrichen, als sie sich aus Verzweiflung mit immer neuen Männern einließ. Von da an verdiente sie ihren Lebensunterhalt als Dirne auf eigene Rechnung, was glücklicherweise nur die Clanmitglieder wussten.

Darüber, wer ihr Erzeuger war, bewahrte sie eisernes Schweigen. Sicher war nur, dass es ein Drache gewesen sein musste. Nicht einmal Lady Faye, die alle, die infrage kommen konnten, während des Feldzuges beobachtet hatte, fand etwas heraus. Die meisten männlichen Drachen hatten den direkten Umgang mit Fran vermieden.

Sir William ließ das kalt. Alle würden sich an sie als zukünftige Frau des Königs gewöhnen müssen.

Er hatte soeben in einer Schatulle gefunden, was er suchte. Die rosafarbenen Edelsteine passten hervorragend zu Frans zarter Erscheinung.

Sie schlief so tief, dass sie nicht einmal merkte, wie er ihr Collier und Armband anlegte und den dazugehörenden Ring überstreifte.

Als Nächstes ließ er seinen Schneider rufen. Fran brauchte dringend alle Sorten Garderobe, vom Alltagskleid bis hin zum Brautkleid, welches William gleich mit in Auftrag gab.

Auch der Schuster bekam überreichlich Arbeit. Der Herbst hielt langsam Einzug, der Winter stand vor der Tür und Fran sollte es an nichts fehlen.

Die wachte irgendwann am Nachmittag auf und glaubte, immer noch zu träumen. Mit unnatürlich großen Augen betrachtete sie Armband und Ring. Dann fühlte sie etwas an ihrem Hals, das vorher auch nicht da gewesen war.

„Gefällt es Euch?", fragte William.

„Es ist wundervoll", schwärmte Fran, dankbar nach seiner Hand fassend. „Ich habe, außer einer Apfelkernkette und Kirschen am Ohr als kleines Mädchen, noch nie Schmuck besessen. Höchstens einen Kranz aus Gänseblümchen."

Prinz Vincent kam mit einem Korb in der Hand herein. Er stellte ihn vor Lady Fran auf den Tisch. „Geschenke für Euch. Einige Bauern haben sie gebracht."

„Für mich?", fragte Fran überrascht. Sie staunte genau wie Sir William über Honig, seltene Früchte und duftende Kräuterbündel.

„Jeder hier weiß, dass Ihr Euch als Schutzschild vor meinen Vater geworfen habt. So etwas vergisst man nicht. Man verehrt Euch", erklärte Prinz Vincent mit tiefer Zufriedenheit. „Herzlich willkommen im neuen Zuhause."

„Zu Hause", hauchte Fran, sich umschauend.

Das heftige Nicken des Königs ließ sie strahlen.

Seine Bitte, mit ihm das Bett zu teilen, damit er sich um sie kümmern könne, falls ihre Verletzung Probleme bereite, schlug sie nicht ab. Hatte er doch in den letzten Wochen immer neben ihr gelegen und bei jedem noch so kleinen Problem sofort geholfen.

Die riesige Wunde war noch lange nicht verheilt, schmerzte heftig und jede Bewegung war eine Qual. Ob sie jemals wieder würde aus eigener Kraft fliegen können, wusste auch niemand zu sagen.

Lady Maya hatte Sir Vincent an den Königshof begleitet. Sie versuchte bestmöglich, Frans Schmerzen zu lindern. Fran biss die Zähne zusammen, wenn Maya die verkrusteten Verbände zu lösen versuchte. Der Schusskanal war zumindest schon im Begriff, sich endgültig zu schließen. Dass es nur wenige Komplikationen gab, grenzte an ein Wunder.

Die gute Nachricht dieses Abends lautete: „Ich trage ab sofort nur Kräuterextrakt auf und verbinde neu."

Fran hätte bei Lady Mayas Worten vor Freude weinen mögen. Die Prozedur, mit der die durchtränkten Stoffpfropfen in die Wunde gedrückt wurden, glich jedes Mal einer Folter. Die nun ein Ende zu haben schien.

Als sich Sir William spät abends auch zur Ruhe begab, auf Tuchfühlung heranrückte und ihr einen Gutenachtkuss auf die Wange hauchte, war für Fran die Burg endgültig der allerschönste Ort auf der ganzen Welt. Das erste Mal seit langem schlief sie beinahe schmerzfrei ein und vor allem bis zum Morgen durch.

Das Klingen von Schwertern ließ sie erschauern. Dann fiel ihr ein, dass sie hier auf einer Burg war, wo täglich mehrere Ritter für den Ernstfall, aber auch

Turniere trainierten. Das Aufstehen, um aus dem Fenster spähen zu können, ging heute erheblicher leichter als in den letzten Tagen.

Weil sie sich nicht allein ankleiden konnte, warf sie nur einen Umhang über das Nachthemd, fuhr mit den Fingern durchs Haar, um es wenigstens etwas zu ordnen und trat auf den Gang.

„Guten Morgen, Mylady!", tönte es ihr entgegen.

Sie erwiderte erfreut den Gruß, fasste sich ein Herz und fragte den Wächter, ob man von hier aus den Trainingsplatz sehen könne.

„Vom zweiten Fenster links ist der Blick recht gut", bekam sie Auskunft, bedankte sich und wankte zur angegebenen Stelle.

Der Wachhabende kam heran und legte ihr zusätzlich seinen eigenen Umhang um die Schultern. „Ihr werdet Euch sonst auf dem zugigen Gang erkälten."

Ein paar Minuten später nahte Lady Maya. „Oh je, hätte ich gewusst, dass Ihr zuschauen möchtet, wäre ich doch schon längst hier gewesen. Aber keine Sorge, sie kämpfen noch eine Stunde lang. Ich kümmere mich jetzt schnell um Euch und dann bringe ich Euch hinunter, damit Ihr freie Sicht habt."

Sie kontrollierte den Verband, ohne ihn abzunehmen. „Warum soll ich Euch quälen, wenn es nicht unbedingt nötig ist?", erklärte sie auf den fragenden Blick.

Lady Fran atmete tief durch. Selbst das ging heute viel leichter als sonst. Die Lunge schien wieder heil zu sein.

Es klopfte Maya verließ das Zimmer und kam mit einem großen Stapel Kleidung in den Farben des Königshauses wieder herein. „Wunderbar! Da hat sich der Schneider aber beeilt."

Warm eingepackt, mit Fellstiefelchen an den Füßen, setzte sich Lady Fran schließlich auf einen der hölzernen Sessel neben dem Trainingsplatz.

In der völlig schmucklosen Rüstung war König William nur durch seine Körpergröße und den reich verzierten Griff seines Schwertes von den anderen zu unterscheiden. Seinen Bären- oder vielmehr Drachenkräften hatte kaum einer etwas entgegenzusetzen.

Er trieb seine Gegner durch den Ring und kam zu ihr heran, als er den Letzten besiegt hatte. „Guten Morgen, meine Liebste. Wie fühlt Ihr Euch heute?"

„Guten Morgen. Sehr gut." Fran lächelte glücklich.

Sir William zog sich einen Schemel heran. „Prinz Vincent hat plötzlich auch entdeckt, wie hilfreich es manchmal sein kann, Waffen führen zu können. Als Drachenkämpfer macht er sich ja hervorragend, obwohl er noch einige Probleme mit seiner Schulter hat. Mal schauen, ob er als Ritter bald nachziehen kann. Dabei wollte er noch vor wenigen Monaten niemals seine Laute und den Federkiel gegen ein Schwert eintauschen."

„Oh, er spielt Laute?", staunte Lady Fran. „Ist es ein vermessener Wunsch, es hören zu dürfen?"

„Ganz und gar nicht. Er wird heute Abend gern für die Damen musizieren." König William applaudierte Sir Vincent zum ersten Sieg über einen anderen Kämpfer und beendete das Training.

Er führte Lady Fran zum Haus zurück, wo er sie Lady Maya in Obhut gab.

„Die frische Luft hat Euch sichtlich gutgetan. Ihr seid nicht mehr ganz so blass", freute sich Maya. „Ich habe Euch aus den Kräutern aus Euerem Korb einen Trank gemixt, der die Lebensgeister richtig auf Trab bringt."

„Hmm, er duftet köstlich!" Fran hob schnuppernd die Nase. „Pfefferminze, Melisse, eine Spur Honig und etwas, das ich nicht kenne."

„Eine Scheibe Zitrone. Man könnte es auch heiß trinken."

Fran schüttelte den Kopf. „Es schmeckt himmlisch!" Sie teilte sich den Inhalt des Kruges mit Lady Maya, die gern annahm.

Nach dem Frühstück erklärte Fran, dass man so tun solle, als sei sie gar nicht da. „Ich möchte keinem zur Last fallen und auch nicht die Laune verderben. Ich melde mich ganz einfach, wenn ich etwas Hilfe brauche."

„Fühlt Ihr Euch auch wirklich nicht einsam?", fragte Sir William besorgt.

Fran schüttelte den Kopf. „Nein. Ihr habt mir Euer Wort gegeben und ich weiß, dass Ihr es niemals brechen werdet. Ich setze mich in die Bibliothek und lese, damit Ihr ganz in Ruhe Eure vielen Aufgaben erledigen könnt."

Sie ließ sich sogar von einer Magd hinauf führen, um die Königsfamilie nicht von wichtigen Dingen abzuhalten.

Maya schaute lächelnd hinterher. „Lady Fran hat endlich ein richtiges Zuhause und eine wirkliche Liebe. Für ein wahrhaft liebendes Herz wäre sie sogar in die kleinste Hütte gezogen."

„Umso glücklicher macht es mich, dass ich ihr ein etwas größeres Häuschen bieten kann", schmunzelte der König.

„Wisst Ihr eigentlich, dass sie, seit Ihr sie wegen ihres verletzten Armes in Wildforest als Leibwächterin eingesetzt habt, diese Aufgabe Tag für Tag unbemerkt übernahm? Sie ist Euch als Schatten überall hin gefolgt. Deshalb war sie auch genau im richtigen Moment zur Stelle, als Euch der Schuft Wenzel aus dem Hinterhalt umbringen wollte", verriet Lady Maya.

Das zutiefst erstaunte Gesicht des Königs sprach Bände. Er war an jenem Tag tatsächlich so in Gedanken mit dem Heimflug und den bevorstehenden Hochzeiten beschäftigt, dass er für jeden leichte Beute gewesen wäre.

„Sie hätte Wenzel auch selber verbrennen können. Aber diese Rache wollte sie Euch nicht vorenthalten. Sie wählte den Tod, um Euch zu zeigen, wie sehr sie Euch liebt. Denn zu jenem Zeitpunkt ahnte sie nicht, dass Ihr ihre heimliche Sehnsucht jemals stillen werdet."

Diese Informationen brachten den König auf so viele Ideen für das grandiose Schauspiel der vier Hochzeiten, dass die anderen seinen Tatendrang belustigt zu bremsen begannen. Nach einer Stunde sprang er auf. „Ich bin gleich wieder da. Will schauen, wie es Lady Fran geht. Nicht, dass sie sich doch in irgendeinem Winkel zu Tode langweilt."

Frans Augen strahlten freudig auf, als er den Kopf zur Tür hereinsteckte. Sie hatte die Aufzeichnungen der Wiederauferstehung des Clans vor sich liegen. „Mir geht es gut und ich langweile mich auch nicht", fasste sie kurz zusammen.

Er küsste sie auf die Stirn. „Mit diesem Wissen geht es mir auch gut. Ich liebe Euch. Sagt mir bitte immer sofort, wenn Euch irgendetwas bedrückt."

Lady Fran lächelte dankbar.

„Hatte ich Euch eigentlich schon verraten, dass Ihr meine erste Drachenfrau seid? Nein? Na, dann ist es jetzt heraus", blinzelte König William.

Fran strich mit der Hand über das Buch auf ihrem Schoß. „Ich weiß nicht viel über den Clan. Vielleicht gelingt es mir, bis zur Hochzeit die größten Lücken zu schließen, um Euch nicht zu blamieren, mit meiner Dummheit. Ich hatte ja bis zum Krieg gegen Wenzel nicht mal eine Ahnung davon, wie viele es von uns gibt und wo sie leben.

Ja, ich habe nicht einmal gewusst, dass ich fliegen kann. Ich habe es mich nie getraut. Nicht einmal bei Nacht oder Nebel. Und vielleicht werde ich es auch nie wieder können", fügte sie leise hinzu.

Sir William nahm sie tröstend in den Arm. „Sollte das wirklich der Fall sein, was ich nicht glauben mag, dann werde ich Euch überall hin durch die Lüfte tragen, wohin Ihr möchtet.

Ihr seid ein roter Drache, wie Lady Maya. Sie hat auch immer an sich und ihren Kräften gezweifelt. Aber Ihr seid, wie sie, ein Drache, was andere, die das Potenzial haben, niemals werden."

Fran zog Sir William fest an sich. Seine Worte waren wie Balsam. Lady Faye war die Erste gewesen, die ihr jemals Gutes getan hatte, ohne nach Dank zu fragen, genau wie der ganze Kreis um ihren geliebten König. Keiner hatte sie von sich gewiesen, wie sie es von klein auf gewohnt gewesen war, und alle hatten ihr schließlich geholfen, ohne viele Worte darüber zu verlieren.

„Ich bin sehr glücklich. Ich habe nicht geahnt, dass meine Befindlichkeiten jemals jemanden interessieren könnten", murmelte sie.

„Ich, meine Liebste, werde Euch bis ans Ende meiner Tage dankbar sein. Ihr wart für mich da, als ich am dringendsten Hilfe brauchte, und ich werde immer für Euch da sein." König William hauchte ihr einen flüchtigen Kuss auf die Lippen, der einen Wimpernschlag später in einen überaus leidenschaftlichen überging.

„Ihr müsst ganz schnell wieder richtig gesund werden", bat Sir William und Lady Fran, noch nicht wieder zu Atem gekommen, nickte: „Ich verspreche es. Ich habe 1000 Gründe, Eure Bitte rasch zu erfüllen."

Er konnte es spüren, dass sie sofort einen Teil ihrer Drachenkräfte aktivierte. Lady Maya staunte ein paar Stunden später, wie gut die Wunden plötzlich verheilten. „Ich glaube, in zwei Tagen brauchen wir keinen Verband mehr."

„Oh, das ist schön!", jubelte Fran und faltete sogar die Hände.

Mit leuchtenden Augen lauschte sie abends dem Lautenspiel und Gesang Prinz Vincents und sang sogar zu einem Stück die zweite Stimme im Kehrreim. Als er eine Pause einlegte, bat sie, die Laute anschauen zu dürfen. Sie zupfte ein paar Saiten an und verband die Töne zu einer Melodie.

„Ihr spielt auch?", rief Sir Vincent überrascht.

„Ich habe noch nie vorher so ein Instrument in der Hand gehalten", versuchte Fran zu erklären. „Es macht aber Spaß."

„Soll ich es Euch lehren?"

„Oh, bitte! Aber nur, wenn Ihr wirklich die Zeit dazu habt." Frans Augen strahlten.

„Daran sollte es nicht scheitern", schmunzelte Lady Maya. „Ich werde lauschen und Handarbeiten machen."

König William blinzelte. „Ich verurteile meine Ritter dazu, mich mit Brettspielen zu erfreuen. Dann sind wir alle beisammen und die langen Winterabende fördern die Geselligkeit."

„Tun sie das bei uns nicht immer", schmunzelte der Prinz.

Sir William lachte. „Drachen sind dafür besonders anfällig. Die Zeit, wo wir als Eremiten irgendwo einsam in den Bergen und Wäldern hausten, hat meine Mutter, Lady Lilian, endgültig beendet. Nun sind wir alle füreinander da und passen gut aufeinander auf. Schließlich sind wir nicht gerade viele."

Lady Fran überlief ein Frösteln. „Ich habe die Geschichte der alten Blackstones gelesen …"

„Wir lassen uns ganz sicher in keine solchen Fallen mehr locken", sagte der König. „Der Geist des großen Drachen, der mich beseelt, wird bei meinem Tod auf ein anderes Clanmitglied übergehen. Wer das sein wird, entscheidet er allein."

„Sprecht nicht von Euerem Tod, Sire", hauchte Lady Fran, sich eine Träne wegwischend.

Er tupfte ihr mit dem Finger auf die Nasenspitze. „Ich werde noch lange für Euch da sein."

Sie schmiegte sich an. Seine Nähe tat ihr unendlich gut. Er drängte sie nicht. Er schlug etwas vor und überließ ihr die freie Entscheidung.

Ich würde Euch auch niemals zwingen, bei mir zu bleiben, solltet Ihr mich irgendwann satthaben, hörte sie seine Stimme in ihren Gedanken, was zu Folge hatte, dass sie sich noch enger ankuschelte.

Die erstaunt fragenden Blicke seines Sohnes und dessen Braut kommentierte er mit: „Ich genieße es, ein junges hübsches Drachenweibchen abbekommen zu haben."

Frans Wangen färbten sich auffallend Rosa. Sie war bei den Unterhaltungen der Ritter schon auf Staunen gestoßen, weil man dem König nicht zugetraut hatte, dass er sich eine blutjunge Frau nehmen werde. Immerhin waren seine beiden jüngsten Söhne auch gerade mal 20 und 15 Jahre alt.

Lady Fran ordnete man irgendwo dazwischen ein, was sogar fast den Tatsachen entsprach. Sie war wenige Tage vor der Schlacht gegen König Wenzel 20 geworden.

Ritter Sebastian hatte mit den Schultern gezuckt: „Das ist sicher nicht verwunderlicher als die Tatsache, dass unser König über 500 Jahre alt ist. Drachen sind halt ganz besondere Wesen."

Sir William hatte dies vernommen, auch wenn er am anderen Ende des Saales saß. „Ihr seid mir der rechte Mann, Ritter Elliots Stelle bei Hofe einzunehmen. Im Kampf steht Ihr ihm kaum nach und an Loyalität hat es nie gemangelt."

Sebastian hatte sich daraufhin sehr tief vor seinem Herrn verneigt und den Dienst als rechte Hand des Königs angetreten.

Ebenjener Sebastian kam vom Hof, wo seit Minuten mehrere Pferde stampften und wieherten. „Ein Bauer aus Sundown bittet Euch um einen Augenblick Gehör."

Sir William stand auf. „Begleitet Ihr mich, meine Liebe?"

Lady Fran nickte. Eine Magd legte ihr einen Umhang um und der König führte sie am Arm hinaus.

Der Bauer verbeugte sich fast bis zum Boden. „Unser Dorf möchte Eurer Braut ein Pferd zum Geschenk machen", erklärte er mit fragendem Unterton und fügte schnell hinzu. „Weil sie Euch vor Bösem bewahrt hat. Es soll sie erfreuen und all das Schlimme vergessen lassen, was ihr geschehen ist."

König William stimmte mit einem warmherzigen Lächeln zu.

„Ich habe mehrere Tiere mitgebracht, aus denen Ihr Euch eines auswählen könnt, Mylady." Der Bauer knetete seine Mütze verlegen zwischen den Fingern.

Lady Fran glaubte zu träumen. „Ich darf mir eins aussuchen? Aber ich habe doch gar keine Ahnung von Pferden."

„Ich helfe Euch", schmunzelte der König.

„Es sind alles Zelter", rief der Bauer. „Sie gehen besonders ruhig, damit Eure Verletzung schnell heil werden kann."

„Dann könnt Ihr Euch wirklich das Tier aussuchen, welches Euch am besten gefällt", erklärte der König, mit ihr näher an die Pferde herantretend.

Von strahlendem Weiß bis Nachtschwarz waren die fünf Rösser gefärbt. Die Schimmelstute hob den Kopf, als sich Lady Fran näherte, und beschnupperte sie neugierig. Sie folgte ihr auch mit den Augen, als sie die anderen Pferde streichelte. Fran schritt zwei Mal die Reihe ab und immer wurde sie von der weißen Stute angeschnuppert.

„Dieses Pferd möchte ich bitte haben", sagte sie schließlich, es am Hals kraulend. „Ich glaube, wir beide werden uns gut verstehen."

„Und ich kaufe Euch den Rapphengst ab!" Der König zog eine Handvoll Goldstücke aus der Tasche.

An diesem Abend waren mindestens drei Personen sehr glücklich – Lady Fran, der König und der Bauer, der für den Rappen so viel Geld bekommen hatte, wie sicher drei Pferde zusammen wert gewesen wären.

Sir Sebastian bestimmte einen Stallburschen, der sich in jeder Weise um die beiden Tiere zu kümmern hatte.

Lady Maya schaute nach Frans Wunde, ehe der König sein Schlafzimmer aufsuchen werde. „Es sieht richtig gut aus", freute sie sich. „Ihr braucht keinen Verband mehr. Eure Kräfte leisten ganze Arbeit. Schon bald wird nur noch eine verblassende Narbe übrig sein. Dagegen ist leider kein Kraut gewachsen."

„Das ist nicht schlimm", erwiderte Lady Fran. „Sir William ist ganz bestimmt nicht der Mann, der sich an solchen Äußerlichkeiten stoßen wird."

„Da habt Ihr recht und ich bin froh, dass Ihr so denkt. Gute Nacht, Lady Fran."

Fran brannte darauf, William die gute Nachricht zu verraten. Seine Freude war nicht geringer als ihre.

„Darf ich es sehen?", fragte er.

Fran nickte und schob das Nachthemd hoch. Dass Williams Augen nicht nur nach der Narbe spähten, war zu erwarten gewesen. Das zärtliche Streicheln nahm Fran nur zu gern an und es ergab sich ganz von selbst, dass daraus schnell ein heißer, wenn auch überaus vorsichtiger Liebesakt wurde.

Umbrüche

Bei allen Drachenpärchen, die sich zusammengefunden hatten, herrschte gigantische Betriebsamkeit. Alles musste sich neu sortieren, um wirklich reibungslos zu funktionieren.

Sir Oliver hatte von allen die schwersten Aufgaben zu bewältigen. Die Hälfte seiner Ländereien lag in Schutt und Asche und der Winter stand bevor.

Lady Brenda und die jungen Prinzen waren kurzerhand gleich bei ihm geblieben, um ihn in jeder Weise zu unterstützen.

Auch die anderen Clanmitglieder waren nicht untätig. Sir Elliot schickte Handwerker aus den neu eroberten Gebieten zu seinem Vater. Die Restaurierung der Burg Löwenstein hatte Zeit. König William hieß das eindeutig gut. Er sandte Geld nach Wildforest, um die Bauleute zu bezahlen, und er ließ zwei Speicher öffnen, damit Sir Olivers Volk keine Not leiden musste.

Die Damen Faye und Brenda unterrichteten zusammen die jungen Prinzen in Verwaltungsdingen. Der Krieg hatte beide schlagartig erwachsen werden lassen. So kam es auch, dass Prinz Kenneth immer wieder nach Whitecastle ritt, um dort nach dem Rechten zu sehen und auch Recht zu sprechen, wenn es zu Streitigkeiten kam.

Das Volk akzeptierte den Sohn der Burgherrin und die Ritter folgten seinen Befehlen ohne Zaudern. Er selbst wusste von klein auf, wem er hier am meisten vertrauen konnte und Lady Brenda übergab ihm schließlich endgültig die Geschicke der Burg.

Prinz Andrew bekam von seinem Vater die Erlaubnis, anstatt einer Order, jeweils eine Woche bei Kenneth, die nächste bei Sir Oliver und die dritte bei ihm zu verbringen. Bis er seinen endgültigen Platz und seine Bestimmung gefunden habe.

So wagte er es recht schnell, seinen Vater zu fragen: „Habt Ihr etwas dagegen, wenn ich auf den Grundmauern der Ruine Sternfels eine neue Burg für mich aufbaue? Somit wäre auch die westliche Straße wieder gesichert."

„Ein Argument, das sich nicht einfach vom Tisch wischen lässt", bestätigte der König. „Ich habe mich nicht getäuscht, dass Euer strategisches Denken, seit wir alle wieder frei fliegen dürfen, sehr dazugewonnen hat. Ich übergebe Euch also den Burgbezirk aus dem Besitz des Verräters Frederik zur freien Verfügung.

Nun ist es ganz Eurer Findigkeit überlassen, wie Ihr Euch mit den Bauern und Pächtern ins Geschick setzt, wegen der Bauarbeiten."

„Ach, da ist mir nicht bange", lächelte der Prinz. „Die Speicher hat ja keiner angetastet, als die Burg geschleift wurde. Um Nahrung muss ich mich für zwei Jahre nicht sorgen. An Arbeitskräften wird es mir nicht mangeln.

Es gibt in Wildforest viele Waisenkinder, die sowohl ein Dach über dem Kopf, als auch einen Flecken Erde brauchen, wo sie wieder zu sich selber finden können. Ich werde aufnehmen, wer bereit ist zu arbeiten, um irgendwann zufrieden leben zu können. Mich drängt ja keiner, die Burg rasch in die Höhe zu ziehen, also wird sie auch keiner antreiben."

Noch am selben Abend erfuhr Sir Oliver von der Entscheidung des jüngsten Königssohnes. Hocherfreut,

Hilfe bei der Versorgung der vielen Waisen zu bekommen, ließ er den Willen des Prinzen ausrufen und über 30 Mädchen und Jungen versammelten sich am Landsitz Wildforest.

Mit drei Pferdewagen und einem kundigen Führer ausgestattet, machten sie sich auf den langen Weg nach Sternfels. Sie ahnten nicht, dass dort schon wärmende Kleidung und Decken auf sie warteten, denn den ersten Winter würden sie in den Gängen verbringen müssen, die als Labyrinth den Berg durchzogen. Aber hier unten war es warm, trocken und es gab ausreichend Platz für alle.

Im Augenblick wärmten sie sich des Nachts gegenseitig und teilten die wenige Habe, die sie aus den Trümmern gerettet hatten. Nahrung gab es genug, denn das Verladen hatte Lady Brenda persönlich überwacht.

Aber auch Prinz Andrew überließ nichts dem Zufall. Nacht für Nacht stieg er als Drache auf und schaute unbemerkt nach, ob es den Reisenden gut gehe.

König William staunte immer wieder über seinen Jüngsten, der solch eine Verantwortung übernommen hatte.

„Habt Ihr schon Baupläne?", fragte er am Tag, bevor die vielen Waisen eintreffen sollten.

„Noch nicht. Aber Meister Reginald hat mir versichert, dass ich sie bis zum Frühjahr bekomme. Wir müssen ja doch erst die Reste der zerstörten Burg beräumen. Ich hoffe, dass viele der alten Steine noch verwendbar sind", erklärte Prinz Andrew. „Wenn der Winter nicht zu streng wird, dann könnten wir es sogar schaffen, die guten von den schlechten Steinen zu trennen, damit wir mit dem Bau beginnen können, sobald der Boden frostfrei bleibt."

„Ihr seid sicher, dass Ihr nichts vergessen habt?", vergewisserte sich der König.

„Wem etwas auffällt, der möge mich warnen", erwiderte der Prinz mit sehr ernstem Gesicht. „Ich kaufe, wenn wir bauen können, ein paar Kühe, Schafe, Hühner und Gänse. Es sind viele Mädchen auf dem Weg nach Sternfels. Ich gedenke, sie als Hüterinnen der Tiere, Mägde und Köchinnen einzusetzen, statt zum Steineschleppen.

Vielleicht gelingt es uns, uns teilweise eigenständig zu versorgen. Wenn es ernsthafte Schwierigkeiten gibt, wende ich mich an meinen König. Er ist bekannt dafür, niemanden abzuweisen und immer guten Rat zu haben", fügte Prinz Andrew mit einem Lächeln hinzu.

Prinz Vincent nickte. „Das habe ich auch gehört. Er soll übrigens noch einen Sohn haben, der sich ebenfalls nützlich machen kann. Also spannt diesen ruhig mit ein."

„Vielen Dank!", strahlte Prinz Andrew seinen großen Bruder an. „Mir ist zu Ohren gekommen, dass dieser sich hin und wieder in einen Drachen verwandelt. Mit solch riesigen Pranken und schier unglaublicher Kraft könnte er mit mir zusammen jene Steinblöcke bewegen, unter denen alle anderen zusammenbrechen würden."

Lady Fran lächelte still in sich hinein. Sie freute sich darauf, bald Teil dieser Familie zu werden. Es gab selten Unstimmigkeiten und wenn, dann wurden sie ruhig und ohne Streit beseitigt.

Da fühlte sie Lady Mayas Hand auf ihrem Arm. „Wir beide kommen hin und wieder auf Besuch. Schließlich brauchen nicht nur die jungen Männer Ansprechpartner, wo sie ihre kleinen Kümmernisse loswerden kön-nen."

„Das wäre fantastisch! Als Mädchentröster mache ich sicher keine gute Figur", lachte Sir Andrew.

Maya kicherte. „Ach, wenn es um Trost geht, dann würden sie eher Schlange bei Euch als bei uns stehen. Euch entgeht sicher nicht, dass inzwischen nicht nur die ganz kleinen Mädchen vor Freude rot werden, wenn Ihr ihnen zulächelt."

„Gut beobachtet", gab der Prinz zu. „Trotzdem werden sie viele Dinge lieber von Frau zu Frau klären. Über den anderen Trost lässt sich immer noch nachdenken."

König William hob überrascht den Kopf. Da war einer ziemlich schnell erwachsen geworden. Das richtige Alter, um sich ernsthaft für das andere Geschlecht zu interessieren, hatte er ja auch inzwischen.

Der Prinz zog eine Unschuldsmiene und Fran lachte herzlich. Sir Andrew machte ganz und gar nicht den Eindruck, leichtfertig mit den Gefühlen anderer umgehen zu wollen.

„Ihr habt etwas ganz Besonderes fertiggebracht!", rief der König seinem jüngsten Sohn zu. „Ich habe Lady Fran noch nie so vergnügt lachen hören."

„Die Freude ist ganz meinerseits", blinzelte der Prinz. „Ich hoffe doch sehr, dass sie zu ihrer Hochzeit in ein paar Wochen genau so von Herzen fröhlich ist."

„Aber ganz sicher!" Fran kuschelte sich an des Königs Schulter. Sie hatte noch immer Hemmungen, ihre Gefühle zu zeigen, aus Furcht, als vorlaut zu gelten. Auch flößten ihr das Alter und die Erfahrungen der Clangründer Respekt und tiefe Ehrfurcht ein. Manchmal kam es ihr noch wie ein wundervoller Traum vor, von Sir William als Frau an seiner Seite erwählt worden zu sein.

Am späten Abend desselben Tages bat Fran Sir William, sie in den hinteren Hof zu begleiten. „Ich möchte versuchen, mich zu verwandeln und vielleicht zu fliegen."

„Eine wundervolle Idee! Freut mich unglaublich, dass Ihr endlich wieder Mut fasst."

Weder Mond noch Sterne durchdrangen die dicke Wolkendecke, als ein roter Drache zaghaft die Schwingen bewegte. Zuerst sah es so aus, als wolle es Fran dabei bewenden lassen. Dann schlug die plötzlich kräftig mit den Flügeln und hob ab.

Sir William schwebte sofort an ihrer Seite, um im Notfall eine Katastrophe zu verhindern.

Es geht! Es geht, jubelte Fran, einen Looping fliegend.

Kommt, ich zeige Euch ein wundervolles Fleckchen, wo uns ganz sicher auch keiner stören wird. William schlug den Weg zu der kleinen Wiese ein.

Er verwandelte sich zuerst zurück und fing Fran auf, die sich kurz über dem Boden zurückverwandelte und direkt in seine Arme fiel.

„Ich kann fliegen!" Lady Fran lachte und weinte vor Freude zugleich und Sir William hatte Mühe, sie zu beruhigen.

Damit sie sich nicht überanstrengte, trug er sie auf seinem Rücken nach Hause, was auch eine neue Erfahrung für Fran war. „Morgen werden wir auf unseren Pferden einen kleinen Ausritt unternehmen", versprach er ihr. „Wer sich auf einem Drachen halten kann, der fällt erst recht nicht von einem Zelter."

„Ich bin ja so glücklich", hauchte Fran.

William blinzelte. „Fragt mal, wer noch."

In Anbetracht, dass es Fran richtig gut ging, überraschte er sie mit einer heißen Nacht. Trotz sehr vorgerückter Stunde ließ er ein Bad für zwei bereiten und auf einem Tablett Obst und Wein bereitstellen. Fran kam aus dem Staunen und Genießen nicht mehr heraus.

Nicht nur, dass sie so etwas Wundervolles noch nie erlebt hatte. Der Drachenmann, der ständig im Kampftraining mit seinen Rittern stand, hatte trotz des hohen Alters eine bessere Figur und ein frischeres Aussehen, als manch junger Menschenkämpfer. Als er sie, in ein Tuch gewickelt, rasch ins gemeinsame Schlafzimmer trug, stellte sie fest, dass gegen ihn jeder Mensch nur schlechter Durchschnitt war.

Seine Lippen huschten über ihren Körper, die Fingerspitzen schienen überall gleichzeitig zu sein und bis zum Morgen bewies er ihr mehrfach, eine junge Frau rundum begeistern zu können.

„Mein geliebtes Drachenweibchen", flüsterte er, als sie sich zum Schlafen in seine Arme schmiegte.

Er brachte es auch nicht übers Herz, sie zu wecken, als die Sonne aufging. Stattdessen gab er Prinz Vincent Bescheid, dass er sich beim heutigen Morgentraining verspäten werde.

Nicht etwa aus Überanstrengung, wie die Herren Ritter glauben werden, erklärte er mit einem Schmunzeln.

Vincent lachte und forderte an seines Vaters Stelle den stärksten Ritter, Sir Sebastian, heraus. Der staunte nicht schlecht, als er dem Prinzen knapp unterlag. Er begann aber zu ahnen, dass dieser inzwischen gelernt hatte, seine Drachenkräfte punktgenau zu steuern.

Also machte sich Sir Vincent den Spaß, gleich vier Runden mit wechselnden Waffen gegen Sebastian zu kämpfen. Wobei das Bogenschießen natürlich den reinen Zielmodus auf eine Scheibe hatte, statt sich gegenseitig Treffer zu versetzen.

Das praktizierten sie danach mit Schwertern und Dolchen. Sir Sebastian zollte seinem Herausforderer und Besieger vollen Respekt dafür, all das in Rekordzeit aufgeholt zu haben, was ihm in den letzten 13 Jahren entgangen war.

Dafür wurde ihm die Ehre zuteil, am Nachmittag mit den beiden Prinzen nach Sternfels fliegen zu dürfen, um die Neuankömmlinge zu begrüßen.

Damit sich die Kinder und Halbwüchsigen nicht erschreckten, nahmen sie ihre Pferde mit, um sich bereits im Wald zu verwandeln. Sir Vincent trug zwei Pferde, sein Bruder ein Pferd und den Ritter.

„Bin ich nicht in Übung? Oder sind die Gäule zu fett?", witzelte Vincent, der die Last mit müh' und Not bewältigen konnte.

„Weder noch", schmunzelte Andrew. „Ich glaube nicht, dass jemals einer der anderen Drachen versucht hat, gleich zwei ausgewachsene Pferde zu transportieren."

Von hinten näherten sich Stimmen und auch das Trappeln von Pferdehufen war zu hören.

„Na so was! Der perfekte Zeitpunkt", freute sich Prinz Andrew, mit seinen Begleitern wartend, bis die Wagen zu sehen waren.

Neugierige Augen musterten die drei Reiter in den Farben des Königshauses, genau wie diese die Waisen auf den Wagen. Zwischen zehn und siebzehn Jahren schien jede Altersgruppe beiderlei Geschlechts vertreten zu sein.

Sir Andrew begrüßte alle, stellte sich und seine Begleiter vor. Die reich verzierten Helme und Harni-

93

sche hatten aber auch so keinen Zweifel daran gelassen, wen man vor sich hatte, denn die Kinder und Jugendlichen reagierten auf jeden Wink.

Die drei Reiter führten die kleine Wagenkolonne bis an den Fuß des Berges, wo das Tunnelsystem begann. Dort bekam jeder Bedürftige warme Kleidung und eine Decke. Zudem nahmen sich die drei Herren die Zeit, mit jedem ein kurzes Gespräch zu führen und die Kinder in fünf Gruppen einzuteilen.

Die Kleinen ernannten sie gleich zu Geflügel- und Viehhütern. Die natürlich auch im Wald nach Beeren und Pilzen für die vielen hungrigen Mäuler suchen durften, solange es noch keine Tiere in Sternfels gab. Einige Mädchen waren mit Nadel, Faden und Spinnrad versiert. Sie würden bevorzugt die entsprechenden Arbeiten ausführen. Die großen Mädchen bekamen das Küchenwesen zugeteilt.

Die Knaben sollten nach ihren Möglichkeiten beim Bau helfen. Sechs der besonders erwachsen wirkenden, kräftigen Jungen freuten sich riesig über das Los, welches sie getroffen hatte.

Sir Andrew teilte sie zum Wachdienst am Eingang des Tunnels ein und versprach, sie in der Handhabung verschiedener Waffen ausbilden zu lassen. Zu zweit würden sie ab jetzt je vier Stunden in fester Reihenfolge das Tor und ihre Kameraden beschützen.

Einen Elfjährigen, welchen er bei seinen Spähflügen dabei beobachtet hatte, wie er mit einer einfachen Steinschleuder einen Hasen erlegte, winkte er heran, als der Abschied für heute nahte. „Dich nehme ich mit, du wirst ab sofort Knappendienst für mich verrichten."

Der Kleine sperrte vor Staunen Mund und Augen so weit auf, dass nicht nur die drei Herren in schallendes Gelächter ausbrachen.

„Wir reiten zurück." Prinz Vincent zeigte auf Sir Sebastian und sich. „Euer Pferd führt Sir Sebastian am Zügel. Ihr müsst also nur Euern Knappen nach Drachenstein bringen."

Prinz Andrew nickte und schaute den Davonreitenden hinter.

„Nun, mein Herr Knappe, wollen wir beide sehen, dass wir vor ihnen auf der Königsburg sind."

Der Kleine schaute ihn mit weit aufgerissen Augen an. „Wie, mein Herr?"

„Wir fliegen. Du bist doch ein mutiger Knabe."

„Wir ... flie ... fliegen?!" Der Junge wurde blass.

„Bleib genau hier stehen. Hab keine Angst, dir wird nichts geschehen. Du musst einfach Vertrauen zu mir haben."

„Ja, Herr", hauchte der Kleine.

Da saß auch schon ein riesiger Drache auf der Wiese, fasste nach ihm und hob mit rauschenden Flügelschlägen ab. Ein Wunder, dass der Knabe nicht ohnmächtig wurde. Er hatte zwar von den Drachen gehört, aber nie einen zu Gesicht bekommen. Nun flog er sogar mit einem, der ihn vorsichtig in seinen Krallen hielt.

Schau, da unten reitet mein Bruder mit Ritter Sebastian, hörte er deutlich die Stimme des geflügelten Riesen in seinem Kopf. *Wir werden also sehr viel eher, als sie, ankommen.*

Der Drache kreiste zwei Mal über den Reitern, die grüßend herauf winkten, dann zog er schnurgerade weiter, dahin, wo in der untergehenden Sonne die Königsburg leuchtete.

Der Junge in seiner Faust hatte den Schock überwunden und betrachtete sehr interessiert das Land unter sich. Da hinten wohnte also der König und vielleicht werde es ihm gelingen, diesen auch einmal sehen zu können.

Er hatte ja keine Ahnung, was es bedeutete, der Knappe des Prinzen zu sein! Genau genommen hatte er überhaupt nur sehr verschwommene Vorstellungen davon, was ein Knappe tun musste. Er wusste nur, dass diese ihre Ritter, oft selbst von Kopf bis Fuß geharnischt, begleiteten.

Burg Sternfels

Die erste Person, die ihnen zufällig begegnete, faszinierte den Waisenjungen durch ihre überaus stattliche Erscheinung. Ganz tief verbeugte er sich zum Gruß.

„Ein neues Gesicht", stellte der Fremde milde lächelnd fest.

„Ja, mein König", erhielt er vom Prinzen zur Antwort. „Ich habe ihn als Knappen auserkoren."

Mein König? Der Kleine erstarrte vor Ehrfurcht.

„Wie heißt du?", wurde er da auch schon von diesem gefragt.

„Timothy, mein Herr", sagte er, mit vor Aufregung kratziger Stimme.

„Dann werde ich dich wohl Tim nennen."

Der König wandte sich wieder seinem Sohn zu. „Ich schätze, Prinz Vincent und Sir Sebastian sind zu Pferde auf dem Rückweg."

„So ist es. Auf diese Weise hat Tim seine erste Lektion im Drachenflug erhalten. Er ist erstaunlich ruhig geblieben. Ich denke, in ihm steckt das richtige Potenzial. Ich zeige ihm jetzt, wo er wohnen wird, und erkläre ihm, was er ab morgen früh zu tun und zu lassen hat und was er über die Burg wissen muss."

„Dann möchte ich Euch nicht aufhalten." Er betrachtete Timothy noch einmal von Kopf bis Fuß, kaum merklich nickend und ging weiter.

Prinz Andrew schmunzelte. „Ich kann deine Gedanken lesen. Alle Drachen können das, wenn sie es wollen. Ja, deine Überlegungen sind richtig, mein Vater ist auch ein Drache. Solltest du ihn jemals in dieser Gestalt sehen, dann wirst du feststellen, dass er so gigantisch ist, dass er uns alle in den Schatten stellt."

„Wow!" Timothy kam aus dem Staunen nicht mehr heraus. Er bemühte sich sehr, die vielen Informationen, die in den nächsten beiden Stunden auf ihn einprasselten, in der richtigen Reihenfolge zu speichern. Besonders jene, dass er in der Rangordnung unter den Knappen ganz hinten stand. In Verbindung mit seinem Ritter, hingegen weit vorn. Vor ihnen rangierten nur die Knappen des Königs, den der Kleine schon jetzt verehrte, und die seines älteren Sohnes. Waren diese beiden Herren nicht mit zugange, dann war er sogar der Knappe Nummer eins.

„Es muss nicht immer ein Nachteil sein, wenn man nicht als Adelsspross geboren ist", fügte deshalb Prinz Andrew hinzu. „Zur rechten Zeit am rechten Ort und ein Quäntchen Glück helfen auch manchmal, wie du an dir selber siehst. Wenn du ehrlich, fleißig, lernwillig und geschickt bist, kannst du ein geachteter Ritter und somit aus beinahe eigener Kraft in den Adelsstand erhoben werden."

Dieser Hinweis erschien Tim wie ein Wunder. Ja, er wollte ein Ritter werden und große Taten für seinen König vollbringen.

„Packen wir es an!", ermunterte ihn der Prinz, wünschte eine gute Nacht und schloss still lächelnd die Tür.

Timothy schlief sofort ein. Die Aufregung forderte Tribut. Dafür war er vor dem ersten Hahnenschrei munter, sprang aus dem Bett und eilte zum Brunnen, um sich gründlich zu waschen, wie es der Prinz gefordert hatte. Als zweiter von fast 20 Mann erreichte er den Trainingsplatz, womit er die ersten Pluspunkte sammelte.

Er bekam Gambeson, Brustharnisch und Helm angepasst, ein hölzernes Trainingsschwert in der richtigen Größe und seine ersten beiden Übungsstunden im Umgang mit der Waffe.

Ziemlich sicher war nicht nur für ihn, dass er am nächsten Tag einen äußerst heftigen Muskelkater haben werde.

Lady Maya steckte ihm am Abend ein winziges verschlossenes Tiegelchen zu und flüsterte: „Reib Arme, Beine, Nacken und Rücken gründlich damit ein, soweit wie du hin fassen kannst."

„Danke, Mylady", raunte er zurück und ließ es sofort in seinem Gürtel verschwinden.

Er vergaß auch nicht, es anzuwenden. Das Zeug roch fürchterlich, beruhigte aber sofort die ziependen Muskeln. Glücklich schickte er einen stummen Dank an die hilfreiche Dame. Damit, dass sie auch ein Drache war, der seine Gedanken deutlich vernehmen konnte, rechnete er nicht.

Prinz Andrew nahm ihn am nächsten Tag noch härter in die Mangel und wunderte sich, wie flink sein Knappe agierte, obwohl den doch der Muskelkater plagen sollte. Am dritten Tag fragte er: „Kennst du einen Trick oder wie kommt es, dass du keine Schmerzen hast?"

„Mein Herr, ich bekam ein Wundermittel geschenkt, welches ich ganz nach Anweisung verwende", erhielt er zur Antwort.

„Das riecht nach Lady Maya!", lachte der Prinz.

„Nein, nein, nach Kampfer!", widersprach Timothy völlig entsetzt. „Lady Maya duftet wundervoll nach Flieder und Maiglöckchen."

Das wiehernde Gelächter des Prinzen lockte die anderen Familienmitglieder heran, die sich genau so herzlich über Tims Worte amüsierten.

„Oh je, oh je", murmelte der etwas verstört. Es würde für ihn nicht einfach werden, die Zweideutigkeiten richtig zu verstehen.

Prinz Vincent brachte es auf den Punkt. „Keine Sorge, früher oder später lernst du auch, damit umzugehen."

Lady Maya zog noch einen Salbentiegel aus dem Beutel. „Nachschub, damit du schnell ein guter Kämpfer wirst."

Tim küsste überglücklich den Saum ihres Kleides.

„Der Kleine hat was", gab auch der König zu, als Tim außer Hörweite war. „Er ist schon jetzt ein richtig großer Charmeur aus tiefstem Inneren heraus. Nehmt Euch seiner ruhig ein bisschen an, Lady Maya."

Tag für Tag nahm Prinz Andrew seinen Knappen mit zur Burgruine, wo er ein zweites Kampftraining mit den Wachen absolvierte. Dank seiner guten Koordination konnte er die viel größeren und stärkeren jungen Männer oft besiegen. Dafür revanchierte er sich bei ihnen mit guten Tipps, wie in der Königsburg der Wachdienst ablief.

Der Prinz war ihm dankbar dafür. Musste er sich um diesen Punkt also nicht selbst kümmern. Dabei war sein Knappe weit davon entfernt, irgendwelche Geheimnisse auszuplaudern.

Wenn die beiden Prinzen des Nachts in Drachengestalt gigantische Steine rückten, hielt er ihnen Neugierige vom Leib.

Als das erste Mal die Damen Maya und Fran die Baustelle besuchten, half er, das Chaos zu ordnen, weil alle alles stehen- und liegenließen, um die beiden zu bestaunen.

Die Herzlichkeit der Damen brach schnell das Eis und die Mädchen scheuten sich nicht, ihnen ihre kleinen und großen Sorgen zu klagen. Maya hatte für alle einen guten Rat. Es gab buchstäblich nichts, was ihr in ihrer 500jährigen Existenz nicht schon irgendwo einmal untergekommen wäre. Kein Wunder, dass sie damit auch Lady Fran zutiefst beeindruckte.

Für die kleinen Mädchen hatten die Damen Stoffpüppchen mitgebracht, die diese zu Freudentänzen rührten. Die Knaben bekamen hölzerne Pferde, welche die Augen zum Leuchten brachten.

Als sich der größte Trubel gelegt hatte, zauberte Lady Fran etwas hervor, das gut zugedeckt in einem Holzkäfig an ihrem Sattel befestigt gewesen war – zehn kleine Hühnerküken, die sie in Obhut der Mädchen übergab. Einen Sack Futter löste Timothy vom Sattel. Schnell war auch ein Raum im Stollensystem bestimmt, in welchem die Winzlinge abends Unterschlupf finden sollten.

Zwei Mädchen hielten die kleine Schar beisammen und lockten sie hinter sich her, indem sie einzelne Körner fallen ließen.

„Perfekt!", freute sich Prinz Andrew. „Habt Acht auf Habichte, Füchse und Marder!"

Zwei Kinder, die auf Bauernhöfen gelebt hatten, lösten das Hühnerproblem auf einfache Weise. Sie bauten aus halbierten Baumstämmen ein großes Gehege auf der Wiese mit einem abgedeckten Unterstand in einer Ecke und baten den Prinzen, ein großes Netz zum Abdecken gegen Greifvögel mitzubringen.

Nun musste die muntere Schar nur noch nachts geschützt werden und die dankbaren Hüterinnen hatten weniger Arbeit mit den Tieren. Sie brauchten sich nur um Wasser, Nahrung und darum kümmern, dass die Hühner bei Kälte und Regen nicht so lange im Freien blieben.

Als den Kleinen endlich braune Federn wuchsen, atmeten alle auf und die Königsfamilie freute sich. Mit dem ersten Schnee kam unerwarteter Zuwachs zur Burg. Es fand sich ein streunender Hund ein, der dankbar annahm, was er an Resten vorgeworfen bekam und ganz selbstverständlich mit am Tor Wachposten bezog.

Er achtete schließlich auch darauf, dass sich weder Füchse noch Marder bei den Hühnern einschleichen konnten. An die nächtlichen Drachenbesuche gewöhnte er sich schnell, zumal ihm die beiden Giganten immer wieder Fleischknochen mitbrachten, um ihn zu besänftigen.

Die Tunnelbewohner bekamen die Drachen erst zu sehen, als sich während der Aufräumarbeiten einer der Jungen schwer verletzte. Einem anderen war ein Steinbrocken aus der Hand gerutscht, der eine Kettenreaktion in Gang setzte, einen ganzen Schutthaufen zum Abgleiten brachte und einen der Bauhelfer verschüttete.

Prinz Andrew beschloss, wie damals sein Vater, das Versteckspiel aufzugeben, um das Leben des Jungen zu retten. Das Entsetzen, als ein gigantischer Drachen erschien, wich schnell der Freude, als dieser mit mächtigen Klauen die Steine zur Seite schaufelte.

Ich bringe ihn zu Lady Maya, folge mir auf meinem Pferd, hörte Timothy die Stimme seines Herrn.

„Hast du es gewusst?", bestürmten ihn die anderen mit Fragen.

„Ja, aber das erzähle ich euch ein andermal", rief Timothy, auf das Pferd des Prinzen springend und in vollem Galopp davon reitend.

„Nun ergibt es auch einen Sinn, warum Timothy nur auf eigenem Pferd geritten kommt, wenn die Damen dabei sind", fasste es einer der Staunenden in Worte. „Sonst trägt der Drachenprinz sein Ross und auch den Knappen, das wiederum doppelte Last hat, wenn er sich heimlich verwandelt und das letzte Stück hierher zu Pferd kommt."

„Was man Mildtätiges und Unglaubliches über die Drachen berichtet, ist also wahr. Uns hat er ja auch ein neues Zuhause gegeben", rief ein anderer. „Es war die beste Entscheidung meines Lebens, hierher zu kommen."

„Meine auch!", antworteten ihm die anderen von allen Seiten.

Am nächsten Morgen tauchte eine riesige dunkle Gestalt zwischen den Nebelwolken am Himmel auf.

„Der Drache kommt! Der Drache kommt!" Alle rannten zusammen, um das Schauspiel der Ladung zu genießen. „Da! Noch einer!"

Vor ihren Augen sprang Timothy vom Rücken des ersten Riesen, der sich sofort in Prinz Andrew verwandelte. Ihm folgte sein älterer Bruder, Sir Vincent.

„Euer Kamerad wird es überleben", rief er in die Menge. „Lady Maya versucht, sein Bein zu retten. Vielleicht wird er wieder ganz gesund."

An diesem Tag gingen alle Arbeiten besonders flink voran. Nicht nur, weil die beiden Prinzen in Drachengestalt mithalfen. Jeder wollte der Beste sein und die Mädchen wetteiferten darum, ein Lächeln zu bekommen.

Timothy kratze sich erstaunt am Kinn und widmete sich dem Training der Wachen, denen er wieder viele nützliche Dinge beibringen konnte.

Gegen Mittag ertönte der Ruf: „Noch ein Drache im Anflug!"

Wie sieht er aus? Timothy hörte die Frage seines Herrn laut und deutlich.

Er ist kleiner als Ihr und strahlend weiß.

Dann ist es Lady Brenda, meine Schwester. Lasst uns alle gehen und sie gebührend empfangen.

Timothy gab den Befehl laut und für alle hörbar weiter. So standen nicht nur die großen olivgrünen Drachen am Rand der Wiese, sondern alle zukünftigen Burgbewohner. Staunend schauten sie zu, wie der filigrane weiße Drache herabstieß, genau vor den anderen landete und sie ihre Hälse aneinander rieben. Nun erst verwandelten sie sich.

„Ich habe gehört, was passiert ist", sagte Lady Brenda sofort. „Ich war im Nebelwald und habe Kräuter gesammelt, um den verletzten Jungen zu heilen. Ich muss auch gleich weiterfliegen, damit es nicht zu spät für ihn ist."

Und schon entschwebte sie eiligen Flügelschlages in den Wolken.

„Es gilt als schlechtes Omen, wenn beim Bau einer Burg jemand so schwer verletzt wird, dass er Gliedmaßen verliert, oder gar getötet wird", seufzte Prinz Andrew. „Wir wollen doch hier ein gutes und sicheres Zuhause für uns alle erschaffen."

„Wir werden uns ab sofort noch mehr vorsehen, Herr", versprachen ihm die Bauhelfer.

„Das ist gut so. Wir Drachen haben uns niemals dem Schicksal ergeben, sondern es immer selbst in die Hand genommen." Andrew zeigte auf den Felsen. „Da oben wird eines Tages meine Burg stehen und euch allen Schutz und Zuhause sein, so wahr ich ein Drache bin!"

Donnernder Applaus folgte auf seine Worte.

„Kommt, Sir Vincent und Timothy, fliegen wir nach Drachenfels. Vielleicht braucht das Schicksal noch ein bisschen Hilfe, um uns wohlgesonnen zu sein."

Die Zurückbleibenden drückten fest die Daumen, betraf es sie doch alle gleichermaßen.

Die Ankunft Brendas hatte die Burgbewohner von Drachenstein in einen Freudentaumel versetzt. Sie nickte in die Runde und eilte an das Krankenbett des schwer verletzten Jungen. Fast eine Stunde blieb sie mit den beiden anderen Drachenfrauen bei ihm und wollte nicht gestört werden. Andrew hielt sich peinlichst an diese Order.

Als sie wieder herauskamen, sahen sie blutbesudelt aus, als hätten sie ihn geschlachtet. Alle erschraken. Besonders aber Timothy.

„Alles gut", Brenda betrachtete ihr durchtränktes Kleid. „Es sieht schlimmer aus, als es ist. Wir haben die Knochen in seinem offenen Bruch gerichtet, das Bein geschient und die Blutungen gestillt. So, wie er gestöhnt hat, kann er das gesamte Bein bis in den kleinen Zeh fühlen.

Tut mir leid für ihn, dass ich ihn so quälen musste. Aber wenn er eines Tages wieder rennen und springen will, war es unumgänglich. Jetzt hat er ein Schlafmittel bekommen und wird vor morgen Früh ganz sicher nicht aufwachen." ·

Die drei Frauen gingen sich waschen und umziehen, ehe sie bereit waren, mit Prinz Andrew Details zu besprechen. Eine Magd rannte fast zum Brunnen, um das Blut rasch mit kaltem Wasser aus den Kleidern zu spülen. Es ließ sich fleckenlos entfernen.

Der König zog Brenda rechts und Fran links neben sich. Maya setzte sich ihm gegenüber. Dann suchten sich die Prinzen ihren Platz und zuletzt die Ritter. Timothy bekam von seinem Herrn einen Wink, so stellte er sich hinter diesen an die Wand und lauschte gespannt den Unterhaltungen.

„Ich habe die gleiche Salbe gemixt, wie sie auch mein Bruder und Lady Fran bekommen haben", berichtete Lady Brenda. „Nur habe ich mehr betäubende Substanzen untergerührt, weil er als Mensch die Schmerzen der nächsten Tage nicht ertragen würde.

Wenn kein Wundfieber hineinkommt, dann hat er gute Chancen in zwei Wochen wieder ganz langsam auf die Beine zu kommen. Bis dahin muss sich jemand um ihn kümmern."

„Es wäre gut, wenn es jemand tun könnte, den er von der täglichen Arbeit gut kennt und mit dem er sich wirklich versteht", überlegte Brenda.

„Diesen Jemand zu finden, ist meine Aufgabe", warf Sir Andrew ein. „Jetzt, wo der Winter beginnt, muss die Baustelle sowieso ruhen. Die jungen Männer haben mich um Holz zum Schnitzen gebeten und die Mädchen möchten spinnen und nähen. Einer ist bestimmt bereit, die Krankenpflege zu übernehmen."

Fran hob hilflos die Schultern. „Er wird aber sehr starke Nerven brauchen. Der Anblick ist nichts für sanfte Gemüter."

Andrew nickte. „Alle diese Kinder haben den Krieg erlebt. Was sollte sie da noch schockieren? Aber danke für den Hinweis. Ich werde ihn bei der Auswahl beherzigen."

„Erzählt, wie es Euch und Sir Oliver in Wildforest ergeht!", bat der König seine Tochter.

Timothy Drachenherz

„Uns beiden geht es ausgesprochen gut", erzählte Lady Brenda. „Das Volk hat die Schockstarre überwunden und jeder hat vor dem Winter ein Dach über dem Kopf.

Wir haben auf dem Landsitz einige Waisenkinder aufgenommen, die noch viel zu klein und zu hilflos sind, als dass sie sich irgendwo ein Bleiberecht verdienen könnten.

Wir füttern sie erst einmal durch, bis sie auf eigenen Beinen stehen und mit etwas Hilfe für sich selber sorgen können. Die großen Probleme hat Sir Andrew für uns abgewendet. Deshalb war es mir wichtig, sofort zu kommen und zu helfen.

Hin und wieder huschen wir auf einen Kurzbesuch zu Sir Elliot und Lady Faye. Mit vereinter Drachenkraft haben wir das Dach des Haupthauses aufgesetzt, welches die Handwerker am Boden komplett vormontiert hatten. Sie müssen also im Winter auch nicht frieren."

Sie schaute sich um. „Hier sehen ebenfalls alle glücklich und zufrieden aus, wenn ich mich nicht irre. Sir Elliot hat einen würdigen Nachfolger und das Gesicht des Knappen kommt mir irgendwie bekannt vor."

„Er ist eines jener Waisenkinder, die ich aufgenommen habe", verriet Sir Andrew. „Er hat das Zeug, einmal ein angesehener Mann zu werden. Mein volles Vertrauen hat er schon jetzt und das will was heißen!"

„Und Ihr würdet ihn auch in Liebesdingen als Boten einsetzen?", fragte Lady Brenda.

Andrew lachte. „Ganz bestimmt nicht. Dann läuft er mir den Rang ab. Er gilt jetzt schon als ausgemachter Charmeur."

Die anderen stimmten ein.

„Spaß beiseite", sagte der Prinz. „Auch da wäre er meine erste Wahl. Apropos Wahl – hat sich Sir Emerald geäußert, ob er an den Feierlichkeiten im Frühjahr teilnimmt?"

Lady Fran wurde plötzlich leichenblass. Sie erhob sich mühsam und taumelte zur Tür hinaus. Sir William sprang auf und war mit drei Sprüngen bei ihr. Die anderen schauten erschreckt hinterher.

Der König fing sie auf und trug sie zu einem Sessel. „Fran, um Himmel Willen! Was habt Ihr denn?"

Sie zitterte am ganzen Körper. Dann hauchte sie mit erstickter Stimme: „Ladet bitte nicht Sir Emerald ein. Ich will ihn nicht sehen."

„Welches Leid hat er Euch getan?"

Fran weinte hemmungslos und William konnte sie kaum verstehen, als sie: „Er ist mein Vater", sagte.

William prallte regelrecht zurück. „Na, jetzt wird mir so einiges klar." Er stand auf. „Wartet einen Moment."

Mit schnellen Schritten war er an der Tür des Saales. „Lady Brenda, hat Sir Emerald die Einladung schon erhalten?"

„Nein. Er ist ja seit Wochen wie vom Erdboden verschluckt."

„Gut. Dann zerreißt sie. Er ist auf meiner Hochzeit nicht erwünscht." Sir William winkte Lady Fran heran, die seinem Wunsch auch sofort entsprach. Er tauschte einen kurzen Blick mit ihr und erklärte den Versammelten: „Ein Vater, der sein Kind wie den letzten Dreck behandelt, hat in diesen Mauern nichts zu suchen."

Totenstille und alle schauten Fran an. Die nickte nur. Viele Worte – überflüssig.

Sir William nahm ihre Hand. „Ich bin froh, dass Ihr endlich Wünsche äußert, selbst wenn es aus unschönem Anlass ist."

Fran versuchte zu lächeln. „Ihr erfüllt mir doch alle Wünsche, ohne dass ich darum bitten muss. Und für den einen, den ich im Augenblick noch habe, muss das Schicksal milde gestimmt sein. Ich hoffe inständig, dass der junge Mann wieder ganz gesund wird und der Bau von Sir Andrews Burg unter einem günstigen Stern steht.

Ich kann recht gut nachvollziehen, wie sich Kinder fühlen, die keine Eltern haben. Das Schicksal kann nicht wirklich jemandem schaden wollen, der so vielen anderen zu helfen versucht. Ich mag einfach nicht daran glauben.

Bitte lasst mich ein paar Stunden ganz allein im tiefsten Dunkel des Labyrinthes verbringen, um herauszufinden, ob wirklich böse Energien lauern."

Die erstaunten Blicke und Ausrufe kommentierte sie mit: „Ich bin ein roter Drache." Dabei blinzelte sie beinahe vergnügt Lady Maya zu.

„Ich nehme Euch gleich morgen mit nach Sternfels", versprach Sir Andrew.

„Nein. Ich fliege sofort und komme morgen zurück", entschied Lady Fran. „Ich werde Euch auch die bestmögliche Pflegeperson für den Verunglückten mitbringen."

„Ich möchte Euch nicht allein im Berg wissen", warf der König sorgenvoll ein.

Fran wiegte den Kopf. „Ich könnte dem Grauen begegnen. Welcher Mensch ist stark genug, ihm zu widerstehen?"

„Ich, Mylady!", meldete sich Timothy. „Bei meinem Leben werde ich alles unternehmen, um Euch zu schützen und meinen König nicht zu enttäuschen. An der Seite eines Drachen habe ich auch vor den finstersten Dämonen keine Furcht."

„So soll es sein", sagte Sir Andrew, die Lederscheide mit seinem Dolch vom Gürtel lösend. „Nimm das, mein tapferer Knappe, du hast das Herz auf dem rechten Fleck. Ich bin stolz auf dich. Passt beide gut auf Euch auf!"

Der König begleitete sie hinaus. „Es könnte die erste Frostnacht werden", ließ er beiläufig fallen.

„Einen Moment, Lady Fran, ich bin sofort wieder da!" Timothy rannte zu seinem Zimmer, streifte in Windeseile wintertaugliche Kleidung über und war im Nu wieder auf dem Hof.

Für Fran brachte Lady Brenda warme Stiefel und einen Fellüberwurf. „Ihr dürft Euch keinesfalls erkälten."

Fran bedankte sich, küsste ihren Liebsten zum Abschied und machte sich, Timothy in voller Bewaffnung auf dem Rücken, als roter Drache auf den Weg zum Berg.

Dort empfing man sie mit allen Ehren. Lady Fran erteilte den Wachen den Befehl, niemanden in den hinteren Tunnel zu lassen, egal, ob Mensch oder Tier. Sofort wurde der Hund mit einer langen Leine festgebunden und zwei Wächter stellten sich an die Mündung des Ganges.

„Gib mir deine Hand!" Lady Fran führte Timothy ohne Fackel in das Dunkel unter dem Berg.

Sie ging festen Schrittes, und nie stieß sie sich irgendwo. Timothy bemerkte irgendwann, dass ihre Augen fast himmelblau strahlten und so den Weg notdürftig erhellten. Es ging um mehrere Ecken, wobei der Weg steil in die Tiefe führte. Sie schien genau zu wissen, was sie suchte, während er schon nach wenigen Biegungen völlig die Orientierung verloren hatte.

„Ja, wer hier hineingerät, kommt selten wieder lebend heraus", bestätigte sie, als er es dachte. „Wir sind gleich da. Es können seltsame Dinge geschehen. Solltest du Stimmen hören, dann tu, was sie dir befehlen oder worum sie dich bitten, selbst wenn es widersinnig klingt."

„Ja, Herrin", Timothy schien wohl auf buchstäblich alles gefasst zu sein, er zeigte nicht die Spur von Angst.

Sie erreichten eine Kreuzung von fünf Gängen, in deren Zentrum sich Lady Fran im Schneidersitz niederließ. „Stütz dich ruhig mit beiden Händen auf meine Schultern, wir werden so schnell nicht wieder gehen."

Tim folgte der Stimme der Vernunft. Bis zum Morgen frei stehen, konnte im tiefen Dunkel böse enden, denn die Lady ließ den blauen Schein ihrer Augen soeben erlöschen.

Beide schwiegen – Stunde um Stunde.

„Es ist Mitternacht", murmelte Lady Fran.

Wie auf Kommando begann ein Scharren und Wispern. Tim sperrte die Ohren auf. Die Geräusche kamen näher und bald schien es ihm, als huschten Nebelschleier durch die Finsternis.

112

Ein Jungdrache und ein Menschlein, hörte er in seinen Gedanken eine fremde Stimme.

Eine andere Stimme forderte die Erste auf: *Sprich mit dem Menschenkind. Versteht es deine Worte nicht, dann zeig dich ihm. Hab schon lange niemanden mehr zu Tode erschrecken sehen.*

Heh, Menschlein, wer bist du?

„Ich bin Timothy, der Knappe Sir Andrews."

Ach herrje! Es versteht dich.

„Natürlich verstehe ich Euch. Ich kann Euch auch hin und her huschen sehen", erwiderte Tim seelenruhig, während Lady Fran nicht einen Muskel rührte.

Was willst du hier bei uns?

„Ich bewache meine Herrin", sagte der Knappe wahrheitsgemäß.

Und was treibt sie hierher?

„Sie möchte herausfinden, warum es den Unfall auf der Baustelle gegeben hat. Sir Andrew gibt so vielen Kindern Hoffnung, weshalb macht man es ihm so schwer?" Tims Stimme hatte einen anklagenden Unterton.

Eisige Geisterfinger berührten sein Gesicht und Tim blieb ruhig stehen.

Fürchtest du dich vor dem Tod?

„Ich suche ihn nicht leichtfertig", antwortete Timothy nach kurzem Überlegen.

Eine weise Antwort, kicherte eine der Stimmen. *Du bist genau unser Mann. Folge uns!*

Lady Fran tastete nach Tims Hand und eilte mit ihm den davonhuschenden Nebelgestalten hinterher.

Der Weg endete an einer Geheimtür, die früher in den alten Bergfried geführt hatte.

Zieh deinen Dolch und löse diese Steinplatte aus dem Boden, forderte einer der Geister.

Tim gehorchte und begann, mit dem Geschenk seines Dienstherrn den Mörtel aus den Fugen zu kratzen. Lady Fran fasste stumm mit zu und hob mit ihm die Platte heraus. Ein bleicher Totenschädel kam zum Vorschein.

Timothy schaute die Geister fragend an.

Die ließen nun noch mehrere Steine verschwinden und legten so zwei winzige Skelette frei. Im Brustkorb des einen steckte ein Dolch, der seinem in vielen Details ähnelte.

Setzt Euch!

Lady Fran und Timothy folgten der Order, indem sie sich mit dem Rücken an die Wand lehnten. Die beiden Nebelgestalten setzten sich an den Rand des Grabes, die faserig verschwimmenden Beine in die Grube hängen lassend.

Das da unten sind unsere Körper. Wir mussten sterben, als wir wenige Stunden alt waren. Getötet vom eigenen Vater!

Als der Urgroßvater Sir Frederiks diese Burg erbauen wollte, wurden wir ihm als Drillinge geboren. In seiner Familie galt dies als böses Omen. Warum, das hat wohl nie einer herausgefunden.

Er ließ also nur die erstgeborene Tochter leben und erstach uns mit eigener Hand. Dann brachte er uns an diesen Ort und mauerte uns genau so eigenhändig ein.

Alle, die davon wussten, ließ er noch in derselben Nacht umbringen und verscharren.

Der andere Geist nahm das Wort: *Sei so gut, sammele unsere Gebeine ein und begrabe sie ehrenhaft. Dann ist der Fluch von uns und dieser Burg genommen. Und vergiss nicht, den Dolch dort mitzunehmen. Trag ihn immer bei dir, Timothy Drachenherz.*

Tim löste seinen Umhang von den Schultern, stieg in die Grube, ohne auf die Knochen zu tretenm, und legte sie auf den Stoff. Er faltete ihn so zusammen, dass die Gebeine nicht durcheinandergeraten konnten. Dann steckte er den Dolch frei sichtbar in den Gürtel.

„Wir können gehen", erklärte er.

Lady Fran nickte und breitete die Arme aus. Die beiden Nebelwesen gaben ein fröhliches Kinderlachen von sich und versteckten sich unter Frans Tuch an der Brust.

Wir sehen uns eines Tages wieder, hörte es Timothy wispern und das klang so zufrieden, dass ihm ganz wohlig ums Herz wurde.

Die Wachen schauten völlig verdattert, als die Dame und ihr Knappe zu früher Stunde am Vordereingang erschienen, statt aus dem hinteren Tunnel.

Fran ließ die großen Mädchen und jungen Männer zusammenrufen. Sie schritt den Kreis der zehn Personen ab.

Nimm diese mit!

Fran wunderte sich nicht, das Geistwesen zu hören.

„Du siehst traurig und abgehärmt aus", sagte sie mitfühlend zu dem bezeichneten Mädchen. „Hast du nicht geschlafen?"

„Nein, Herrin."

„Was bedrückt dich?"

Das Mädchen knetete nervös die Hände. „Gibt es schon Nachricht, ob John überleben wird?"

„Er fehlt dir?"

„Ja, Herrin."

Fran lächelte. „Dann bist du die Person, die mir jetzt sofort folgen wird. Nimm deine ganze Habe mit und komm auf die Wiese."

Das Mädchen rannte davon und kam mit einem kleinen Bündel zurück.

„Timothy wird auf dich achten und festhalten."

Schon hockte der rote Drache vor ihnen. Er ließ die beiden aufsteigen, klemmte sich das Kleiderbündel zwischen die Zähne und fasste überaus vorsichtig mit den Krallen nach dem Paket mit den Gebeinen. Augenblicke später schwebte er bereits über den Wald davon.

Timothy hatte mit dem Mädchen nicht viel Mühe. Statt sich ängstlich festzukrallen, fragte sie ihn kreuz und quer über alles aus, was im ersten Morgenlicht zu sehen war. Drache Fran schmunzelte in sich hinein.

Alle Waisen, die den Weg zu Sir Andrew gefunden hatten, steckten voller Energie. Jeder auf seine Art.

Sie näherten sich rasch dem hinteren Hof, wo bereits die ganze Königsfamilie versammelt war, um sie zu begrüßen.

Die Damen Maya und Brenda nahmen Fran den Umhang mit den sterblichen Überresten der beiden Babys und das Kleiderbündel ab. Timothy half dem Mädchen vom Rücken des Drachen, dann verwandelte sich Lady Fran zurück.

Der König zog sie in die Arme. „Ich bin glücklich, dass Ihr wieder da seid. Ihr habt mir gefehlt."

Sie Andrew hatte zur gleichen Zeit seinem Knappen die Hand auf die Schulter gelegt, ihm tief in die Augen gesehen und: „Ich bin stolz auf Euch, Timothy Drachenherz", gesagt. „Ihr habt Euch wacker geschlagen."

„Woher wisst Ihr das, mein Herr?" Dann begann er auch schon zu lachen. „Ach ja, ich vergaß – stumme Drachenpost."

Dass ihn sein Herr mit der Ehrenform angesprochen hatte, hielt er für ein Versehen.

Lady Maya winkte das neue Dienstmädchen zu sich, um es sofort in seine Aufgaben einzuweihen. Die anderen umringten Lady Fran und Timothy, die von Lady Brenda wieder das Bündel mit den toten Säuglingen übernommen hatten.

„Mein König", sprach Timothy, „ich habe den Toten versprochen, sie ehrenvoll zu bestatten. Bitte weist mir einen Ort an, wo sie Ruhe finden können."

„Wo sind ihre Seelen?", fragte Sir William sofort.

Lady Fran deutete auf ihr Tuch. „Bei mir." Sie zuckte zusammen, als er schallend, aber überaus fröhlich zu lachen begann.

„Meine teure Fran, dann werdet Ihr mir in einigen Monaten Zwillinge zur Welt bringen." Er hauchte ihr einen zärtlichen Kuss auf die Lippen. „Timothy Drachenherz wird ihr persönlicher Beschützer werden, solange Burg Sternfels noch nicht neu erbaut ist.

Kommt, wir bringen die Gebeine der Kleinen zur Königsgruft. Genau davor sind mehrere Drachen beigesetzt, geben wir ihnen einen würdigen Platz in deren Mitte."

Timothy hob allein das winzige Grab aus und bettete die Skelette hinein. Er bedeckte die Knochen vorsichtig mit Erde, als könne er ihnen wehtun. Ein kurzer Blick, dann grub er mit jenem Dolch, der einst die Kinder getötet hatte, zwei Blumen von den Gräbern der Drachen aus. „Sie werden es sicher verstehen und mir nicht gram sein", murmelte er, als er diese auf die letzte Ruhestätte der Kleinen pflanzte.

„Ihr seid ein wahrlich ein Guter, Herr Timothy", sprach der König. „Die Drachen geben gern etwas an die unschuldigen Kinder ab."

Der König schritt mit den beiden Damen zurück in die Burg. Die Prinzen nahmen den Knappen in die Mitte, als sie gemeinsam zum Frühstück gingen.

„Ihr habt heute einen freien Tag", erklärte Prinz Andrew. „Ihr legt Euch nach dem Essen aufs Ohr und holt den entgangenen Schlaf nach."

Timothy dankte sehr. Er war in der Tat reichlich müde.

Eine ähnliche Unterhaltung lief zeitgleich zwischen Lady Fran und dem König ab. Fran versprach auch, ganz brav seinem Wunsch zu entsprechen und sich ein paar Stunden zum Schlaf zurückzuziehen. Im Augenblick überlegte sie aber laut, über welches Geschenk sich der wackere Knappe am meisten freuen werde.

„Oh, ich weiß eines, das er lieben wird. Es ist nur wenigen Menschen vergönnt gewesen, jemals ein solches zu bekommen", erklärte der König mit erhobenem Zeigefinger, was alle auf den Stellenwert hinwies, das es für die Drachen haben werde. „Er soll es auch erhalten, bevor er zu Bett geht."

„Herr Tim, Ihr müsst mich noch einmal in den Hof begleiten", rief er, als sich der Knappe zurückziehen wollte.

Timothy trottet ihm wie ferngesteuert hinterher. Er war todmüde. Doch das sollte sich in den nächsten Minuten gründlich ändern.

Der König verwandelte sich ohne Vorwarnung in den gigantischsten Drachen, den der Knappe je gesehen hatte und sagte: *Sucht Euch die größte Schuppe aus und zieht sie mit ganzer Kraft aus meinem Panzer. Und nur keine Angst, sie wird rasch nachwachsen.*

Timothy nickte, ein kurzer Blick – links und rechts waren die Brustschuppen am größten und sahen alle gleich aus. Er wählte die ganz rechts, aus Furcht, jemand könne es ausnutzen und den Drachenkönig mit leichten Waffen ermorden, sollte er die herauslösen, die das Herz schützte.

Hebt sie mit dem Dolch ab!

Timothy fasste an seinen Gürtel. Zuerst kam ihm jener Dolch in die Hand, der in der Brust des Babyskelettes gesteckt hatte. Kopfschüttelnd ließ er ihn wieder los und zog den, welchen ihm Prinz Andrew geschenkt hatte. Damit hob er die Schuppe an und riss sie aus der festen Haut.

Der König verwandelte sich zurück. Timothy kniete nieder. Er war sich der schier unglaublichen Auszeichnung sehr wohl bewusst.

„Ihr habt es verdient, Herr Knappe. Ihr überlegt bei allem sehr genau. Tragt sie am besten immer bei Euch. Sie wird Euch Glück bringen, Tim Drachenherz. Und nun ab, in die Federn!"

Tim verbeugte sich und rannte davon. Der König schaute lächelnd hinterher.

Die Macht der Liebe

Lady Brenda nutzte die halbe Stunde bis zum Frühstück, das neue Mädchen einzuweisen.

„Als Erstes musst du mir verraten, wie du heißt", bat sie.

„Sarah heiße ich, Herrin."

„Gut Sarah, du wirst dich ab sofort um John kümmern."

Sarah zuckte freudig überrascht zusammen. *Ob er wohl darum gebeten hat*, überlegte sie.

„Nein, das hat er nicht", bekam sie zur Antwort auf ihre gedachte Frage und erschrak.

Lady Brenda schmunzelte. „Wir Drachen können Gedanken lesen, musst du wissen. John liegt noch in einem tiefen Schlaf, in den ich ihn versetzt habe. Er könnte sonst die Schmerzen nicht ertragen. Deine Aufgabe wird es sein, alles für ihn zu tun, damit er wieder ganz gesund wird. Die Wunden behandeln wir Drachenfrauen, solange es nötig ist. Du wirst uns in allem zur Hand gehen und Tag und Nacht bei ihm sein."

Bei den letzten Worten öffnete Lady Brenda die Tür zum Krankenzimmer.

„John", hauchte Sarah beim Anblick des totenbleichen Kranken und schlug die Hände vor das Gesicht.

„Wir werden viel Arbeit haben und noch mehr Geduld brauchen", erklärte Brenda leise. Sie zeigte auf die andere Seite des kleinen Zimmers. „Dort steht dein Bett und in die Truhe daneben kannst du deine Kleider legen. Ich lasse dir gleich Essen und einen Krug Kräuteraufguss bringen. Wenn John erwacht, darfst du ihm davon etwas geben. Es wird ihm guttun. Lasse sofort nach Lady Maya rufen, wenn John die Augen aufschlägt."

„Verstanden", antwortet Sarah kurz und bündig.

„Solltest du irgendetwas brauchen, dann gib dem Wächter auf dem Gang Bescheid, er wird eine Magd rufen."

Sarah huschte auf Zehenspitzen durch den Raum. Sie wollte keinesfalls John wecken, um ihm Schmerzen zu ersparen. Genau so vorsichtig setzte sie sich auf einen Schemel neben seinem Bett und betrachtete sorgenvoll das blutleere Gesicht.

Kaum vorstellbar, dass das derselbe junge Mann war, der ihr auf der langen Reise nach Sternfels seinen Umhang geschenkt, weil sie in ihrem dünnen Kleid jämmerlich gefroren hatte. Jener der ihr immer die schweren Wasserkessel vom Brunnen in die provisorische Küche unter dem Burgberg trug.

Aber er lebte und es bestand eine kleine Chance, dass er wieder gesund werden konnte. Die Drachen hatten jedenfalls alles getan, was irgendwie in ihren Mächten stand.

Ein leises Klopfen an der Tür. Sarah sprang auf, öffnete und staunte über das große Tablett voller Köstlichkeiten.

Die Magd, die es gebrachte hatte, wünschte: „Guten Appetit!", und verschwand wieder.

Sarah hatte noch nie solch eine Vielfalt an Speisen gesehen. Andächtig betrachtete sie die reichen Gaben, ehe sie zaghaft zu essen begann. Schwer zu glauben, dass das alles für sie sein sollte.

Wie gern hätte sie jetzt mit John geteilt. Aber der lag noch immer in tiefem Schlaf. Einzig die flachen, kaum merklichen Atemzüge zeigten an, dass er wirklich lebte.

Eine Stunde später kamen die Damen Brenda und Maya herein.

„Schmeckt es dir nicht?", fragte Brenda mit einem Blick auf das halb volle Tablett.

„Doch, es schmeckt ausgezeichnet", beeilte sich Sarah, zu versichern. „Ich wollte es mir nur einteilen."

„Dagegen ist natürlich nichts einzuwenden", erwiderte Maya lächelnd. „Aber jetzt schauen wir, dass wir John neu verbinden, bevor wir ihn aus seinem Tiefschlaf wecken."

Lady Brenda schlug die Decke zurück und Sarah gab einen leisen Schreckenslaut von sich. Die wenigen Stellen, die nicht dick bandagiert waren, leuchteten zwischen schwarz- und veilchenblau mit einem Stich ins Grüne.

Als sie seinen Oberkörper leicht anhob, merkte sie erst, dass außer dem Gesicht, der ganze Kopf mit dicken Grinden bedeckt war. Brenda löste die Verbände, während Lady Maya eine grüne stinkende Paste zusammenrührte.

Brenda zählte für Sarah auf: „Er hat zwei gebrochene Rippen, beide Beine und den linken Arm gebrochen, die rechte Hand ebenfalls. Zudem hat er Quetschungen, Prellungen und Risswunden an ganzen Körper. Eine Gehirnerschütterung ist wahrscheinlich."

„Aber er hat ordentliche Muskelpakete, das hat ihm wohl das Leben gerettet", fügte Maya hinzu.

„Ja, die hat er", bestätigte Sarah mit einem wehmütigen Blick auf den fast nackten geschundenen Körper.

„John hat bei seinem Vater gearbeitet. Der war ein sehr guter Schmied."

„Das hat er Sir Andrew aber nicht verraten!", rief Lady Maya erstaunt.

Sarah atmete tief durch. „John hat sein Gesellenstück noch nicht gemacht, weil da gerade der Krieg begann. So traute er sich nicht, sich Schmied zu nennen."

„Kennt ihr euch schon lange?", fragte Brenda.

„Nein, wir haben uns erst auf dem Weg nach Sternfels das erste Mal gesehen ..." Sarah beendete den Satz, obwohl sie gerade Luft geholt hatte.

„Und euch verliebt", erriet Lady Maya.

„Hmmmm", hauchte Sarah, ein wenig rot werdend.

Maya strich die grüne Substanz auf die vielen Wunden des Verletzten, legte ein sauberes Tuch darüber und zog es mit einem zweiten fest, welches sie verknotete. „So, jetzt wird es unschön", gab sie bekannt, den offenen Bruch am Bein freilegend.

„Du lieber Himmel", stöhnte Sarah. „Und so was kann man wirklich überleben?"

„Wir hoffen es. Für einen Drachen wäre es nicht unmöglich, für einen Menschen stehen die Chancen sehr, sehr schlecht. Du musst ihm viel, viel Mut machen. Sag ihm, dass er eine eigene Schmiede auf Burg Sternfels bekommt, wenn er wieder gesund ist.

Auf dem Bau braucht man unzählige eiserne Dinge. Er wird ausschließlich Schmied sein und muss nie mehr Steine schleppen. Das verspreche ich ganz fest. Ich werde noch heute mit Sir Andrew darüber reden", versicherte Maya.

„Danke, Herrin." Sarah lächelte glücklich. „Es tut mir so leid, ihn so hilflos zu sehen."

„Das glaube ich dir gern", tröstete sie Lady Brenda, eifrig das Bein verarztend. „Jeder hier hat ähnlich schwere Situationen erlebt und oft nicht nur ein Mal. Mein Mann starb vor ein paar Jahren bei einem Turnier. Ich musste hilflos zusehen, weil es nicht den Funken einer Chance für ihn gab."

Brenda prüfte kritisch ihr Werk, deckte John zu und meinte: „Dann wollen wir ihn mal ins Leben zurückholen."

Sie legte ihm die Hände an die Schläfen, wobei sie Worte in einer fremden Sprache flüsterte. Mit einem grauenvollen Stöhnen öffnete John die Augen und starrte Brenda anklagend an.

„Was habt Ihr mit mir gemacht", hauchte er mühsam. „Ich verbrenne."

„Sie haben dich gerettet, John", hörte er eine sehr gut bekannte Stimme leise antworten und Sarah in seinem Blickfeld auftauchen. „Seid ihm bitte nicht böse, Herrin."

Brenda schüttelte den Kopf. „Aber nicht doch! Er erlebt gerade den schlimmsten Albtraum, den man sich vorstellen kann. Er wacht mit grässlichen Schmerzen auf, kann sich nicht bewegen und hat ein unbekanntes Gesicht genau vor der Nase. Kein Wunder, dass er mich für die Verursacherin seiner Qualen hält."

Sie streichelte Sarahs Hand. „Ab heute Abend werden sich Lady Fran und Lady Maya um deinen Liebsten kümmern. Ich fliege am Nachmittag wieder nach Wildforest."

Die Drachendamen zogen sich zurück.

„Sarah, bist du es wirklich? Und wo sind wir hier?" John versuchte, sich im Zimmer umzusehen.

„Wir sind auf Burg Drachenstein", berichtete Sarah. „Dich hat Sir Andrew hierher gebracht, als er dich aus der Steinlawine gezogen hatte, die dich verschüttete. Mich hat Lady Fran heute morgen geholt, damit ich für dich sorgen kann."

John schloss die Augen. „Ich glaube, ich erinnere mich", murmelte er. „Werde ich ein Krüppel sein?"

Sarah setzte sich zu ihm auf die Bettkante und begann zu erzählen. John hörte aufmerksam zu, obwohl er die Augen geschlossen hielt.

Plötzlich riss er sie auf. „Hast du gerade Schmied und eigene Schmiede gesagt?!"

„Habe ich", lachte Sarah. „Werde bitte, bitte wieder gesund. Ich bin Tag und Nacht für dich da und werde dir dabei helfen."

„Wie … Tag und Nacht?", fragte John verunsichert.

Sarah blinzelte. „Mein Bett steht da drüben an der Wand. Ein Wort genügt und ich werde zur Stelle sein, wenn du mich brauchst."

„Oh je. Dann möchte ich mir das Stöhnen und Jammern verkneifen, auch wenn mich die Schmerzen bald um den Verstand bringen. Sonst hältst du mich noch für einen Weichling."

„Das tu ich ganz bestimmt nicht. Ich hätte nicht einmal gedacht, dass du überhaupt mit mir sprechen kannst." Sie lächelte. „Möchtest du etwas trinken oder essen? Von gekochtem Ei bis Honigbrot kannst du alles haben."

„Ich möchte trinken. Wärst du so lieb, mir zu helfen?"

„Dafür bin ich ja hier!" Sarah flößte ihm den Kräutertee mit einem Löffel ein. Eine halbe Stunde später fütterte sie ihn mit kleinen Häppchen Ei und dem verheißenen Honigbrot. Anschließend bewachte sie seinen Schlaf, in den er völlig erschöpft gefallen war.

Am Fenster stehend beobachtete sie das bunte Treiben auf dem Hof und vor dem Haupttor. Es wimmelte geradezu von Menschen, die geschäftig hin und her eilten.

Timothy, der Knappe Sir Andrews, kam geritten und wurde von vielen mit einer Verbeugung gegrüßt. Er warf einem Stallburschen die Zügel seines Pferdes zu und stieg die Stufen des Haupthauses hinauf.

Sarah erinnerte sich mit einem vergnügten Lächeln in den Mundwinkeln an dessen pfiffige Aktionen auf der Reise. Er hatte blitzschnell diverses Niederwild gefangen und so den abendlichen Speiseplan bereichert.

Die Ehrerbietung, die man ihm hier entgegenbrachte, hatte er sich sicher redlich verdient. Er war ja auch mit Lady Fran im gruseligen Dunkel des Labyrinthes gewesen und hatte sie in voller Bewaffnung des Nachts beschützt.

Schritte auf dem Gang vor dem Krankenzimmer rissen Sarah aus ihren Betrachtungen. Da klopfte es auch schon. Sie öffnete und bekam große Augen – Timothy stand vor der Tür.

Natürlich ließ sie ihn sofort herein und bot ihm ihren Stuhl an. Das Flüstern weckte John, der genau so ungläubig schaute.

„Ich wollte nur fragen, wie es euch beiden geht", erklärte Timothy. „Ich habe heute frei, kann aber nicht den ganzen Tag verschlafen. Lieber krieche ich gleich nach dem Abendessen unter die Decke, damit ich morgen fit bin."

Sarah und John hatten so viele Fragen, dass Timothy fast eine Stunde lang erzählte, um ihnen die wichtigsten Informationen zu geben.

Am Ende seufzte John: „Ich verspreche euch, wieder gesund zu werden."

„Das will ich doch wohl meinen!", rief Timothy. „Wer soll mir denn sonst neue Waffen anfertigen? Wenn du sie machst, dann weiß ich, dass sie gut sind, Herr Schmied!"

„Du hast davon gehört?", staunte Sarah.

„Na, aber sicher. Ich habe meinem Herrn gesagt, dass er mit John einen erstklassigen Griff tut. Ich erinnere mich sehr genau, wie er auf der Reise aus wertlosem Zeug zwei Dolche schliff, um das Getier auszunehmen, das ich angeschleppt habe. Wenn einer wirklich was kann, vergesse ich es nicht."

„Danke", murmelte John. „Ich gebe mir die allergrößte Mühe, euch nicht zu enttäuschen. Ich werde alles tun, was die Drachen von mir verlangen, um wieder auf die Beine zu kommen.

Ich beneide euch beide ein bisschen, weil ihr mit ihnen geflogen seid. Wie gern möchte ich auch einmal die schuppige Haut berühren."

„Den Wunsch kann ich dir erfüllen." Timothy nestelte etwas unter seinem Gambeson hervor.

„Oh, du lieber Himmel! Ist die riesig!" John und Sarah bestaunten die Schuppe.

„Ich durfte sie aus dem Panzer des Königs ziehen", verriet Timothy, sie John in die rechte Hand gebend. „Kannst du sie fühlen?"

„Ja, das kann ich. Sie gibt eine Wärme an mich ab, die regelrecht durch mich hindurch pulsiert", hauchte John. „Vielen Dank."

Timothy ließ seinen wertvollsten Besitz wieder an seiner Brust verschwinden. „Nun muss ich gehen. Sicher lässt es sich einrichten, dass ich immer mal kurz zu euch kommen kann."

Er lächelte John zu. „Mach, dass du gesund wirst." Und an Sarah gewandt: „Pass gut auf ihn auf."

„Bringe den anderen Grüße von uns!", bat Sarah.

„Werde ich nicht vergessen." Timothy schloss hinter sich die Tür.

„Er ist der nette Kerl geblieben, der er war, auch wenn er jetzt in einer anderen Welt lebt", freute sich John.

Da nahten auch schon die Magd mit dem Mittagessen und Lady Maya mit einem Trank gegen die Schmerzen. Sie wunderte sich, den Schwerverletzten munter anzutreffen.

Sarah erzählte von Timothys Besuch und der Drachenschuppe. Ein begreifender Zug huschte über Lady Mayas Gesicht. Der Knappe hatte unbewusst genau das Richtige getan, als er John seinen Schatz anfassen ließ. Die unglaubliche Kraft des Drachenkönigs hatte einen Teil der Schmerzen gestillt. Zudem wirkte Sarahs Anwesenheit beruhigend auf John, der vor ihr unglaublich tapfer erscheinen wollte.

„Du siehst ziemlich mitgenommen aus", stellte das Mädchen trotzdem fest, als Lady Maya gegangen war. „Mir musst du schon sagen, was los ist, wenn du wirklich auf die Beine kommen willst."

Der fordernde, wenn auch besorgte, Unterton in ihrer Stimme blieb John nicht verborgen.

„Hast ja recht. Mir brummt der Schädel. Kannst du bitte die Häppchen ganz klein machen? Vom vielen

Sprechen tut mir das komplette Gesicht weh und ich weiß nicht, ob ich richtig kauen kann."

„Geht es so?" Sarah verabreichte ihm mit den Fingern die Stückchen, damit sie der Liegende auch wirklich in den Mund bekam.

Zwischendurch aß sie selber ein paar Happen, um sich sofort wieder John zu widmen. Als er wenig später erneut in tiefem Schlaf lag, tunkte sie mit etwas Brot die Reste der Fleischbrühe auf und ließ sie sich schmecken.

Am Nachmittag schauten die drei Drachendamen vorbei. John bat sie um Verzeihung für seine Worte.

Lady Brenda winkte ab. „Schon lange vergessen und vergeben. Sonst würde ich mich jetzt nicht von dir verabschieden. Wenn ich das nächste Mal nach Drachenstein komme, möchte ich Fortschritte bei der Genesung sehen." Sie blinzelte ihm schelmisch zu.

„Hast du irgendwelche Wünsche, die ich dir erfüllen kann?", fragte Sarah, als sie später allein waren.

John seufzte tief. „Ach ja, da wäre was …"

„Sprich!"

„Küss mich."

Sarah drohte ihm lachend mit dem Finger, beugte sich über ihn und John verdrehte selig die Augen, als er ihre warmen Lippen auf seinem Mund spürte. „Aber nur, weil es die Heilung fördert", schmunzelte Sarah.

„Nur deshalb?", Johns Stimme klang erschrocken.

„Warum sonst?", Sarah blinzelte und gab John einen noch viel längeren Kuss. „Könnte es vielleicht sein, dass ich dich von ganzem Herzen liebe?"

In John stieg ein wohliges Gefühl auf, als habe er noch einmal die Drachenschuppe berührt. Am Abend stellten Lady Maya und Fran überrascht fest, dass ihr Patient einen erstaunlich stabilen Eindruck machte, obwohl er am Morgen noch ausgesehen hatte, als werde er nicht einmal mehr die Mittagsstunde erleben.

„Liebe ist die beste Medizin", brachte es Lady Fran auf den Punkt.

Sie brauchte auch keine großen Erklärungen geben, das hatte Timothy schon auf seiner Stippvisite vorab getan.

„Ich kann wieder fliegen und du wirst wieder laufen", sagte sie kurz und nickte heftig.

John strahlte sie an. „Ja, Mylady, so soll es sein."

Der Nachtschlaf, mit dem Wissen, dass Sarah bei ihm war, brachte John viel Kraft zurück und am nächsten Morgen war die ursprüngliche Leichenblässe etwas mehr Farbe gewichen.

Lady Brenda hatte eine Abfolge von Arzneien für ihn erstellt, die Sarah peinlich genau einhielt. Vor allem standen die Kräuter und jenes Gemüse im Vordergrund, die als blutbildend galten.

Nicht alles schmeckte, aber John schluckte es tapfer, und nach vier Tagen stellten sich die ersten sichtbaren Erfolge ein. Ein paar Grinde lösten sich und die große Beinwunde begann, sich zu schließen.

John fing an, ganz langsam und vorsichtig die Zehen und Füße zu bewegen. Nach zweieinhalb Wochen löste Lady Maya die Schienen der vielen Brüche. Nur das Bein mit der flächendeckenden Wunde stellte sie ruhig.

John bekam zwei Krücken, mit denen er schnell Freundschaft schloss. Ermöglichten sie es ihm doch, auf einem Bein das Zimmer zu verlassen und kurze Spaziergänge an Sarahs Seite zu unternehmen.

Nach zwei Tagen steckte er bereits in der Schmiede der Burg und machte sich nützlich. Er strahlte über das ganze Gesicht, als er zum ersten Mal wieder einen

Schmiedehammer in der Hand hielt. So kamen auch rasch die alten Kräfte zurück.

Wenn der Schmied seine Arbeit beendete, blieb John noch da und werkelte an einem Geschenk für Sir Andrew, der ihm das Leben gerettet hatte. Dabei ließ er auch nur Sarah zusehen, die schnell begriff, dass John ein großes Geheimnis hütete.

Timothy brachte ihm ein Hirschgeweih von einem Jagdausflug mit, wie es sich John erbeten hatte.

Zwei Tage später hinkte John ohne Krücken, aber mit glücklichem Lächeln, zum Thronsaal, wo die königliche Familie und alle Ritter versammelt waren. Er wollte sich gerade mühsam vor Sir Andrew auf den Boden knien als der, „Stopp! Du bleibst stehen!", rief.

„Ich habe für Euch ein Geschenk geschmiedet. Es soll mein Dank für meine Rettung durch Euch sein." Er hielt dem Prinzen den polierten Griff aus Horn entgegen.

Prinz Andrew schüttelte fassungslos den Kopf. „Aber das ist ja ein Damaszenerdolch! Schaut Euch alle die wundervolle Maserung des Metalls an!" Er reichte die gediegene Arbeit herum.

„Das ist kein Gesellenstück, das ist ein Meisterstück!" König William prüfte die Schneide und wie fantastisch der Griff in der Hand lag. „Ich ernenne dich hiermit offiziell zum Waffenschmied, Meister John. Deine Werkstatt wirst du bald auf Burg Sternfels haben. Sie ist nämlich schon im Bau. Und es sieht ganz danach aus, als müsstest du auch für mich arbeiten."

John verbeugte sich stumm und mit Freudentränen in den Augen.

„Wie geht es deinem Bein?", fragte der König.

„Es wird immer besser", freute sich John. „Noch ein paar Tage, dann werde ich die Krücken sicher ganz in die Ecke stellen können."

„Ihr solltet Euerem Schmied das sicherste Plätzchen auf der Burg reservieren", hörte er beim Verlassen des Saales den König zu seinem Sohn sagen. „Er hütet Wissen, für das man ihn entführen könnte."

„Ich bin so stolz auf dich!", jubelte Sarah, ihm einen dicken Kuss auf die Wange drückend.

John zog sie an sich. „Ich werde bestimmt gutes Geld verdienen und in der Lage sein, eine Familie zu gründen. Willst du meine Frau werden?"

„Ich will!" Sarah lachte und weinte zugleich. „Ja, ja ich will."

Sie hatten beide nicht bemerkt, dass Lady Fran nach ihnen aus der Tür getreten war. Erst als diese sagte: „Ich habe es genau gehört!", fuhren beide ertappt herum. Mussten aber herzlich lachen, als ihnen Fran fröhlich zublinzelte. „Ihr ladet mich doch hoffentlich ein."

„Aber natürlich!", riefen beide wie aus einem Mund. „Das wäre ja ein glattes Verbrechen, es nicht zu tun."

In den nächsten Tagen arbeitete John in der Schmiede an einem Damaszenerdolch für den König. Sarah hingegen steckte mit den Drachendamen in der Kräuterküche und lernte, Pasten und Salben herzustellen.

Sie war glücklich und sehr dankbar. Heilkundige waren angesehene Leute. Sie würde eines Tages sicher auch Ritter behandeln müssen. Sir Andrew werde bestimmt einen Turnierplatz anlegen lassen. Die Kämpfer verletzen sich oft genug auch beim Training.

Im Augenblick erstarrte das Land zwar unter einer Schnee- und Eisdecke, aber die Ritter des Königs fochten im großen Waffensaal.

Winterfreud & Winterleid

Auf Burg Sternfels lief das Leben auf Sparflamme, wie überall im Land. Timothy gab sich, wann immer sich eine Gelegenheit auftat, mit den anderen Knappen der Schneeballschlacht hin.

Mitunter neckten sie auch die Söhne der Bauern, die es den herrschaftlichen Knaben sofort mit gleicher Münze zurückzahlten. Genau so schnell konnte Timothy auf strengen Dienst umschalten, wenn ihn sein Herr zu sich rief.

Diesmal ließ Sir Andrew nicht nach Timothy rufen, er begab sich selber auf die Suche. Er fand seinen Knappen am Grab der Zwillinge, das er soeben mit zwei kleinen Schneemännern geschmückt hatte.

Timothy klopfte sich die weißen Flocken von den Kleidern. „Manchmal gehe ich im Traum noch einmal den Weg mit Lady Fran in die Finsternis der Gänge im Berg von Sternfels. Dann komme ich hierher und bin dankbar für all das Gute, das mir im Leben widerfahren ist."

„Ihr habt Eure Eltern durch den Krieg verloren", sagte Sir Andrew im Tonfall einer Frage.

Timothy schüttelte den Kopf. „Nein. Sie starben, als ich sieben Jahre alt war, an irgendeiner Krankheit, die gerade überall grassierte. Ich habe mich mit Betteln und Handlangerdiensten bei reichen Bauern durchgeschlagen. Manchmal habe ich einfach im Wald in einer Höhle geschlafen. Dunkelheit macht mir nichts aus. Nur Alleinsein ist schlimm.

Als Bergknappen wollten sie mich nicht haben, obwohl ich prima hätte in den Gängen laufen können.

Man brauche im Stollen keine herumschnüffelnden Rotznasen, rief mir der Herr der Mine hinterher. Ich solle mich fortscheren, hat er gesagt und woanders betteln. Sie haben sogar meinen Beutel zwei Mal umgedreht, damit ich ja nichts Wertvolles aus dem tauben Gestein wegtrage.

Als ich von Euch und der Burg Sternfels hörte, habe ich mich sofort auf den Weg nach Wildforest gemacht."

„Du sprichst doch nicht etwa von der Smaragdmine?", rief Sir Andrew.

Timothy nickte. „Ja, aber damals wusste ich nicht, dass man die grünen Steine so nennt. Auf alle Fälle sind es ungesellige Leute, die dort leben. Am schlimmsten ist der Mann, dem sie gehört." Timothy suchte lange nach den rechten Worten. „Er ist geizig und … unfreundlich. Ein richtiger böser Bergkobold."

„Bergdrache, mein Lieber. Das ist Sir Emerald, Lady Frans Vater."

Timothy wedelte abwehrend mit beiden Händen. „Kann ich gut verstehen, wenn sie den nicht auf ihrer Hochzeit haben will. Wenn mich jemand so anblafft, dann ist der Tag gleich früh verdorben. Hier lieben jedenfalls alle Lady Fran."

„Da habt Ihr recht!", schmunzelte der Prinz. „Kommt, wir beide fliegen rüber nach Sternfels. John und Sarah werden sich freuen."

Die beiden waren nicht die Einzigen. Schon, weil der Prinz nie mit leeren Händen kam, liefen alle zusammen, kaum dass einer meldete: „Drache im Anflug!"

„Alle wohlauf?", fragte der Prinz, in die Runde schauend.

„Alles bestens!", meldete Sarah. „Hier und da einer mit Schnupfen, aber das gibt sich wieder."

„Wo steckt John?"

„Dem habe ich verboten, den steilen Beg hinabzulaufen, wenn es so glatt ist", erwiderte Sarah. „Sein Bein ist noch nicht ganz wie früher. Es wäre fatal, bräche er es sich noch einmal."

„Hört er immer auf dich?"

„Ja, wenn er keine Gegenargumente findet." Sarah lachte fröhlich. „Also meistens."

Timothy stürmte schon bergan, wo John erfreut wartete und ihn in seine warme Schmiede bat.

„Du hast einen Lehrburschen?", staunte Timothy, als er einen der jüngsten Knaben erspähte, der eifrig Metallplättchen sortierte.

Sir Andrew kam soeben mit Sarah herein und hatte die letzten Worte gehört. Nun schaute er genau so interessiert zu, wie geschickt der Kleine agierte.

„Willst du ihn wirklich ausbilden?", fragte er sofort.

„Das habe ich in der Tat vor. Er hat ein Auge für Details. Er könnte ein guter Plattner werden", antwortete John.

„Oh, meine Burg ist schon verplant", amüsierte sich Sir Andrew. „Aber die Idee gefällt mir. Ich werde Meister Reginald bitten, die Pläne für die Nebengebäude entsprechend zu ändern. Es ist jetzt schon offensichtlich, dass wir ähnlich viel wie Drachenstein, nur alles etwas kleiner brauchen.

Andere Handwerker können sich dann an der Mauer niederlassen, wodurch sie vom Schutz durch die Burg profitieren.

Woran arbeitest du gerade?"

John fasste auf den Tisch hinter sich. „An Pfeilspitzen, Schnitzmessern und Werkzeugen für Sarah, für die Kräuterbeete, die sich anlegen möchte, sobald es Frühling wird.

Die Metallklammern für die Steine der Burg werde ich vor Ort direkt in die Nuten gießen. Dann sitzen sie unverrückbar fest."

„Dein Vater wäre sicher sehr stolz auf dich, könnte er dich hier erleben", mutmaßte der Prinz.

John nickte. „Das wäre er ganz sicher. Ich möchte werden, wie er war."

„Brauchst du irgendwas für deine Arbeit?", wollte Sir Andrew wissen.

„Ein bisschen Pergament, Tinte und Holzkohle für Skizzen vielleicht. Im Moment ritze ich sie in den Fußboden oder den Schnee", erklärte John lächelnd. „Ein wenig Altmetall habe ich von einem Bauern bekommen, der hier mit dem Pferdeschlitten vorbei fuhr. Ich habe ihm drei Messer repariert und er hat mir seinen Trödel gegeben, den der andere Schmied für die nämlichen Arbeiten erhalten sollte. Er dürfte jetzt durchaus öfter hier anhalten oder mich weiter weiterempfehlen."

„Sehr gut. Handelsbeziehungen können wir brauchen."

„Er ist sicher auch an mehr interessiert." John schob die Pfeilspitzen auf den Tisch zurück.

Der Prinz schaute John prüfend an. „Und dein Bein? Alles wieder gut?"

„Ich habe früher immer über die Alten gelacht, wenn sie über ihre Wetterfühligkeit jammerten. Nun geht es mir selber so. Die Kälte macht mir zu schaffen. Sarah hat für mich ein gutes Rezept von Eurer Schwester bekommen. Damit ist es halbwegs erträglich."

„Tut mit leid. Du hast doch noch dein ganzes Leben vor dir."

„Sorgt Euch nicht. Das wird schon wieder. Ohne Euch und Eure Familie wäre ich jetzt tot. Ich schwöre Euch und Eurer Familie ewige Treue."

„Die Worte höre ich gern. Männer, auf die ich mich felsenfest verlassen kann, wie Timothy und dich, kann ich gut gebrauchen." Der Prinz klopfte John auf die Schulter.

„Und sonst?", wandte er sich an Sarah.

„Die üblichen Machtspielchen unter Heranwachsenden, weil wir im Augenblick wegen des Wetters auf engstem Raum zusammenhocken. Wenn John dazwischen geht, ist schlagartig Ruhe. Meister Johns Wort hat Gewicht. Die Männer von der Wache ziehen ihren Dienst durch und scheren sich nicht um das Gerangel.

Hin und wieder kommt eines der Mädchen zu mir und klagt sein Leid. Dabei bin ich doch auch nicht älter und nicht viel erfahrener. Aber als Heilerin, Johns Braut und weil ich ein paar Wochen in der Burg Eures Vaters gelebt habe, finde ich immer Gehör und, so wie es aussieht, auch die richtigen Worte. Alles sortiert sich irgendwie.

John und ich schlafen jetzt in der Schmiede. Da haben die anderen mehr Platz und John ist früh wirklich ausgeschlafen, wenn er an die Arbeit geht."

„Ich möchte, dass du in Zukunft das Hauswesen führst und die Mägde in ihre Aufgaben einteilst", legte Sir Andrew fest. „Dann bin ich sicher, dass alles nach meinen Vorstellungen läuft."

„Danke, Herr." Sarahs Augen strahlten.

Timothy kam in die Schmiede zurück. „Sieg auf der ganzen Linie", lachte er. „Hab den Torwachen den Zahn gezogen, dass sie mich zu zweit fertigmachen könnten. Selbst zu dritt haben sie es nicht geschafft. Nur mein Schwert ist hinüber."

„Zeig her!" John prüfte die Waffe. „Nichts, was man nicht mit ein bisschen gutem Willen reparieren könnte. Kannst es morgen wiederhaben."

„Oh, das klingt gut. Es ist mein Lieblingsstück."

„Brauchst nur bald einen anderen Griff. Immerhin wächst du deutlich sichtbar", stellte John amüsiert fest.

„Das habe ich an meiner Rüstung gemerkt", pflichtete Timothy bei. „Mit größeren Kniekacheln ist nicht mehr viel zu machen, deshalb trage ich vorerst Kettenbeinlinge."

„Wir finden sicher was Passendes in der Rüstkammer meines Vaters", warf Sir Andrew ein. „Da hat sich über die Jahre genug Kram angesammelt. Ansonsten müssen wir uns mit Meister John gut stellen, damit er vielleicht und ausnahmsweise der Plattnerei frönt und neue Bein- und Armschienen anfertigt."

„Euer Wunsch ist mir Befehl", erwiderte John.

„Was sind das für kleine Plättchen, die der Knabe geordnet hat?"

„Das sind die Teile für einen Krebspanzerhandschuh. Ich will testen, ob ich tatsächlich zum Plattner tauge. Zugeschaut habe ich bei meinem Vater oft, aber deshalb muss ich es nicht wirklich begriffen haben", erzählte John.

Sir Andrew begann zu lachen. „Ich sehe es schon kommen, dass Burg Sternfels berühmt wird, weil sie nicht nur den besten Damaszener-Schmied, sondern auch den besten Plattner der Welt hat. Mir kann das nur recht sein."

„Führt der Brunnen genügend Wasser?", fiel es Sir Andrew plötzlich ein, zu fragen.

„Nein, schon seit Tagen nicht mehr", klagte Sarah. „Wir schmelzen Schnee, um unseren Bedarf an Wasser zu decken."

„Das habe ich befürchtet", sinnierte Sir Andrew. „Einen Grund musste es ja geben, dass Frederik die Burg nur im Sommer bewohnte. Mal schauen, wie sich das Problem lösen lässt."

„Man könnte im Notfall Baumstämme halbieren und das Wasser vom Bach hierher leiten", murmelte Timothy mehr für sich selbst. „Das geht schneller, als eine Rinne mauern. Was man ja später immer noch tun kann."

„Ihr seid wahrlich nicht umsonst die Nummer eins meines Vertrauens", rief Sir Andrew. „Euch fällt doch immer irgendetwas aus dem Stegreif ein."

„Und wenn es darin gefriert, dann gefriert es auch im Bach selber", sagte Sarah. „Dann können wir uns immer noch als letzten Strohhalm an den Schnee klammern."

Kurz darauf hörte man im Wald schon das Sägen und Hämmern. Die kleineren Kinder schlugen die Äste von den Stämmen und brachten sie als Heizmaterial zum Burgberg. Die jungen Männer spalteten die Stämme mit Keilen und trieben mit ihren Äxten tiefe Rinnen hinein. Nach vier Tagen war das Werk vollendet.

Der natürlichen Neigung des Hanges folgend, suchte sich das Wasser seinen Weg durch die Leitung und wurde am Fuß des Berges mit einem eilig ausgehobenen Graben in den Teich abgeleitet.

Natürlich füllte es vorher mehrere große Holzzuber, die als Kaskade leicht schräg angeordnet wurden, um auch tatsächlich fließendes Frischwasser zu haben.

Sir Andrew rieb sich zufrieden die Hände und spendierte seinen Leuten einen Ochsen für den Grillspieß, den diese natürlich äußerst freudig annahmen. Bis in die Nacht brannten mehrere kleine Lagerfeuer um den Spieß herum, die ihnen die Kälte vertrieben, als sie schmausten und sangen.

Sir Andrew und Timothy ließen es sich nicht nehmen, mit ihnen zu feiern. Tim hatte Meister John hinausgeführt und er brachte ihn auch nach dem kleinen Fest wieder hinein. Sarah bedankte sich erfreut.

„Du bist überbesorgt", blinzelte John.

Timothy hob die Augenbrauen. „Wir alle brauchen dich. Sarah aber von allen am meisten. Also mach deiner Liebsten keinen Kummer."

Sarah begann silberhell zu lachen. „Du sprichst goldene Worte und bist drei Mal erwachsener als andere hier in deinem Alter. Man sollte es immer sehr ernst nehmen, was du sagst."

„Das trifft sicher Wort für Wort auch auf dich zu", warf Sir Andrew ein. „Mein Vater hat bestimmt nicht erwartet, dass wir junges Volk wirklich allein zurechtkommen, als er mir dieses Fleckchen Land schenkte und die volle Verantwortung übertrug.

Deshalb werde ich für den Bau auch nur langjährig erfahrene Männer holen. Diese zu finden, soll Meister Reginalds Aufgabe werden. Am falschen Ende zu sparen, könnte tödlich sein."

John schüttelte sich. Ihn überlief ein eisiger Schauer. Zu gut wusste er, was der Prinz damit ausdrücken wollte.

141

Gegen Mitternacht flog Sir Andrew mit Timothy wieder zur Burg Drachenstein.

Es riecht nach Unwetter, hörte der Knappe seinen Herrn raunen und schaute unwillkürlich zurück.

Er sollte recht behalten. Noch vor dem Morgengrauen schlugen die Wachen überall Alarm. Es begann, ungewöhnlich dick zu schneien und kurz darauf kam Sturm auf.

Sir Andrew war mit einem Satz aus dem Bett und begann, an den Fenstern entlang zu tigern, die rasch blind vom vielen Schnee waren.

„Ich fliege nach Sternfels!", rief er, als sein Vater erschien. „Ich habe Angst, dass sie es nicht allein schaffen."

„Das überlebt Ihr nicht, mein Sohn", antwortete der König beschwörend. „Ihr habt dem Sturm nicht genug Masse entgegenzusetzen."

„Dann reite ich!"

„Das wäre genau so tödlich."

„Was soll ich denn tun?"

„Noch eine Stunde warten. Flaut der Sturm nicht ab, versuche ich, Eure Leute zu erreichen. Ich habe vielleicht eine Chance." König William legte Andrew die Hand auf die Schulter.

Die Zeit verging quälend langsam. Andrew starrte das Stundenglas an, als könne er es hypnotisieren. Timothy wagte nicht, ihn anzusprechen.

„Der Schneefall lässt nach." Lady Fran hatte es geschafft, hinaus zu gehen. „Es hat fast zwei Meter Neuschnee gegeben. Ich habe kaum die Tür aufbekommen!"

„Und der Sturm?", fragte Andrew sofort.

„Heult noch immer, scheint aber schwächer geworden zu sein", erklärte Fran, sich die Schneereste von der Kleidung klopfend.

Prinz Vincent schaute seinen Bruder aufmunternd an. „Ich habe mit Vater gesprochen. Wir fliegen zu dritt."

„Auf geht's!", rief König William, sich mit Gewalt einen Weg auf den Hof bahnend. Er schlug auch sofort als Drache den Weg nach Sternfels ein. Seine Söhne folgten ihm, hatten aber schwer gegen die Sturmböen zu kämpfen.

Der Burgberg war eine einzige weiße Masse, die sich gegen den grauen Himmel abhob. Sir Andrew hoffte inständig, dass es John und Sarah noch geschafft hatten, im Tunnelsystem Zuflucht zu finden.

Er versuchte mit mächtigen Flügelschlägen, die Schneewehen beiseite zu schaufeln. Mit gleicher Technik widmeten sich der König und Prinz Vincent dem Tor zum Tunnel, um die Eingeschlossenen zu befreien.

Von oben rutschten ständig kleine Lawinen nach und machten alle Versuche zunichte. König William stieß ein unwilliges Fauchen aus.

Feuer!

Er ließ seine Flammen lodern und schmolz den halben Hang frei. Die Hitze war bis in das Labyrinth zu spüren.

„Die Drachen sind da! Sie retten uns. Lasst uns etwas zurückweichen, damit wir nicht bei lebendigem Leibe gebraten werden", schlug John vor und alle folgten seinem Rat, sich tiefer in die Gänge zurückzuziehen.

Kurz darauf ging das dicke Holztor in Flammen auf.

Ach herrje! König William pustete rasch die Brandherde aus.

143

Ihr habt eben ordentliche Durchschlagskraft, lachte Vincent und verwandelte sich zurück.

Andrew hatte die Schmiede freigelegt und erfreut festgestellt, dass die Bewohner das Weite gesucht hatten. Sie tauchten soeben mit den anderen aus den Katakomben auf und begrüßten freudig und überaus ehrerbietig den König und seine Söhne.

„Alle wohlauf?", fragte er und erhielt ein kräftiges: „Ja, mein König!", im Chor zur Antwort.

„Dann räumen wir noch ein bisschen Schnee." Er verwandelte sich wieder und die Versammelten bekamen Augen groß wie Teller. Solch einen Giganten hatten sie noch nie erblickt.

Sir William walzte den Schnee mit seinem Gewicht einfach platt. Da war es, statt zwei Metern, nur ein halber Meter, mit dem man durchaus leben konnte.

Schon hoben die drei Drachen wieder ab und verschwanden hinterm Wald. Der Sturm war inzwischen einem leichten Wind gewichen, der die letzten Flocken spielerisch tanzen ließ.

John schaute mit Sarah lächelnd hinterher. „Ich hab doch gesagt, dass uns Sir Andrew nicht im Stich lässt!"

144

Das Turnier

Der Schneesturm schien das letzte Aufbäumen des Winters gewesen zu sein. In den nächsten Tagen wurde es erheblich wärmer und eines Morgens stand das ganze Tal unter Wasser.

„Erst gar keins und nun viel zu viel", murmelte John, argwöhnisch den weiter steigenden Pegel beobachtend.

„Noch einen Meter, dann läuft es in den Tunnel", meldeten die Wachen.

„Nun muss es nur noch regnen, dann saufen wir von allen Seiten ab!", rief einer der jungen Männer.

„Hör auf, zu jammern!", herrschte ihn John an. „Hilf lieber das Bruchholz aus dem Weg zu räumen, damit es schneller abfließen kann. Der Hohlweg ist die einzige Gasse, die es jetzt nehmen kann."

Er ließ das Holz zum späteren Trocknen aufschichten.

Sir Andrew und Timothy kamen geflogen. Tim sprang auf dem Dach der Schmiede ab und auch der Prinz verwandelte sich noch in der Luft zurück, um nicht ins Wasser zu müssen.

„Verdammt harte Ladung", witzelte er, als sie gemeinsam herab kraxelten. Dann besah er sich vom Nahen das Dilemma. „Hm, eine Wasserburg wollte ich eigentlich nicht haben."

„Dann könnte ich aber aus dem Fenster angeln", gab Timothy mit einem Grinsen zu bedenken.

„War ja klar, dass jetzt so was kommt", lachte der Prinz. „Euch kann eh nichts die Laune verderben."

„Was sagt der Pegel?", rief er den Wachen zu.

„Der ist um ein paar Zentimeter gesunken", lautete die Antwort.

„Vermutlich wird er auch nicht mehr steigen", erklärte Sir Andrew. „Auf den Bergen liegt kein Schnee mehr und die reißenden Bäche sind bereits in ihre Betten zurückgekehrt. Wenn kein neuer Frost kommt, lasse ich nächste Woche mit dem Bau beginnen."

„Es wird Frühling!", jubelte auch Lady Fran, womit sie die anderen zum Lachen brachte.

Nicht, dass ihr der Winter nicht gefallen hätte. Sie hatte, weil nur wenige Räume der Burg beheizt werden konnten, viel Zeit mit William im Bett verbracht. Natürlich war es nicht nur beim Kuscheln geblieben.

William hätte sich auch sehr gewundert, wenn seine Bemühungen nicht rasch den erhofften Erfolg gezeigt hätten. Der Winter hatte seinen Wendepunkt noch nicht erreicht, als das Tuch, mit welchem die Kinderseelen nach Drachenstein gekommen waren, nicht mehr so farbenfreudig leuchtete, wie seit jenem Tag.

Fran hatte das Phänomen zur gleichen Zeit bemerkt und sich glücklich an Williams Brust geschmiegt. Zudem hatte sie seine Worte noch deutlich im Ohr, wonach es Zwillinge werden sollten. „Sie werden von mir all das bekommen, was mir als Kind so schmerzlich gefehlt hat", flüsterte sie. „Ein schönes Zuhause, Liebe und ein offenes Ohr für alle Probleme."

„Und einen Papa, der sie gut behüten wird", fügte William blinzelnd hinzu.

„Der gehört zu alledem ganz fest dazu", erklärte Fran, ihn zärtlich küssend. „Ohne Euch wäre mein ganzes Leben eine Qual geblieben."

Der Dritte, der merkte, was sich ereignet hatte, war Timothy. Er reichte am Nachmittag Lady Fran die Hand, um ihr vom Pferd zu helfen. Er gab einen erstaunten Laut von sich, als er ihre Haut berührte.

„Was habt Ihr?", fragte Fran, weil er sie mit großen Augen musterte.

„Ich kann die Babys fühlen", erwiderte Timothy und wunderte sich, warum der König und Lady Fran in fröhliches Lachen ausbrachen.

Dabei hatte er ja nur gemeint, die Seelen der Toten zu spüren.

Es dauerte ein paar Sekunden, dann sperrte er die Augen auf und flüsterte: „Ohhhhh!"

Die werdenden Eltern lachten nun noch mehr, bestätigten aber sofort, dass er den richtigen Gedanken gehegt habe.

„Ist das schön", flüsterte Timothy und machte sich in Gedanken bereit, die Kleinen zu beschützen, wie es ihm der König verheißen hatte.

Der König legte verschwörerisch den Finger auf den Mund und sagte: „Pssst!"

Timothy nickte kurz und freute sich diebisch, als Allererster in der ganzen Burg ein riesengroßes Geheimnis ergründet zu haben. Sein Herr drohte ihm Wochen später scherzhaft mit dem Finger, als er und sein Bruder erfuhren, dass Geschwister unterwegs waren und wie Timothy aufmerksam geworden war.

„Fast tut es mir leid, dass ich Euch erst in vier Jahren zum Ritter schlagen kann", erklärte König William sofort darauf.

Sir Vincent drehte sich herum. „Wer sagt das? Seid Ihr nicht der König, mein Vater? Ich erinnere mich, von einem Knappen unseres Ahnherrn gelesen zu haben, der auch nicht viel älter war als Timothy Drachenherz, als er den Ritterschlag erhielt."

„Das habe ich auch gelesen", pflichtete Lady Fran bei. „Timothy ist bereits 12 und viel erwachsener als andere in seinem Alter. Er ist ein ausgezeichneter Kämpfer, er beherrscht die Ritterregeln im Schlaf und er hat einen hellen Kopf."

„Ihr selbst sprecht ihn seit Langem in der Ehrenform an", gab Sir Andrew zu bedenken.

„Nicht nur das", gab Sir William zu. „Er hat sich eigenhändig eine meiner Brustschuppen ziehen dürfen und bewusst die rechte Seite gewählt."

„Ach, schau an!" Sir Andrew staunte. „Das habe nicht einmal ich gewusst. Geheimnisse sind bei ihm sicher, wie in einer siebenfach verschlossenen Schatzkiste."

„Ich werde darüber nachdenken", sagte der König schließlich.

Timothy war wie ein Terrier. Wenn der sich in eine Aufgabe verbissen hatte, dann ließ er nicht mehr los. Es gab nicht viele junge Männer, die alle ihre Kraft in ein Ziel steckten. Timothy Drachenherz …

Zudem war der ehemals schmächtige Knabe in den letzten Monaten hoch aufgeschossen, hatte vom intensiven Training breite Schultern und ansehnliche Muskelpakete bekommen und bereits mehrfach im Training gestandene Ritter hinter sich gelassen.

Lady Fran sah William belustigt von der Seite an, als er, auf seinem Thron sitzend, über Tim grübelte. „Warum macht Ihr es Euch so schwer, wenn Ihr im Innersten doch schon beschlossen habt, Timothy in den Ritterstand zu erheben?"

Sir William hob den Kopf. „Ich werde ein freies Turnier ausrufen und schauen, wie er sich schlägt. Wenn, dann möchte ich ihn vor aller Augen ehren."

Wenig später hörte Tim Lady Frans Stimme kaum hörbar in seinen Gedanken wispern. Sie sagte nur vier Worte: *Es ist Euer Turnier.*

Timothy zermarterte sich das Gehirn, was das wohl bedeuten mochte. Lange blieb er nicht ratlos, denn der König rief am nächsten Tag Ritter und Knappen zusammen und informierte sie darüber, sich mit kampfstarken Männern aus dem einfachen Volk messen zu müssen.

Danke, hörte Lady Fran Timothy wispern.

„Ich nehme die Herausforderung an, mein König", sagte er, bevor die anderen die Nachricht verdaut hatten und seine Augen blitzten, als habe er schon den ersten Gegner im Visier.

In den Tagen bis zum großen Ereignis trainierte Timothy noch härter. Drei Übungsattrappen verarbeitete er zu Kleinholz und die anderen Knappen waren schon froh, wenn sie ihm nur mit blauen Flecken entkamen.

Am Tag vor dem großen Kampf überreichte ihm John ein neues Schwert. In den Griff waren Drachen geätzt und auch die Klinge zeigte einen ganzflächigen Drachen, wenn man sie in einem bestimmten Winkel betrachtete.

Johns Zunftzeichen, der stilisierte Drachenkopf mit einem Stern auf der Stirn, war genau unter dem Griff in das Metall graviert.

„Es ist kein Prunkschwert, auch wenn es so aussieht", sagte er und blickte Timothy fest in die

Augen. „Lehre sie das Fürchten, einen nach dem anderen!"

„Was soll es kosten?"

„Einen Sieg für Sternfels. Kommst du unter die besten zehn, dann hast du trotzdem gewonnen und ich mit dir."

„Heißen Dank! Ich werde regen Gebrauch davon machen." Timothy schwang es leicht aus dem Handgelenk. Dann ließ er es unter seinem Umhang verschwinden.

Am Abend brachte er all seine Waffen und den Harnisch auf Hochglanz. Ein Schatten fiel plötzlich auf ihn.

„Lady Maya! Ich habe Euch nicht kommen hören."

Sie hielt den Finger vor die Lippen. „Tragt morgen den hier", flüsterte sie, einen Helm unter ihrem Umhang hervorziehend. „Er hat meinem Erstgeborenen gehört." Sie öffnete die Tür einen Spalt, lauschte, ob der Gang leer sei, und verschwand genau so heimlich, wie sie gekommen war.

Timothy legte Lappen und Öl zur Seite, um das ungewöhnliche Geschenk zu betrachten. „Aber das ist doch …", hauchte er ungläubig. Den Helm zierten die gleichen Drachen, die John in den Griff seines Schwertes geätzt hatte und das 500 Jahre alte Zeichen des Plattners hätte der Zwilling von Johns Zunftzeichen sein können. „Wenn das kein Omen ist, dann weiß ich auch nicht."

Er probierte den Helm auf und staunte erneut. Maßarbeit.

Noch ein Besucher nahte zu später Stunde – Sir Andrew. Er drückte Timothy einen Umhang in die

Hand. „Tragt morgen die Farben des Königs, mit dem Wappen von Sternfels. Viel Glück!"

Timothy faltete ungläubig kopfschüttelnd den Stoff auseinander. Auf schwarzem Grund mit breiten blutroten Säumen prangte, aus Goldfäden gestickt, ein Stern, auf welchen ein großer Drache seine Klaue stützte.

Er kontrollierte noch einmal Kampfkleidung, Rüstungsteile und Waffen auf Vollständigkeit, räumte das Ölzeug weg und ging zu Bett.

Das Frühstück nahm er ganz in Ruhe ein und er ließ keine Nervosität merken, wie etwa die anderen Knappen, die von ihren Herren zum Kampf nominiert worden waren.

Bedächtig legte er sich auch seine Kleider zurecht. Nur keinen Fehler machen.

Da klopfte es und ein kleiner Knappe Sir Vincents erschien. „Mein Herr schickt mich, Euch helfend zur Seite zu stehen." Der Kleine wartete nicht erst auf Antwort, sondern begann mit kundiger Hand, die Riemen der Rüstung zu schließen.

Ganz selbstverständlich folgte er Timothy auch zum Stall, wo er dessen Pferd sattelte und ihm die Waffen hinauf reichte.

Timothy ritt zum Turnierplatz vor den Toren der Burg und ließ sich für alle Wettkampfarten eintragen. Er wunderte sich schon gar nicht mehr, als sein junger dienstbarer Geist auch hier plötzlich zur Stelle war.

Die Tribüne füllte sich und auf der anderen Seite standen Hunderte, um das Spektakel zu genießen. Die Kämpfer wurden einzeln mit Namen aufgerufen, um sich grüßend vor dem König und seiner Familie zu verneigen. Die einen erschienen zu Fuß, die anderen, die es sich leisten konnten, zu Pferd.

Als der Name Timothy Drachenherz ausgerufen wurde, kam Bewegung in die Menge. Alle wollten den edel gewandeten Reiter sehen, der zwar die Farben des Königs, aber ein unbekanntes Wappen trug.

Timothy ließ sein Pferd eine Verbeugung vollführen, nahm den Helm ab und sagte laut. „Timothy Drachenherz, Knappe im Dienste Sir Andrews von Sternfels."

Er bekam einen huldvollen Gruß der Damen und ein Nicken von den Herren. Prinz Andrew lächelte sehr breit. Die Überraschung war ihnen gelungen, wenn er auch so gar keine Ahnung hatte, woher der prachtvolle Helm stammte.

Der König kannte diesen umso besser. Er warf Lady Maya einen zufriedenen Blick zu und einen sehr neugierigen Timothy hinterher. Dabei kam ihm auch der kleine Knappe vor die Augen. Timothy hatte offensichtlich von allen heimlichen Zuspruch erhalten, dass er ganz sicher kämpfen werde, wie noch nie zuvor.

Schon in der ersten Disziplin, dem Bogenschießen, zeigte Timothy den anderen, worauf sie sich gefasst machen konnten. Bis auf einen Pfeil setzte er alle direkt ins Zentrum der Scheibe.

Der anschließende Schwertkampf lief nach dem K.-O.-Prinzip. Die Kämpfer bekamen einen Partner zugelost und der jeweilige Sieger kam in die nächste Runde, wo sich das Spiel wiederholte. Bei fast 100 Teilnehmern zogen sich die Kämpfe bis zum Abend hin und wurden am nächsten Morgen fortgesetzt.

Timothy hatte wohlweislich den kleinen Tiegel mit dem Wundermittelchen gegen verkrampfte Muskeln bereitgestellt. Er salbte sich gründlich ein und wachte, ziemlich gut erholt und ausgeschlafen auf.

Schon stand sein kleiner Schatten bereit, um ihn für die bevorstehende Schlacht zu rüsten.

„Ein imposanter Anblick", gab der König zu, als Timothys Pferd scheinbar spielerisch zum Tor hinaus tänzelte.

„Das sehen die Mädchen wohl auch so. Habt Ihr beobachtet, wie viele mitfiebern, wenn er zum Kampf antritt?" Prinz Andrew schnalzte mit der Zunge. „Lasst ihn ein bisschen älter werden, dann fallen sie reihenweise in Ohnmacht, wenn er ihnen zulächelt."

„Höre ich Neid aus Euern Worten?", lachte der König.

„Nein, echte Bewunderung." Prinz Andrew amüsierte sich köstlich über das erstaunte Gesicht seines Vaters. „Zudem bin ich richtig stolz auf mich, ihn entdeckt zu haben."

„Dracheninstinkt."

„Na, dass der bestens funktioniert, ist doch gleich ein zusätzlicher Grund in Freudentaumel auszubrechen!" Prinz Andrews Lächeln wurde noch breiter.

„Euch kann wohl heute nichts den Tag verderben?"

„Nein, denn mein Instinkt sagt mir, dass wir Großes erleben werden. Oh, wir müssen uns sputen! Sonst verpassen wir, wie mein bester Mann Eure Ritter verdrischt." Der Prinz eilte lachend davon.

„Diesen Gedanken hege ich auch", rief ihm der König hinterher und begab sich mit langen Schritten zum Stall, wo die anderen schon ungeduldig auf ihren Pferden saßen.

Heute waren noch mehr Zuschauer versammelt. Die letzten zehn Schwertkämpfer sollten nun in Einzelpaaren ihre Kunst zeigen.

Timothy trug den Helm unter dem Arm und das blanke Schwert an der Seite. Ein Sonnenstrahl traf das Metall und ließ den Drachen funkeln.

„Was ist das für ein Schwert?", fragte der König äußerst interessiert Andrew.

„Ich weiß es nicht. Ich habe es gestern zum ersten Mal bei ihm gesehen. Mein genialer Meister John scheint es extra für ihn geschmiedet zu haben." Andrew kniff die Augen zusammen, um die großartige Waffe in der Sonne besser erkennen zu können.

Es standen, neben Timothy, ausschließlich Ritter in den Endrunden, denn mit einfachem Haudrauf war gegen diese nichts zu machen. Doch die Herren waren weit davon entfernt, den jungen Mann zu belächeln. Besonders die Ritter von der Königsburg hatten mehrfach erlebt, dass sich dieser sehr wohl zu wehren wusste und blitzschnell selber zum Angriff übergehen konnte.

Sein erster Gegner stammte aus der Gegend um Wildforest und war eigentlich nur auf der Durchreise gewesen, als er vom Turnier erfuhr. Er machte es Timothy nicht gerade leicht und ein paar Mal sah es sogar aus, als würde der Ritter gewinnen. Siegessicher begann er zu grinsen, was Timothy in Rage brachte.

Ich werde Euch Euer dümmliches Grinsen aus dem Gesicht wischen, dachte Timothy und laut rief er: „Für Sternfels!"

Dann drang er wie eine Ramme auf den Ritter ein, den man wenig später vom Platz tragen musste.

Sir Andrew nickte grüßend. *Sternfels dankt.* „Schon sind es nur noch fünf Gegner auf dem Platz", witzelte er an seinen Vater gerichtet.

„Möge er sie alle besiegen", erwiderte der. „Wenn ich seine gediegene Waffe sehe und die Taktik, die er an den Tag legt, dann kann es gar nicht anders kommen."

„Es sei denn, er stände im Endkampf gegen Sir Finnegan …"

Eine halbe Stunde später war genau das Gewissheit. Die Damen erbleichten, die Prinzen drückten die Daumen, dass die Gelenke knackten, und König Williams Gesicht versteinerte beinahe.

Timothy maß seinen Gegner mit Blicken ab – einen Kopf größer als er selber, bestimmt zwei Mal so viel Masse und ein Schwert, das seinem nicht nachstand. Nun galt es, besonders flink zu sein, auch wenn die Arme bereits so schmerzten, dass jede Bewegung zur Qual wurde.

Für Sternfels!

Für Ritter Finnegan war es ein Schock, den wichtigsten Kampf gegen ein derart junges Bürschlein führen zu müssen. Er zeigte sich beeindruckt, was ihn deutlich sichtbar beeinträchtigte. Es gelang ihm einfach nicht, den schmächtigen Jungspund zu überraschen. Immer wieder ahnte der die kommenden Aktionen voraus und tauchte unter dem Schwert seines Gegners weg.

Die flache Seite der Klinge glitt mehrmals über das Metall des Harnischs Timothys. Die jungen Mädchen begleiteten das mit hysterischem Kreischen, womit sie den gestandenen Ritter Finnegan endgültig aus dem Konzept brachten.

König William hat mit wachsender Verblüffung zugeschaut, nach drei sehr langen Runden den Kampf beendet und beide zu Siegern erklärt.

Timothy, schweißüberströmt, verabschiedete seinen Kontrahenten mit erhobener Klinge, was dieser, völlig aus der Puste, gleichermaßen beantwortete. Und während sich Timothy eine halbe Stunde zu erholen versuchte, um beim Lanzenstechen antreten zu können, reihte sich Sir Finnegan bei den Zuschauern ein.

Dort applaudierte er, zur Verblüffung des Königs, seinem jungen Widersacher, als dessen Name aufgerufen wurde.

Timothy machte einen stark angeschlagenen Eindruck.

„Verbietet ihm, das Lanzenstechen zu reiten!", bat Lady Fran besorgt.

Der König schüttelte den Kopf. „Genau das werde ich ihm nicht antun."

Sir Andrew atmete auf. *Für Sternfels! Für Meister John! Und vor allem für Euch,* feuerte er seinen besten Mann an.

Für Sternfels! Durch Timothys Gestalt ging ein Ruck. Er schlug sich mit der metallbehandschuhten Faust auf die Brust.

Der König nickte wissend. Timothy trug die Drachenschuppe direkt auf der Haut. Durch den festen Schlag wurde sie angepresst und gab dem feinfühligen Knappen Kraft. „Für Sternfels!"

Eine Gruppe am Rande der Kampfbahn antwortete ihm mit genau diesem Ruf. Timothy glaubte, seinen Augen nicht trauen zu können. Da standen Meister John, Sarah und zwei andere gute Bekannte und feuerten ihn an! Auf der Tribüne hatten neue Damen Platz genommen – Lady Brenda und Lady Faye. Timothy ahnte, auf welche Weise seine Freunde hierher gekommen waren.

Auf zum Sieg, Timothy Drachenherz. Lady Faye nickte ihm aufmunternd zu.

Timothys Schmerzen waren plötzlich wie weggeblasen. Der Adrenalinausstoß hatte eine Höhe erreicht, die jenseits aller Rekorde lag. Sieh dich vor, alter Junge, dass du nicht übermütig wirst, hämmerte es in seinen Gedanken.

Bedächtig legte er die Lanze in den Rüsthaken ein. Das sparte Kraft. Sein hilfreicher Knappe hatte ihn noch schnell an den Brustharnisch montiert. Auch andere bedienten sich dieses Hilfsmittels, wie Timothy mit kurzem Blick erkannte.

Er ließ sein Pferd tänzeln. Dann ging es auf die Hinterhand und preschte dem ersten Kontrahenten entgegen. Timothy landete einen Helmtreffer, der sofort reiche Punktzahl brachte. Die Lanze des Gegners hatte ihn nur leicht am Arm gestreift.

Die Menge jubelte, die Damen auf der Tribüne klatschten begeistert. Sarah kaute, an Johns Arm geklammert, auf ihrer Unterlippe.

Dann geriet Timothy an zwei Reiter, die erheblich weniger Kämpfe als er bestritten hatten. Er steckte gleich nacheinander zwei schwere Treffer ein. Beim Zweiten riss es ihn fast vom Pferd. An dessen Seite hängend rettete er sich im letzten Augenblick wieder auf den Rücken des Tieres.

In der Pause vor den Endkämpfen schlich sich Sarah zu Timothys Zelt. Sie deutete Schweigen an und begann, ihm eigenhändig kühlende Salbe an allen erreichbaren Stellen aufzutragen.

„Für Sternfels", flüsterte sie, als sie genau so heimlich davonhuschte.

John wartete schon auf Nachricht und Sarah berichtete leise, in welchem Zustand sie Timothy vorgefunden hatte. „Riss- und Schnittwunden, Quetschungen, Zerrungen und blutunterlaufene Flächen – ich glaube, an seinem Körper gibt es keine Stelle, die nicht in Mitleidenschaft gezogen ist. Zumindest hat er keine Brüche oder Verrenkungen. Und", sie dehnte das Wort, „er hat einen Knappen Sir Vincents, der ihm hilft."

„Wirklich? Solchen Luxus haben hier ja nicht mal alle Ritter!"

„Ich schwöre es! Der Kleine ist ganz für Timothy da. Er putzt ihm die Waffen und die Rüstung."

„Gut, dass er das nicht selber machen muss. Alles kostet Kraft, die er jetzt ganz für sich braucht." John rieb sich die Hände. Er gab wohl nicht nur ihn, der für den wackeren Timothy Schicksal zu spielen versuchte.

Ein Fanfarenstoß erklang. Die besten sechs nach Punkten traten nun im Duell jeder gegen jeden an. Timothy hatte das Visier seines Helmes noch nicht geschlossen. Er war unglaublich blass, aber in seinen Augen brannte dieses Feuer …

Alle wussten, er werde das Letzte geben, selbst wenn er danach tot vom Pferd kippte.

Ihr seid der Beste. Über Timothys Gesicht huschte ein dankbares Lächeln, als er die Worte seines Herrn im Kopf hörte, dann klappte er das Visier herunter, senkte die Lanze und stieß den ersten Gegner vom Pferd.

Seine Lanze splitterte. Der Aufprall schüttelte ihn kräftig durch. Die Schmerzen rasten durch den ganzen Körper. Timothy knirschte mit den Zähnen. „Einer weniger. Bleiben immer noch vier."

Drei, verbesserte er sich einen Kampf später, denn bei der zweiten Paarung ging auch ein Ritter zu Boden und kam aus eigener Kraft nicht einmal mehr auf die Beine. Genau wie in der dritten Paarung.

Timothy hatte also zwei Gegner vor sich, die genau wie er, das Allerletzte aus sich herauszuholen bereit waren.

Zwei Mal ritt er gegen beide, ohne Treffer landen zu können. Aber auch selbst wurde er nicht nennenswert getroffen.

„Ihr schafft das!", raunte ihm der Knappe zu.

„Für Sternfels!", riefen die Freunde und sein Herr.

Ihr habt nicht nur das Herz, sondern auch die Kraft eines Drachen. Macht die Gegner nieder, wisperte des Königs Stimme in seinen Gedanken.

159

Timothy trat zum Kampf an. Lady Fran fasste aufgeregt nach des Königs Arm. Aus dem eisernen Handschuh seines besten Lanzenreiters sah wohl jedermann ganz deutlich Blut tropfen.

Er wuchtete mühsam die Waffe auf den Rüsthaken. Seinem Kontrahenten gelang dies auch nicht leichter und dessen Lanze pendelte sogar. Timothys Treffer saß gut. Mitten in einer Delle der verbeulten Rüstung, genau auf dem Solarplexus setzte die Spitze auf, der Ritter schnappte nach Luft, kippte hintenüber und wurde von seinem galoppierenden Pferd mitgeschleift.

Sofort war auch Timothys Knappe zur Stelle, zog ihm den blutigen Handschuh aus, wickelte ein Stück Stoff um die verletzte Hand und streifte ihm den Handschuh wieder über. „Der letzte Kampf, Herr Timothy."

„Gib mir eine andere Lanze. Diese hier wiegt Tonnen."

„Das wird Euch bei der anderen auch so vorkommen", seufzte der Junge, folgte aber dem Befehl.

„Du hast recht", bemerkte Timothy, als er die neue Lanze in der Hand hielt. „Ich hätte gleich auf dich hören sollen. Ich nehme doch lieber die Kampferprobte."

„Macht tüchtig Gebrauch davon", bat der Kleine, seinen *Ritter* in den Endkampf entlassend.

Der Stoffüberwurf des Pferdes war inzwischen triefend nass, wie auch der Knappe in seiner Rüstung. Die Sonne brannte unbarmherzig, das Metall schien zu glühen und der Gambeson klebte durchgeschwitzt am Körper.

Von der Stirn rannen ganze Bäche in die Augen beider Kämpen, brannten und behinderten sie gleichermaßen, denn die Unterhauben der Helme konnten die Schweißfluten nicht mehr aufsaugen, geschweige denn halten.

Die Pferde galoppierten an, die Lanzen hoben sich ein wenig – Timothy fühlte einen Schlag an Brust und Helm und gleichzeitig einen äußerst heftigen Ruck in seinem Lanzenarm. Er kippte nach hinten. Auf dem Pferderücken liegend erreichte er das Ziel, froh überlebt und es wenigstens irgendwie geschafft zu haben.

Sein Knappe rannte herbei, half ihm auf und jubelte: „Ihr seid unglaublich!"

Timothy schaute auf die andere Seite der Bahn. Der, den er als Sieger wähnte, schleppte sich zu Fuß vom Platz.

Jetzt erst begriff er, dass es nicht das Blut war, das so in seinen Ohren hämmerte. Es war das Klatschen, begeisterte Trampeln und Rufen der Zuschauer.

Ungläubig kopfschüttelnd trabte er auf seinen König zu und verneigte sich wie ferngelenkt. Sir William blinzelte ihm zu und Timothy fiel ein, was ihm als Sieger noch zustand. Mit einem strahlenden Lächeln und gesenkter Lanze ritt er das Feld ab und sammelte die Siegerkränze der Mädchen ein.

Die gaben gern und so reichlich, dass von der Lanze kaum noch etwas zu sehen war, als er zur Tribüne zurückkehrte, vor der ungewöhnlicherweise der König stand und auf ihn wartete.

Timothy quälte sich vom Pferd, um vor seinem König niederzuknien. Aus den Augenwinkeln sah er, wie jemand diesem ein Schwert reichte. Wenige

Wimpernschläge später fühlte er auf seine Schulter niedergehen und hörte laut und deutlich: „Hiermit schlage ich Euch zum Ritter. Erhebt Euch, Sir Timothy Drachenherz."

Timothy folgte wie ein Traumwandler dem Befehl, ohne wirklich begriffen zu haben, was da soeben geschehen war.

„Hoch lebe Sir Timothy, Ritter von Sternfels!", rief Sir Andrew in die Menge und diese antwortete mit dem gleichen Satz.

Meister John schwenkte begeistert Sarah im Kreis. „Unser Ritter hat es geschafft!"

„Das erinnert mich daran", sprach der König, „dass ich Euer Schwert von Nahem sehen möchte."

Timothy nickte dem Knappen zu, der sofort herbeieilte. König William bestaunte die Drachen, betastete Griff und Schneide. „Unglaublich! Es ist beim Turnier kaum schartig geworden." Dann nahm er es in die Hand und schwang es scheinbar ohne Mühe. „Was hat es Euch gekostet?"

Ritter Drachenherz strahlte auf. „Einen Sieg für Sternfels."

Sir William lachte und winkte mit dem Zeigefinger Meister John heran. „Müßig zu fragen, wer dieses Prachtstück gefertigt hat. Ich will genau so eins haben!"

„Das sollt Ihr bekommen, Sire." John lächelte nicht weniger glücklich als der junge Ritter.

Ihr werdet eine gute Verwaltung aufbauen müssen, wenn Sternfels steht, wandte sich der König unbemerkt an Sir Andrew.

Es hat schon begonnen, mein Vater. Meister John kann frei schalten und zahlt dafür den siebenten Teil an mich. Und glaubt mir, da kommen bereits jetzt recht hübsche Summen zusammen.

Ihr müsst Euch also nicht wundern, wenn meine Burg wie ein Pilz aus dem Boden schießen und größer als im ersten Entwurf werden wird.

Es wird keine reine Trutz-, sondern eine Wohnburg mit autarker Wirtschaft werden. Wie gesagt, es hat schon begonnen.

Während der Unterhaltung mit seinem Vater hatte Sir Andrew die Tribüne verlassen und war zu diesem, Meister John und dem frischgebackenen Ritter getreten.

„Ich habe Euch unter den besten 20 erwartet und bin mehr als angenehm überrascht, Euch als Besten vor mir zu sehen. Euer Wappen dürfte sich in das Gedächtnis der anderen Herren eingebrannt haben.

Wie fühlt Ihr Euch?"

„Ich bin wohl der glücklichste Mensch am heutigen Tag", schmunzelte Timothy. „Rein körperlich komme ich mir vor, als sei ich zwischen Mauer und Ramme geraten", gab er ohne Ziererei zu.

Sir Andrew wiegte lächelnd den Kopf. „So seht Ihr auch aus. Versucht, etwas zur Ruhe zu kommen. In zwei Stunden gibt mein Vater, Euch zu ehren, eine Siegesfeier, wie sie selten nach einem Turnier stattgefunden hat."

Timothy warf einen langen Blick auf seine Rüstung, worauf John zu lachen anfing. „Ich habe doch ganze zwei Stunden, um die schlimmsten Schäden auszubessern. Der Plattner unseres Königs wird mir sicher sein Werkzeug leihen."

Dieser lieh ihm am Ende nicht nur etwas, sondern legte tüchtig mit Hand an, um die Rüstung des neuen Ritters seines Königs bis zum Beginn der Feier in altem Glanz erstrahlen zu lassen. Das Metall war zum Glück nur verbeult, aber nirgend zerbrochen oder durchstochen worden.

An das Schwert seines Freundes ließ Meister John niemanden heran. Das schliff er unverdrossen selbst. Womöglich guckte sich sonst einer Technik und Details ab.

Sarah hatte alle Hände voll zu tun, die Schmerzen des geschundenen Körpers des jungen Ritters bestmöglich zu lindern. Sie steckte Timothy in die hölzerne Badewanne, mischte Kräuter und Essenzen unter und strich anschließend die wunden Stellen mit einer duftenden Salbe ein.

Schon während dieser Prozedur nickte Timothy ein und so hatte seine Pflegerin völlig freie Hand. Sie deckte ihn, als sie fertig war, gut zu und verband als Letztes die noch immer blutende Hand.

Lady Brenda steckte den Kopf herein, nickte erfreut, als alles bereits erledigt war und verschwand leise wieder.

„Wie geht es ihm?", fragte Sir Andrew besorgt.

„Er schläft und wird von Sarah bewacht", erhielt er zur Antwort.

„Oh. Dann ist er in den besten Händen und ich muss ich mir wirklich keine unnötigen Gedanken machen."

John und der kleine Knappe kamen mit der reparierten Rüstung herein. Sie deponierten alles in der Fensternische auf dem Gang, um den Schlummernden nicht vorzeitig zu wecken.

Lady Maya nahm den Helm in die Hand, strich mit den Fingern darüber. „Nun gehört er wieder einem wirklich Würdigen, der weiß, wie man rechten Gebrauch davon macht. Es ist ein unglaubliches

Gefühl, ihn in einem Kampf um alles, auf siegreichem Haupt gesehen zu haben."

Prinz Andrew spähte in die Nische. „Wo sind seine Siegerkränze abgeblieben?"

„In Sir Timothys Zimmer, mein Herr", erwiderte der Knappe. Ich habe sie mit einer langen Schnur zusammengebunden.

Er deutete mit beiden Armen den Umfang eines riesigen Kürbisses an.

Das einsetzende Lachen lockte Sarah heraus. Der Knappe weckte Timothy und trug die Rüstungsteile ins Zimmer. Sarah und John strebten auf den Festplatz, wo für sie Plätze an der großen Tafel der Handwerker reserviert waren.

Timothy brauchte einen Augenblick, um sich zurechtzufinden. Nein, es war kein Traum gewesen. Die Schmerzen waren echt, wie die dick verbundene Hand deutlich zeigte. Die Rüstung hatte er im Kampf getragen, auch wenn man es ihr kaum noch ansah. Über einem Schemel hing sein Umhang, den Sarah ausgebürstet haben musste, denn kein Stäubchen verunzierte den schwarzen Stoff.

Dann fiel sein Blick auf das Knäuel aus den kleinen Blumenkränzchen, die ihm die Mädchen und Damen verehrt hatten. Obwohl er die eigentliche Bedeutung dessen noch nicht wirklich erahnen konnte, grinste er vergnügt. Andere rissen sich um jeden Kampf und gingen trotzdem stets leer aus.

Er tastete nach seiner Drachenschuppe. Sarah hatte sie ihm sofort nach dem Bad wieder umgehängt. Sie konnte fühlen, welche Macht dieser innewohnten und Timothy brauchte gerade jetzt jede Hilfe, um schnell wieder zu vollen Kräften zu kommen.

Als er auf dem Festplatz erschien, reckten alle die Hälse. Besonders die weiblichen Gäste wollten den jungen Mann sehen, dem das Unglaubliche gelungen war.

Timothy hatte darauf verzichtet, in Rüstung zu erscheinen, stattdessen trug er ein rotes Samtwams mit geschlitzten Ärmeln, welches reich mit Goldfäden bestickt war und durch den Wappenumhang komplettiert wurde. Hin und wieder blitzten die Griffe seiner beiden Dolche darunter auf, welche er am Gürtel trug. Dass er zum Ritter geschlagen worden war, wusste jeder und er hielt es für reichlich albern, im Harnisch beim Fest um Blicke heischen zu wollen.

„Ohne Rüstung, Herr Ritter?", fragte Lady Brenda kurz, um ihn zu verunsichern.

Mit einer Verbeugung erwiderte Timothy: „Ich glaube, ich kann mich auch ohne Harnisch recht gut meiner Verehrerinnen bei Tisch erwehren."

Die Damen begann zu kichern, die Männer brachen in wieherndes Gelächter aus und Timothy zog eine Unschuldsmiene. Bei König William sammelte er sofort wieder Pluspunkte, weil er es für unter seiner Würde hielt, seinen Wert durch alle Statussymbole ausdrücken zu müssen.

„Ihr erinnert mich an Sir Elliot", sagte der König sogar. „Der hatte es auch nie nötig, durch blinkendes Metall aufzufallen. Ihr werdet ihn in ein paar Wochen kennenlernen."

„Darauf freue ich mich, mein König", entgegnete Timothy, „ich habe so viel von ihm gehört, dass ich darauf brenne, ihm persönlich zu begegnen."

„Um mit ihm die Waffen zu kreuzen?"

„Wenn es denn unbedingt sein muss, auch das, obwohl ich eher an Gedankenaustausch dachte."

Der König nickte kaum merklich. „Herr Ritter, Ihr gefallt mir ausgezeichnet. Ich kann mir durchaus vorstellen, dass Ihr und Sir Elliot gemeinsame Interessen findet. Aber im Augenblick habe ich ein Interesse daran, Euch die Trophäe zu überreichen, um die viele in den vergangenen beiden Tagen gekämpft haben."

Er drückte dem glücklichen Timothy einen wundervollen goldenen Pokal mit funkelnden Edelsteinen in die Hand.

Sir Andrew nahte mit einem Knappen, der Timothy ein prunkvoll verziertes Schwertgehänge umgürtete. „Dies ist mein Dank an Euch, dem ersten Ritter von Sternfels, der dafür gesorgt hat, dass der Name meiner Burg schon jetzt in aller Munde ist."

Sir Timothy bedankte sich bei allen mit wohlgesetzten Worten und eroberte damit noch mehr Herzen.

Schon wieder Krieg

Mitten in die Feier platzte die telepathische Nachricht Sir Olivers, dass Wildforest erneut angegriffen wurde.

Der König und die Drachen ließen sich offiziell nichts anmerken und beendeten die Feier planmäßig zur Tageswende. Timothy spürte die Unruhe trotzdem. Also wandte er sich an seinen Herrn, Sir Andrew.

„Mein Herr, irre ich mich, oder ist etwas vorgefallen, das alle Drachen in tiefe Unruhe versetzt?"

„Kommt mit! Kriegsrat."

„Kriegsrat?"

Der Prinz nickte und eilte mit seinem Ritter zum Arbeitszimmer des Königs, wo schon alle Drachen versammelt waren. Besonders Lady Brenda wirkte überaus nervös.

Eine Stunde später stand fest: Außer der schwangeren Lady Fran würden sich alle Drachen in einer Stunde auf den Weg machen.

Die aus Drachenstein direkt nach Wildforest und die anderen nach Hause, um ihre Kampfrüstungen anzulegen. Timothy sollte direkt mit den Drachen fliegen, während die anderen Ritter zu Pferde ihrem König mit einem eilig aufgestellten Heer nachfolgen sollten.

Fran erbleichte. Die Angst, Sir William zu verlieren, stand ihr deutlich ins Gesicht geschrieben.

„Ich bringe ihn Euch wieder, wenn es irgendwie in meiner Macht steht", versprach ihr Timothy.

Fran atmete auf. „Oh, danke. Ich weiß, wozu Ihr imstande seid."

Auch den anderen war sofort klar, was Fran meinte. Timothy war durchaus zuzutrauen, dass er sich, wie einst sie, vor seinen König werfen werde, um ihm das Leben zu retten.

„Ich nehme Euer Pferd mit, Sir Timothy", versprach der König. „Ihr seid uns am Boden nützlicher als in der Luft." Er warf einen Blick auf die verbundene Hand.

„Ich brauche nur einen größeren Handschuh, der über den Verband passt", wiegelte der Ritter ab. „Ich werde mit Schwert und Dolch kämpfen."

Ein Wink seines Vaters und Sir Andrew führte Timothy in die Waffenkammer, wo er sich gleich noch einen passenden Schild aussuchen durfte, der eines Ritters des Königreiches würdig war. Lady Brenda schaute sich noch einmal seine Blessuren an, ehe sie eilig gen Wildforest aufbrach. Alle anderen Drachen flogen gemeinsam los. Sir Andrew trug den voll geharnischten und bewaffneten Timothy auf dem Rücken.

Als sie sich dem Gebiet Sir Olivers näherten, waren schon von Weitem die Brände zu sehen, die sich auf den wundervollen jahrhundertealten Wald zu fraßen.

Feuer gegen Feuer, hörten alle die Stimme des Königs und änderten sofort die Richtung. Das Drachenfeuer schlug den Flammen entgegen, entzog ihnen den Sauerstoff und erstickte sie rasch. Nur war das Gebiet so riesig, dass sie mehrere Stunden damit zubrachten, immer wieder die Feuerwalze anzufliegen.

Fast alle Drachen hatten sich hier versammelt, um den legendären Urwald zu retten. Timothy, den sein Drachenherr vorher abgesetzt hatte, war zur nächstgelegenen Burg geritten, um sich den vereinigten Truppen aus Whitecastle und Blackstone anzuschließen.

Man begrüßte den jungen Ritter in den Farben des Königs mit großer Freude und unterstellte ihm gleich 200 Kämpfer. Dank der Informationen, die ihm Prinz Andrew telepathisch aus der Luft sandte, wusste er genau, wohin er seine Männer am nächsten Morgen führen musste.

„Seid Ihr nicht Timothy Drachenherz, der die besten Ritter das Fürchten lehrte?", fragte plötzlich jemand hinter ihm.

Er drehte sich überrascht um. Vor ihm stand sein Endgegner der Schwertkämpfe.

„Ich führe die zweite Schar nach Wildforest", erklärte der sofort. „Freut mich, mit Euch als Verbündeten im Kampf zu treffen."

„Wie seid Ihr denn so schnell hierher gekommen?", wunderte sich Timothy, worauf der Ritter mit beiden Armen Flugbewegungen vollführte.

„Allein oder auf einem Rücken?"

„Allein und mit mehreren Zwischenlandungen. Ihr habt mir ziemlich schmerzhaft klargemacht, dass wir rangniederen Drachen doch gewisse Grenzen haben."

Am anderen Tag staunte Ritter Finnegan, wie zielsicher Timothy Pfade einschlug, die er eigentlich nicht kennen konnte. *Woher weiß er das nur?*

Von den fliegenden Spähern, Herr Ritter, hörte er deutlich Timothys Antwort, obwohl der bestimmt 100 Meter vor ihm ritt.

Seid Ihr etwa auch ein Drache???

Mitnichten. Ich teile nur einige Fähigkeiten mit ihnen, deren Gebrauch sie mich gelehrt haben.

Finnegan schüttelte fassungslos den Kopf. Dieser Jungspund hatte das Zeug, einmal ein ganz Großer zu werden. Schon jetzt sah er die beinahe Niederlage gegen ihn keinesfalls mehr als Makel an.

Wir nähern uns einem Gebiet, in dem der ganze Wald voller Söldner stecken soll. Nehmen wir sie in die Zange! Ich rechts und Ihr links.

Verstanden. Finnegan ritt den Seinen voran.

Räuchert meinetwegen die Brut aus. Wir nehmen sie auf der Flucht in Empfang.

Aber gern doch! Finnegan grinste sich eins. Dieser Timothy war ganz nach seinem Geschmack. Der fackelte nicht lange.

Finnegan ließ seine Soldaten am Waldrand Aufstellung nehmen und befahl, alles niederzumachen, was nicht die Farben des Königs trug. Dann verwandelte er sich vor den völlig entsetzten Männern. Keiner hatte auch nur annähernd geahnt, mit wem er es zu tun hatte.

Mit brachialer Gewalt drang er ins Buschwerk ein und spie stinkende Rauchwolken aus, die der Wind rasch überall verteilte. Es dauerte auch nicht lange, als Bewegung in den Wald kam. In der Annahme, ein Brand wüte, versuchten die Feinde aufs freie Feld zu flüchten, wo sie den Bogenschützen ein gutes Ziel boten.

Mehrere Gruppen sind in die andere Richtung verschwunden, berichtete Sir Finnegan.

Ihnen nach!

Finnegan legte die Drachengestalt ab und rannte zu seinem Pferd zurück. „Folgt mir!"

Ein violetter Drache näherte sich im Tiefflug – Lady Faye. *Sie stecken im Sumpf. Dort ist es so nass, dass der Torf nicht brennen wird, solltet Ihr Eure Flammen lodern lassen,* verriet sie Finnegan. *Ich fliege voraus und halte sie in Schach.*

Sir Timothy traf mit seinen Männern zuerst auf der anderen Seite des Wäldchens ein und sah sich bald 300 gut bewaffneten Söldnern gegenüber. Den Farben ihrer Umhänge nach mussten sie aus dem Dreieck stammen, welches sich wie ein spitzer Keil zwischen Löwenstein und Wildforest schob. Jahrhunderte hatte Ruhe geherrscht und plötzlich verlangte es den König des winzigen Reiches nach dem wildreichen Urwald und den Smaragdminen, in seinem Vorland.

Die königliche Familie hatte ihm viel über dieses Gebiet erzählt, als er nach Drachenstein gekommen war, um Knappendienst für Sir Andrew zu verrichten. Dass man es wagte, Wildforest anzugreifen, wunderte Timothy nicht. König Alberich war ein Schwager des Verräters Frederik, der auch mit König Wenzel unter einer Decke gesteckt hatte.

Ob es aus Dummheit geschah, oder weil man über die nötige Ausrüstung verfügte, die Drachen umzubringen, wusste keiner wirklich zu sagen.

Timothy durchzuckte es siedendheiß. Er hatte noch nicht einmal nachgefragt, ob des Königs Brustschuppe vollständig nachgewachsen war.

Sorgt Euch nicht, wisperte Sir Williams Stimme von sehr weit her, *sie ist zwar noch nicht wieder so dick wie früher, aber ich habe mich mit Gambeson, Kettenhemd und Brustpanzer verwandelt.*

Dem Himmel sei Dank, seufzte Timothy sehr erleichtert.

In diesen Gedankenaustausch vertieft, hätte er beinahe etwas übersehen, das im hohen Gras verborgen lag. *Achtung! Sie haben mobile Speerschleudern!*

Er sprang vom Pferd und wuchtete das Gerät in ein Wasserloch, wo es auf Nimmerwiedersehen verschwand.

Faye zog es auf den Warnruf hin vor, das Gebiet unter sich flächendeckend mit Feuer zu belegen. Dabei erwischte sie zufällig vier Männer, die beschäftigt waren, zwei der gefürchteten Waffen zu bestücken.

Glück gehabt, murmelte sie so, dass die anderen mithören konnten. *Danke, Sir Timothy.*

Ganz der Eure. Timothy freute sich, ihr durch seine Entdeckung Ungemach erspart zu haben. Nebenbei wich er geschickt den Attacken zweier Angreifer aus, um seine Hand nicht zu überanstrengen. Dem einen rammte er seinen Dolch in den Rücken und über den anderen fielen drei seiner Männer her.

Auf der gegenüberliegenden Seite leisteten Sir Finnegans Kämpfer ganze Arbeit. Der Ritter selber lauerte, als Drache hinter einem Erdhügel liegend, und schnappte jeden mit seinen scharfen Zähnen, der ihm zu nahe kam, weil er dort ein gutes Versteck witterte.

Ich wette, heute Abend tun mir die Kiefergelenke auch noch weh, witzelte er, auf die Blessuren durch Timothy anspielend.

Wenn Ihr aber auch den Mund gar so voll nehmen müsst, lachte Timothy.

Lady Faye schmunzelte. Die beiden Ritter schienen sich ausnehmend gut zu verstehen. Sie überflog noch einmal den Kriegsschauplatz.

Ich ziehe mich zurück. Bis demnächst, meine Herren Ritter.

Guten Flug, Lady Faye, wünschte Timothy, sein blutiges Schwert an einem Riedgrasbüschel abwischend. Dann ließ er zum Sammeln blasen. Sie hatten, trotz

Drachenhilfe, fast 100 Mann auf dem Schlachtfeld verloren und beinahe alle anderen waren mehr oder weniger schwer verletzt.

Bei Sir Finnegan sah es nicht besser aus. 97 Tote und der Rest leckte sich die Wunden.

„Die sind verdammt gut ausgerüstet", grollte er. „Zudem habe ich einen Hunger, dass ich ein Pferd …" Dabei schaute er sich ratlos um.

Timothy zuckte mit den Schultern. „Das solltet Ihr auch, wenn Ihr morgen wieder voll bei Drachenkräften sein wollt. Vor mir braucht Ihr wahrlich kein Versteckspiel inszenieren."

Finnegan nickte und lief in den Sumpf zurück, wo genug tote Pferde herumlagen, die gerade richtig waren, um den Hunger eines ausgewachsenen Drachen zu stillen.

Das Krachen der Knochen schallte bis zu den Lagernden herüber, denen es einen eiskalten Schauer über den Rücken trieb. Nicht nur einer von ihnen hatte mit eigenen Augen gesehen, wie Dutzende der Angreifer geendet hatten.

Timothy saß am Lagerfeuer und putzte seine Waffen. Finnegan hatte zu diesem Zweck zwei Knappen dabei, die den jungen Ritter mit großen Augen beobachteten und sich einige Tricks abschauten.

Ein älterer Soldat kam heran. „Ihr habt uns heute gut geleitet, Herr Ritter. Gestattet Ihr mir eine Frage?"

„Setz dich." Timothy deutete einladend neben sich. „Wo drückt der Schuh?"

„Eigentlich gar nicht. Vielleicht ist es ja taktlos, so neugierig zu sein … aber … aber …"

„Ist die Frage denn so schlimm?" Timothy hob forschend den Kopf.

„Nein. Nein, bestimmt nicht. Ich hätte nur gern Euer Alter gewusst."

„Ich bin gerade erst 13 geworden", erwiderte Timothy.

„Wie???", rief der Mann verblüfft. „Wirklich? Und da hat man Euch schon zum Ritter geschlagen?"

„Glaub ihm ruhig. Ich bin einer von denen, die er dafür verdroschen hat. Ich habe heute noch solche Schmerzen, dass ich nicht mal richtig fliegen kann", ließ sich Sir Finnegan vernehmen. „Er hat das letzte große Turnier von Drachenstein gewonnen. Sieg in allen Disziplinen! Dann hat ihn der König noch auf dem Turnierplatz zum Ritter geschlagen. Alles andere wäre auch arger Frevel gewesen."

Der Unterkiefer des Mannes war fast auf dem Schoß angekommen, so staunte er. Aus den Worten des Drachen hatte echte Bewunderung geklungen. Wie die beiden hier saßen, schienen sie sich auch bestens zu vertragen.

„Euer Wappen ist aber nicht das des Königs", warf er schließlich ein.

„Nein, es ist das Wappen von Sternfels, der zukünftigen Burg Prinz Andrews, dem ich diene", erklärte Timothy, die Arbeiten an seinem Schwert beendend.

„Und wie lautet Euer Name?"

„Man nennt mich Timothy Drachenherz."

„Timothy", flüsterte der Mann versonnen. „Welch unglaublicher Zufall. Ihr seht jemandem sehr ähnlich. Er hatte einen Sohn, der in Euerem Alter sein müsste und Tim hieß. Vielleicht hieß er auch Timothy und sie nannten ihn Tim."

„Wer war er?"

175

„Mein Bruder. Ich habe ihn das letzte Mal gesehen, als Tim etwa vier war. Dann bin ich in die Welt gezogen und erst vor zwei Jahren zurückgekehrt. Fremde Menschen öffneten, als ich an die Tür klopfte. Mein Bruder und seine Frau seien verstorben, sagte man mir. Tim verschwand am selben Tag und man hat nie wieder etwas von ihm gehört."

„Dann bist du Pete Graham, wenn ich mich nicht irre", sagte Timothy leise. „Mein Vater sprach oft von dir."

Diesmal staunte Sir Finnegan, als der Soldat mit Tränen in den Augen erklärte, eben nämlicher Pete, der Onkel Timothys, zu sein. „Ich habe immer das Glück gesucht. Aber Ihr habt es offensichtlich gefunden", freute er sich, seinen tot geglaubten Neffen mit einem zufriedenen Lächeln betrachtend.

Timothy nickte. „Aber jetzt sollten wir schlafen gehen, wenn wir den morgigen Tag wieder überleben wollen."

Sir Finnegan teilte die Wachen ein.

Der König und die hochrangigen Drachen übernachteten im alten Landsitz bei Sir Oliver. Lady Faye berichtete, wie wacker sich Sir Timothy durch alle Widrigkeiten gekämpft und ihr möglicherweise das Leben gerettet hatte.

„Dass Finnegan und Timothy ein gutes Duo abgeben könnten, habe ich schon beim Turnier geahnt", bemerkte der König. „Finnegan hat nach seinem eigenen Aus, seinem jungen Widersacher für alle Kämpfe die Daumen gedrückt und geradezu begeistert applaudiert."

„In wessen Diensten steht Finnegan? Eine eigene Burg hat er ja nicht", bemerkte Prinz Vincent.

176

Der König zuckte mit den Schulten. „Mal hier, mal da, mal dort. Er ist ein Zugvogel, der wohl nirgends richtig heimisch wird."

Prinz Andrew spitzte genüsslich die Lippen. „Da bekomme ich doch gleich Lust, ihm die Sesshaftigkeit schmackhaft zu machen. Dann hätte ich zwei der besten Ritter und das ist mehr, als manch anderer zu bieten hat. Ich werde ihn in den nächsten Tagen ein bisschen beobachten."

Heikle Missionen

Der neue Tag begann mit unangenehmem Nieselregen.

„Dagegen kann man nichts machen", seufzte Timothy. „Zumindest sind die alten Bäume in Wildforest sicher, wenn es sich einregnet. Dafür nehme ich sogar gern eine rostige Rüstung in Kauf."

Er überflog mit den Augen die Soldaten, nickte seinem Onkel einen Gutenmorgengruß zu und ließ die Truppen Richtung Landsitz abmarschieren, weil er keine neue Order bekommen hatte.

In das Prasseln des stärker werdenden Regens mischte sich schließlich noch ein anderes Rauschen. Nämlich das eines kraftvoll dahinfliegenden Drachens. Er stoppte in der Luft über den beiden Befehlshabern und ging direkt vor ihren Pferden nieder.

Im nächsten Augenblick stand ein geharnischter Ritter vor ihnen, dessen gediegene Ausstattung an einen König erinnerte.

„Guten Morgen, meine Herren." „Ihr müsst Sir Timothy sein", wandte er sich an den jungen Ritter.

„Der bin ich, mein Herr."

„Sehr gut. Ich bin Ritter Elliot, der Verwalter von Löwenstein."

„Freut mich, Euch kennenzulernen." Timothy betrachtete den besten Mann des Königs aufmerksam. „Habt Ihr neue Order für uns?"

„Nein, ich war begierig, Euch kennenzulernen, bevor Ihr den Landsitz erreicht. Zumal seit gestern alle

178

erzählen, dass Ihr und Sir Finnegan die idealen Kampfpartner für gewagte Unternehmungen seid."

„Wenn es die anderen auch so sehen, dann muss es wohl stimmen." Finnegan blinzelte Sir Timothy zu.

Sir Elliot verwandelte sich wieder. *Seid vorsichtig, an der alten Brücke wurden gestern Söldner mit Speerschleudern gesehen.*

Herzlichen Dank, entgegneten beide Ritter völlig synchron und hoben genau gleich die Hand zum Abschiedsgruß.

Der Drache gab ein Geräusch von sich, das einem Lachen nicht unähnlich war, dann lief er einige Schritte von ihnen weg, um mit zwei mächtigen Flügelschlägen in den Regenwolken zu verschwinden.

„Weiter!", rief Sir Finnegan.

An der alten Brücke schickte Sir Timothy mehrere Späher aus. Nach einer dreiviertel Stunde kamen die Männer mit zufriedenen Gesichtern zurück.

„Es waren sechs Söldner mit zwei Schleudern."

„Waren?"

„Wir haben sie umgelegt und in den Fluss befördert. Zumindest die Brücke ist jetzt passierbar."

„Besser als nichts. Gute Arbeit, Männer!" Sir Timothy ließ weiterreiten. An der Brücke hielt er erneut an. „Immer nur zehn Mann und nicht nebeneinander. Wer weiß, was das alte Holz überhaupt aushält. Hier sagen sich doch sonst Fuchs und Hase gute Nacht."

Zwar dauerte die Flussüberquerung auf diese Weise recht lange, war aber sicher.

Als er und Finnegan schwer gepanzert die Brücke passierten, knackten und knarrten die Bohlen des alten Bauwerkes gefährlich.

Vor ihnen lag jetzt noch ein Stundenritt, um Wildforest zu erreichen. Wenigstens besserte sich das

Wetter etwas und zwischen den dahintreibenden Wolkenfetzen waren deutlich immer wieder Drachen zu sehen, die in großer Höhe einem unbekannten Ziel zustrebten.

Sir Oliver Brennigan of Wildforest empfing die anrückenden Truppen und teilte ihnen überdachte Lagerplätze zu. Zwischen diesen brannten mehrere Feuer, an denen sich die völlig durchnässten Männer trocknen konnten.

Zwei Stallburschen nahmen sich der Pferde der beiden Ritter an, während diese triefend nass ins Haus traten. Sir Finnegan tippte einem seiner Knappen auf die Schulter, deutete auf die abgelegten Waffen und Rüstungsstücke Sir Timothys: „Kümmere dich darum!"

„Besten Dank, Sir Finnegan!", sagte Timothy überrascht.

„Keine Ursache. Wir sind im Krieg."

„Ihr seid verletzt?" Lady Brenda betrachtete die Verbände an beiden Armen Sir Finnegans, die unter den feuchten Ärmeln des Gambesons hervorblitzten.

Finnegan grinste breit und deutete mit dem Daumen über seine Schulter zu Timothy. „Turnierschäden. Mit dem jungen Mann sollte man sich nicht ernsthaft anlegen. Der kann sicher noch ganz anders."

Brenda schüttelte belustigt den Kopf. Sir Andrew grinste breit. Es war in der Tat ein grandioser Kampf gewesen. Brenda zog einen ihrer berühmten Salbentiegel aus dem Beutel an ihrem Gürtel, drückte ihn Finnegan in die Hand: „Das wird Euch sicher in wenigen Stunden die alte Flugkraft zurückgeben."

Und an Timothy gewandt: „Ihr bekommt natürlich auch neuen Nachschub. Aber erst, wenn ich gesehen habe, wie es unter dem Verband an Eurer Hand aussieht."

„Ihr habt hohe Verluste", stellte der König fest, als er einen Blick auf die Männer draußen geworfen hatte.

„Dank Sir Timothy sind überhaupt Männer übrig", erklärte Ritter Finnegan. „Zudem hat uns Lady Faye geholfen."

Sir Timothy nahm das Wort: „Weil wir den Weg durch die Sümpfe wählten, haben wir die Marschrationen unserer Gefallenen einsammeln lassen, um die Versorgung zu gewährleisten. Wir vermuteten, dass noch mehr Nester von Söldnern auf uns lauerten."

„Was hat Euch veranlasst, den gefahrvollsten Pfad zu wählen?", fragte der König.

„Ich." Sir Andrew räusperte sich. „Es hätte schlimmer enden können, wären ihnen die Söldner aus dem Sumpf gefolgt und in den Rücken gefallen. An zwei Fronten hätten sie nicht kämpfen können. Nicht einmal mit zwei flugfähigen Drachen."

„Vorgehensweise ausgezeichnet", sagte der König kurz und die beiden Ritter atmeten auf. „Ich habe eine Entscheidung getroffen", sprach er weiter. „Verstreicht das Ultimatum durch König Alberich und er zieht seine Truppen nicht innerhalb drei Tagen zurück, dann verleibe ich mir sein winziges Land ein und gebe es in die Verwaltung Sir Olivers. Er hat in diesen beiden Kriegen die Hauptlast zu tragen gehabt."

Ein Lächeln flog über sein Gesicht. „Gute Männer soll man gut behandeln."

Beifälliges Nicken ringsum. Es hatte wahrlich niemand Grund, sich zu beschweren.

König William ließ eine Karte ausrollen, Sir Olivers Knecht brachte ein paar Zinnfiguren herbei und alle lauschten den detaillierten strategischen Ausführungen Williams.

Tumult vor dem Haus lockte die Versammelten hinaus. Dorfbewohner hatten einen feindlichen Späher gefangen und diesen gefesselt zum Anwesen Sir Olivers geschleppt. Nun stritten sie sich mit den Soldaten, die den Feind am liebsten sofort am nächsten Baum aufgeknüpft hätten, um den Tod ihrer Kameraden zu rächen.

Sir Elliot ging dazwischen und rettete den Gefangenen, wobei er den Dorfleuten einen Beutel Silbermünzen zuwarf, den diese überaus dankbar annahmen.

Er legte sich den Gefesselten über die Schulter und trug ihn in den Keller, wo er ihn ausbruchsicher bei Wasser und Brot einsperrte.

Sir Timothy grinste innerlich. Er hätte es ganz genau so gemacht. Mit diesem Drachenritter werde er bestimmt auch bestens auskommen.

Das musste er schon am späten Nachmittag. Der König befahl ihm, Sir Elliot und Sir Finnegan, ein Nest von Söldnern auszuheben, die seit Tagen Überfälle auf die Bauern der Umgebung verübten und dabei alles stahlen, was nicht niet- und nagelfest war.

Die drei Ritter wählten dreißig Männer aus, die sie für findig genug hielten, im Kampf Mann gegen Mann zwischen den Bäumen erfolgreich zu sein. Unter ihnen war Pete Graham, der sich freiwillig für diese Mission gemeldet und mit einer doppelschneidigen Kriegsaxt bewaffnet hatte.

„Kannst du denn damit umgehen?", fragte Sir Elliot.

„Ich denke schon. Hab in den letzten Jahren als Holzfäller gearbeitet."

„Das ist in der Tat eine Empfehlung!" Elliot war hochzufrieden. Wer kräftig genug war, Bäume umzulegen, werde das wohl auch mit Feinden schaffen.

Die drei Ritter nahmen ihn sogar mit in die Spitze der Truppe, weil niemand besser Spuren an Busch- und Astwerk deuten konnte. Schweigend drangen sie zu Fuß tief in den Wald ein.

Pete nahm einen der Ritter am Arm, deutete plötzlich nach oben, dann nach unten. Er hatte auf dem Weg eine perfide Falle entdeckt, die ihre Opfer mit Pfählen durchbohren sollte.

Timothy nickte dankbar und gab den Nachfolgenden Handzeichen, die Stelle weiträumig zu umgehen.

Ein paar Fuß weiter nahm Pete Blätter auf und flüsterte Sir Elliot zu: „Ganz frisch."

„Ausschwärmen", befahl der Ritter mittels Handbewegungen und die Männer huschten fast lautlos davon. Sie achteten dabei auch sehr auf das, was im Blätterdach der Bäume passierte. Denn ein Angriff von da musste einfach tödlich enden.

Timothy hatte sich, wie die beiden anderen Ritter, mit einem leichten Jagdbogen und Dutzenden Pfeilen versehen. Eine Bewegung hoch droben veranlasste ihn, diesen zu spannen und einen Pfeil genau dahin zu setzen, wo das Huschen in den Wipfeln geendet hatte.

Ein gellender Schrei, dann kippte ein Mann aus dem dichten Geäst. Nun kam Bewegung in die Baumkronen. Die Männer am Boden rissen ihre Schilde über die Köpfe.

Die Reaktionen der Drachenritter waren phänomenal. Sie verwandelten sich fast gleichzeitig und schüttelten die Versteckten ganz einfach von den Bäumen.

Dass dabei zwei, drei Baumriesen umstürzten, waren Schäden, die sich vertreten ließen.

„Sieg auf der ganzen Linie", schmunzelte Sir Finnegan, als die Soldaten noch vier Flüchtende einfingen.

„Ist jemand verletzt?", fragte Timothy laut.

„Kratzer aus Dummheit", antwortete einer ihrer Kämpfer.

„Gut, diese Erkenntnis ist schon ein erster Weg zur Besserung", witzelte der junge Ritter. Er beauftrage Pete mit der Bewachung der Gefangenen, denen er die freundschaftliche Mitteilung machte: „Ihr solltet nicht zu meutern versuchen. Das nette Instrument auf seiner Schulter geht durch Knochen wie durch Butter."

Sie gelangten tatsächlich ohne Zwischenfälle zurück zum Landsitz, wo Elliot auch diese vier Söldner in den Keller sperrte.

„Befragt sie", gebot der König. „Ich lasse Euch völlig freie Hand."

„Sehr wohl mein Herr", schmunzelte Elliot. „Sie sollen sich nur erst einmal ein wenig untereinander austauschen."

„Ich ahne Schlimmes", lachte der König. „Nehmt am besten Sir Timothy mit. Er hat sich ein wenig Abwechslung verdient."

Sie Elliot ließ sich gleich alle fünf Delinquenten auf den Trainingsplatz bringen, wo man sie an die hölzernen Kampfattrappen kettete. König William und die anderen konnten es sich nicht verkneifen, vom Fenster aus dem Schauspiel beizuwohnen.

„Foltern wir sie halt ein bisschen", sagte Sir Elliot, als er mit Timothy hinausging.

Das meint er doch sicherlich nicht körperlich, dachte der junge Ritter vorsichtig.

Elliot schüttelte belustigt den Kopf. „Nein. Ich werde ihre Urängste schüren. Sie ahnen ja nicht, dass wir beide uns telepathisch austauschen können. Ich mime die Bestie und Ihr den Folterknecht, der die eigentliche Befragung vornimmt." Er verwandelte sich, bevor ihn die Gefangenen sehen konnten.

Denen quollen bald die Augen aus dem Kopf, als der junge Ritter mit dem Giganten um die Ecke kam und direkt auf sie zuhielt.

Der Drache stieß Rauchwolken aus und grollte gefährlich. Dann pendelte sein Kopf auf einen der Angeketteten vor, als wolle er ihn auffressen.

„Werdet Ihr das wohl lassen, Herr Drache?!", rief Timothy. „Ihr könnt ihn nach der Befragung haben, wenn er uns belügen sollte."

Die fünf Männer wurden totenbleich. Was, wenn der Appetit der riesigen Echse über das Verbot ihres jungen Herrn siegte? Peitschenhiebe, Brenneisen und Streckbank hätte man zur Not vielleicht überleben können. Aber dem Drachen konnte man ganz sicher nicht entkommen.

„Ich überlege gerade, wie ich euch ihm serviere – in einem Stück oder lieber in Einzelteilen", sinnierte Sir Timothy laut. „Ach, am besten soll er sich selber ein Häppchen abbeißen, wenn mir die Antworten auf meine Fragen nicht gefallen."

„Oh, Himmel, ich kann nicht mehr", lachte Sir Vincent jetzt schon. „Das wird eine Komödie vom Feinsten."

Drache Elliot fauchte und ließ immer wieder kleine Flammen züngeln, als könne er es gar nicht mehr erwarten, endlich zuschnappen zu dürfen.

Inzwischen stellte Timothy seine Fragen und wunderte sich nicht, dass alle fünf um die Wette die begehrten Informationen heraussprudelten. Denn der Drache schlich in immer enger werdenden Spiralen um die Festgeketteten, leckte sich scheinbar mit seiner gespaltenen Zunge die Lefzen und fixierte hin und wieder einen von ihnen mit gierigem Blick.

Am Ende löste Timothy die Ketten. „Verschwindet, ehe meinem Drachen einfällt, dass er hungrig ist!"

Vier stürzten davon, der Fünfte taumelte direkt vor den Drachen. „Beiß einfach zu. Wenn mich unsere Leute erwischen, ende ich als Verräter in der Folterkammer."

Drache Elliot riss das Maul auf und schnappte zu, so dass es die anderen noch sehen konnten, die nun schreiend das Weite suchten. Der Mann hatte nicht einen einzigen Versuch unternommen, sich zu wehren.

Kaum waren die anderen weg, spuckte ihn Elliot wieder aus und verwandelte sich zurück. „Scheinst kein übler Kerl zu sein. Muss dich trotzdem bis zum Ende des Krieges unter Arrest nehmen."

Der Mann sackte mit einem matten Seufzer bewusstlos zusammen. Elliot ließ ihn zurück in den Keller tragen, wo er diesmal allerdings ein Gelass mit einem vergitterten Fensterchen bekam, damit er wenigstens von Ferne das Tageslicht sehen konnte.

Er schien seinen König jedenfalls ziemlich gut zu kennen, denn es sickerte nach drei Tagen durch, dieser habe die Heimkehrer aufs Rad flechten lassen.

Sir Elliot nahm sich die Zeit, in weiteren Gesprächen mit dem Gefangenen noch mehr Details zu erhalten, ohne diesen dafür unter Druck zu setzen. Demnach sollte die ganze Königsburg wie ein Igel vor Speerschleudern starren und sogar von einem Ring aus diesen umgeben sein.

Alberich hatte kurzerhand alle Kinder zwischen acht und zehn Jahren zum Dienst zusammentreiben lassen, weil er die Männer in einen aussichtslosen Krieg geschickt hatte.

„Wer das Monster ist, muss man da wohl nicht lange erklären", murmelte der Befragte, „jedenfalls nicht Ihr, die edlen Drachen."

„Das erschwert es uns, die Burg anzugreifen", sinnierte Sir Elliot. „Er weiß genau, dass wir niemals unschuldige Kinder töten würden."

„Aber die werden seinem Befehl gehorchen, um sich Peitschenschläge zu ersparen", führte ihm sein Gefangener vor Augen.

„Ich weiß."

In Feindesland

Besonders Sir Andrew und Sir Timothy belastete die Tatsache, dass Alberich Kinder in den Tod schicken wollte.

„Gibt es denn keine brauchbare Lösung?", grollte Timothy beim abendlichen Rapport. „Kann man nicht das Brunnenwasser irgendwie mit Schlafmitteln versetzen?"

Der König sprang auf. „Das ist genial!"

„Aber wie kriegen wir das Mittel bis zum Bach, ohne erwischt zu werden?", fragte Lady Brenda.

„Das lasst meine Sorge sein", ließ sich Sir Timothy vernehmen. „Steckt mich in Lumpen, gebt mir schimmeliges Brot mit und ich singe allen ein Jammerlied. Vergesst nicht, dass ich mich lange als Bettler durchgeschlagen habe und einige Tricks kenne, wie man an sein Ziel kommt."

Nach langem Hin und Her einigte man sich darauf, dass der junge Ritter noch in der Nacht mit einem starken Schlafmittel im Gepäck aufbrechen sollte. Sir Andrew erbot sich, ihn direkt bis an die Burg zu bringen, damit das kostbare Mittel nicht irgendwo im Boden versickerte, bevor es den Brunnen erreichen konnte.

Als Timothy zur vereinbarten Stunde vor dem Haus im Schein der Fackeln auftauchte, hätte ihn Sir Andrew fast nicht erkannt. Löchriges Hemd, abgewetzte, viel zu kurze Hosen, barfuß, einen verdreckten Beutel über der Schulter und selber an Haut und Haaren so vor Schmutz starrend, dass ihm wohl jeder aus dem Weg gehen werde, der ihm über Selbigen liefe.

„Gut so?", fragte er grinsend.

„Bei meiner Seele, wer darauf nicht hereinfällt, muss verdammt hartherzig sein." Andrew betrachtete ihn mit großen Augen. Selbst der Verband um die Hand war ein fleckiger alter Lappen.

Er ließ Timothy aufsitzen und entschwebte im Tiefflug, direkt über den Baumwipfeln. Die mondlose, wolkenverhangene Nacht ließ einen Erfolg des Unternehmens möglich erscheinen. Sir Andrew setzte Timothy sicher ab.

Ich bleibe in der Nähe.

Ich rufe Euch, wenn ich Euch brauche. Mit diesen Worten machte sich Timothy auf die Suche nach dem Bach, der durch ein Gitter sogar direkt zum Burggelände hinein fließen sollte und dort den Brunnen speiste.

Er fand ihn erst kurz vor dem Morgengrauen und begann, den Inhalt des Kuhhorns zu entleeren, welches ihm Lady Brenda überreicht hatte. Da fühlte er sich im Nacken gepackt und eine Stimme herrschte ihn an: „Was machst du hier?"

„Ich fülle mein Trinkhorn, Herr", antwortete Timothy mit krächzend verstellter Stimme.

„Was will so ein Strolch wie du mit einem Trinkhorn? Sauf gefälligst aus deinen Pfoten! Her mit dem Ding!"

Timothy reichte demütig sein Horn an den Fremden, der die Gewänder eines Wächters trug. Der riss es ihm aus der Hand, schöpfte Wasser, trank und kippte einen Wimpernschlag später um.

„Wirkt." Timothy grinste, nahm sein Horn wieder an sich und huschte davon.

Sir Andrew brachte ihn rasch außer Schussweite und weidete sich nach der Landung noch einmal ausgiebig am Aussehen Timothys. Natürlich liefen auch die anderen Drachen zusammen und brachen in schallendes Gelächter aus, als sie zudem noch die kurze Geschichte des Ritters hörten.

„Rasch ein Bad für Sir Timothy!", befahl der König. „In zwei Stunden greifen wir Drachen die Burg an."

Dann musste der junge Mann topfit und voll geharnischt sein, um notfalls mit Sir Finnegan den Landsitz verteidigen zu können.

„So gefallt Ihr mir wahrlich besser", bemerkte Lady Brenda, als er aus dem Badehaus kam.

„Glaubt mir, ich mir auch", bekräftigte er. „Ich war selbst in meinem Leben als Bettler nie so weit unten, um die Körperpflege zu vernachlässigen. Aber ich habe viele gesehen, die das getan haben. Auf den typischen Geruch habe ich gestern Nacht sehr gern verzichtet."

„Ihr trinkt ja auch nicht über den Durst, um Euch dann unkontrolliert zu entleeren", blinzelte sie.

Timothy nickte. „Zum Glück!" „Seid dann bitte vorsichtig, Lady Brenda. Ich bin nicht sicher, dass das Schlafmittel wirklich in den Brunnen geflossen ist."

Der junge Ritter wusste, dass die Drachendamen die Hauptarbeit verrichten sollten, weil die ausgewachsenen männlichen Drachen zu groß und nicht wendig genug waren. Und diesem wundervollen weißen Drachen durfte keinesfalls ein Leid geschehen.

„Ich werde vorsichtig sein. Ich verspreche es Euch."

Timothy schaute mit Sir Finnegan dem startenden Drachengeschwader nach, welches in geradezu gespenstiger Stille davonschwebte, allen voran König William, der Gigantischste unter ihnen.

König Alberichs Burg erschien wie ausgestorben. Die Kinder schliefen ganz fest und die Wachen an Toren und auf Türmen waren kaum noch Herren ihrer Sinne.

Die Drachendamen stürzten sich auf die Speerschleudern zwischen den Wehrgängen, rissen sie aus den Verankerungen und warfen sie in den Burggraben.

Die Herren beschäftigten sich mit den großen Waffen auf den Türmen. König William machte die letzten Wachen unschädlich, die noch nicht schlummerten.

Dann rückten die Truppen Alberichs an, um wenigstens die Burg und ihren König zu retten. William befahl seinen Damen den sofortigen Rückzug. Beinahe im letzten Augenblick schlüpften sie durch die Maschen eines ganzen Netzes aus Speerschleudern rund um die Burg.

In der Not verwandelten sich die männlichen Drachen zurück und warteten innerhalb der Mauern auf den Angriff, welchen sie kaum überstehen würden.

Mit einer Ramme versuchten Alberichs Männer die Tore zu öffnen und bald schon splitterten die ersten Balken. Nur in die Burg sollten sie nicht gelangen. Aus den Wolken schoss ein Feuerstrahl hervor, versengte sie tödlich und ließ alles Holz in der Nähe in Flammen aufgehen.

Ein zweite Feuergarbe fächerte über die Ebene vor der Burg und sorgte für eine heillose Flucht. Das ganze Land schien zu brennen und selbst die Erde wurde siedendheiß, als zum dritten Mal ein Flammenfächer über sie hereinbrach.

„Verschwindet dort!", hörten alle Drachen eine weibliche Stimme und folgten des Königs sofortigem Befehl, genau dies zu tun.

Kaum in Wildforest angekommen, ließ der König die Damen rufen. „Wer war das?"

„Was war wer?", fragten diese, ihn mit großen Augen musternd.

„Na jene, die uns vorhin gerade das Leben gerettet hat! Ich habe noch nie solch ein machtvolles Drachenfeuer gesehen!"

Da rauschte es draußen und ein roter Drache ging nieder. „Guten Tag, alle miteinander, ich hab noch ein bisschen bei Alberich gezündelt."

„Lady Fran!"

„Wer sonst? Glaubt Ihr, ich sehe ruhig zu, wie sie meinen Liebsten umbringen wollen?" Fran warf sich in Williams Arme. „Ich habe deutlich gefühlt, was passiert ist, Ihr müsst mir also kein Wort erzählen."

„Aber unsere Babys!"

„Haben mir die Kraft gegeben, mit einer halben Armee fertig zu werden", schnitt ihm Fran das Wort ab. „Reize nie eine Drachenmutter, sagt ein altes Sprichwort. Und ich finde, es stimmt." Sie streichelte ihren Bauch.

„Wo habt ihr gezündelt?", wollte Sir Elliot wissen.

„In der Burg. Aber keine Sorge, den Kindern geht es gut, sie schlafen selig und werden sich in ein paar Stunden wundern, dass plötzlich alles anders ist. Nur Alberich dürfte sich nicht mehr wundern können …"

Sir Oliver staunte. „Was habt Ihr mit ihm gemacht?"

„Muss ich das verraten?" Fran schaute William fragend an.

Er streichelte ihr Haar. „Ich bin auch neugierig."

„Na gut. Ich habe in alle Öffnungen, die ich irgendwie erreichen konnte, Drachenqualm geblasen. Ich denke, das dürfte keiner überlebt haben."

„Ziemlich sicher nicht", bestätigte Sir Finnegan.

„Damit sollte der Krieg wohl zu Ende sein", hoffte Sir Oliver.

„Richtig!" Der König legte Fran die Wange an die Stirn. „Es reicht ja auch zu, dass wir die vielen Hochzeiten stets weiter hinausschieben mussten. Am Ende laufen meine Kinder gar und ich habe ihre Mutter immer noch nicht in den Stand einer Königin erhoben."

Finnegan schaute Timothy melancholisch an. „Es war schön, Euch als Kampfgefährten gehabt zu haben."

„So könnte es immer sein", hakte Sir Andrew ein. „Ich biete Euch einen festen Posten als Ritter von Sternfels. Zu dritt sind wir eine Macht."

„Angenommen!" Sir Finnegan kniete vor seinem neuen Herrn nieder.

„Hier wirbt mir einer die Ritter ab!", stotterte Sir Kenneth völlig perplex.

„Tja, mein Lieber, wer zu spät kommt, den bestraft das Leben", lachte Andrew, Kenneth vergnügt auf die Schulter schlagend. „Ich fliege morgen mit meinen beiden Rittern nach Hause, und wenn es sein muss, auch mit vier Zwischenlandungen."

Timothy suchte am Abend seinen Onkel auf, um sich zu verabschieden. „Wenn du irgendwann mal in die Gegend um Sternfels kommst, besuch mich."

Sir Andrew sah die beiden miteinander sprechen und trat zu ihnen. „Ich kann Leute, die ihr Werkzeug beherrschen und mitdenken, brauchen. Hast du Lust, Vorarbeiter zu werden?", wandte er sich an Pete.

„Liebend gern! Nur wie komme ich nach Sternfels. Zu Fuß bin ich da sicher zwei Jahre unterwegs." Pete schaute ratlos drein.

„Ich habe einen Platz frei." Prinz Vincent deutete auf seinen Rücken. „Du wirst doch hoffentlich keine Angst vor dem Fliegen haben?"

Als am nächsten Tag die Truppen abrückten, öffnete sich auch die Kerkertür im Keller.

„Du bist frei und kannst gehen, wohin du willst." Sir Elliot brachte seinen Gefangenen auf den Hof.

„Egal, wohin ich gehe, mir wird überall anhängen, ein Verräter zu sein."

„Ich gebe dir ein Empfehlungsschreiben mit. Damit meldest du dich auf Burg Löwenstein und wirst in den Dienst des Verwalters treten."

„Meint Ihr wirklich, dass man mich bis dorthin vorlässt?"

„Ich denke schon." Sir Elliot schrieb ein paar Zeilen auf ein Pergament, rollte dieses zusammen und versiegelte es. „Auf geradem Weg nach Löwenstein!"

„Danke Herr. Das werde ich Euch nie vergessen." Der Freigelassene begab sich auf die lange Wanderung, ohne zu ahnen, dass er soeben, wie in den letzten Tagen, mit dem Herrn der Burg persönlich gesprochen hatte.

„Er wird es früh genug herausfinden", schmunzelte Sir Elliot, als Lady Faye amüsiert den Kopf wiegte.

Er winkte zu ihnen hinauf, als sie gemeinsam Richtung Heimat über eine weite Wiese flogen, die er gerade überquerte.

Er scheint wirklich eine wandelnde Landkarte zu sein, hörte Faye Elliots Stimme. *Diese Abkürzung kennen nur wenige.*

Der König und Lady Fran waren die Nächsten, die Wildforest verließen. Sir William trug wieder Ritter Timothys Pferd, der auf dem Rücken seines Herrn Platz genommen hatte. Prinz Andrew startete erst, als Lady Maya und sein Bruder mit Pete bereits in der Luft waren. Sir Finnegan folgte ihnen mit seinem eigenen Pferd.

Timothy drehte sich hin und wieder um, worauf Finnegan stets Entwarnung gab. Lady Brendas Wundermedizin hatte all ihre Wirkung entfaltet.

„Ist das da unten etwa die Königsburg?", rief Pete überwältigt von dem Anblick zu Timothy hinüber.

„Das ist sie und unser Ziel für heute", gab der lächelnd zurück.

Da gingen die Drachen auch schon zur Landung über. Einer nach dem anderen setzte auf und verwandelte sich zurück. Knechte eilten herbei, übernahmen die Pferde und das Gepäck.

Die Ritter begrüßten die Drachen und Sir Timothy besonders herzlich. Die beiden Neuen beäugten sie vorsichtig, zumal der eine ein bekannter Kämpfer war.

„Das sind meine", erklärte Sir Andrew daraufhin mit breitem Grinsen.

„Hat nicht mal eine Burg, aber sammelt Ritter", schmunzelte Sir Sebastian mit in die Seite gestemmten Fäusten.

Prinz Andrew kicherte. „Schön eins nach dem anderen, nur eben in einer mir genehmen Reihenfolge."

Der König drehte sich zu ihnen um. „Vor allem ist nicht zu erwarten, dass er wegen irgendwelcher Frauengeschichten sein Ziel aus den Augen verliert, Sir Sebastian."

Pete lächelte still in sich hinein. Sein neuer Herr schien genau zu wissen, was er wollte und sich darin auch nicht beirren zu lassen. Soeben blieb der stehen, grinste seinen ersten Ritter an. „Wie klären wir die Unterkunftsfrage?"

Der antwortete lachend: „Ich nehme meinen Onkel als Gast auf, Ihr Ritter Finnegan, sonst lyncht Euch Euer Vater doch noch." Dabei klimperte er mit einem

Beutel Münzen, die er dem König als Unkostenbeitrag zu geben gedachte.

„Warum bin ich nicht darauf gekommen?" Prinz Andrew winkte Finnegan hinter sich her, so wie es Timothy mit seinem Onkel tat.

Pete wirkte von der Erhabenheit der Burg und seiner Bewohner völlig verschüchtert. Sein Neffe Timothy flößte ihm den größten Respekt ein. Er hatte es geschafft, ein angesehener Mann zu werden, der beim König ein- und ausging. Noch dazu nicht nur bei irgendeinem König, sondern beim Drachenkönig, in dessen Burg er, Pete, eine Nacht schlafen durfte.

Er, der immer nach Abenteuern gesucht hatte, steckte plötzlich mitten in einem drin, das er kaum begreifen konnte. Eine Magd holte ihn aus Timothys Zimmer ab und brachte ihn in das Gesindehaus zum Mittagstisch.

Dort staunte er über das gute und reichliche Essen. Man lebte eben unter dem Dach eines wirklich bedeutenden Königs.

Dieser überflog an der Tafel mit den Augen seine Familie und die Ritter. Sie hatten alle hervorragend gekämpft, keiner war ernsthaft verletzt worden und alle genossen die friedliche Stille in den dicken Mauern.

Fran naschte eine Süßspeise, die einem Pudding nicht unähnlich war. Sie nahm winzige Portionen, ließ sie auf der Zunge zergehen und verdrehte selig die Augen.

William musste schmunzeln. Kaum zu glauben, dass dies einer der gefährlichsten Drachen war, der mit einem einzigen Feuerstoß ganze Landstriche ins Chaos stürzen konnte, wobei er das nur getan hatte, um ihn zu retten.

Im Hochzeitsfieber

„Ja, so sind sie, die roten Drachen", schmunzelte Lady Maya. „Wenn es um unsere Liebsten geht, können wir ganze Bergketten versetzen."

„Und genau deshalb werden wir Euch auch nicht länger warten lassen. Egal, was kommt, in genau zwei Wochen wird geheiratet – bei eins, zwei, drei, vier, fünf Paaren", zählte der König an den Fingern ab.

„Fünf?"

„Jawohl fünf. Oder habt Ihr etwa Meister John und Sarah vergessen? Wenn eine Feier für alle Paare, dann auch wirklich für alle." Sir William faltete behaglich die Hände auf dem Bauch. „Holt mir mal ganz schnell Pete mit der flotten Axt!"

Ein kleiner Laufbursche rannte davon und kam wenige Minuten später mit Pete zurück, der sich sehr, sehr tief vor dem König verbeugte.

„Kraft meiner Befugnisse als König muss ich dich für zwei Wochen auf Drachenstein festsetzen", begann er, ohne dass jemand wusste, was er eigentlich vorhatte.

Pete wurde blass, Timothy riss die Augen auf und Prinz Andrew fragte verblüfft: „Was?"

„Ach, nichts Schlimmes", grinste der König, „du musst nur in den nächsten 14 Tagen ausschließlich für mich arbeiten. Ich brauche für unzählige Hochzeitsgäste Tische und Bänke. Du bekommst 50 Holzfäller, die ganz nach deiner Pfeife tanzen und jeden Wink von dir erfüllen müssen, damit das Werk gelingen kann. Sir Timothy zeigt dir noch heute den Wald, in dem ihr arbeiten sollt, und morgen früh beginnst du deinen Dienst."

„Sehr wohl, mein König." Pete verneigte sich fast bis zum Boden.

„Sir Timothy, fangt!" Sir William warf ihm den Beutel Geld zurück.

Selbigen Beutel zückte Timothy auf dem Ritt durch den Wald und drückte seinem Onkel ein erkleckliches Sümmchen in die Hand. „Hast sicher eine Verwendung dafür."

„Ihr seid genau wie Euer Vater", seufzte Pete. „Warum war ich nur nicht da, als Ihr mich brauchtet?"

„Weil das Schicksal Größeres mit mir vorhatte", tröstete ihn Timothy mit einem vergnügten Blinzeln.

„Zweifellos, Ritter Drachenherz!" Pete ließ sich von Timothys Lächeln anstecken.

Trotz aller Unterhaltung hatte er den Grund des Rittes nicht vergessen und markierte vorsorglich mehrere kerzengerade Bäume, die erst sehr weit oben am Stamm Äste aufwiesen.

„Gutes Holz und wir haben abnehmenden Mond, beste Voraussetzungen für die Langlebigkeit der Tische und Bänke", verriet er Timothy. „Der König wird zufrieden sein."

Dieser schaute auch am nächsten Morgen zu, wie Pete das Kettenzeug der Rückepferde begutachtete.

„Folgt uns in drei Stunden, vorher lohnt es sich nicht, die Tiere einzusetzen", erklärte Pete den Männern, welche die sechs Gespanne führen sollten.

Er ließ ein einzelnes Pferd vor einen kleinen Wagen spannen, der mit allen nötigen Werkzeugen und mehreren langen Seilen beladen wurde.

„Er versteht sein Handwerk", murmelte der König.

Prinz Andrew rieb sich zufrieden die Hände. Timothy hatte ihm erzählt, nach welchen Kriterien Pete die Bäume ausgewählt und sofort gekennzeichnet hatte. Andrew konnte schon beinahe das Holz riechen, mit dem eines Tages der Rittersaal seiner Burg vertäfelt werden sollte.

Sein Vater nickte stumm. Andrew hatte alles richtig gemacht. Sir Elliots Worte waren auf überaus fruchtbaren Boden gefallen.

„Eine kleine Prügelei gefällig?", hörten sie Sir Finnegans Stimme und spähten nach dem Empfänger der Botschaft aus.

„Ganz der Eure!" Timothy ließ sein Trainingsschwert ein paar Mal durch die Luft sausen.

Andrew fuhr auf. „Nichts wie hin!"

König William eilte ihm nach. Die *Rauferei* der beiden Ritter durfte man wirklich nicht verpassen.

Das Klingen der Schwerter lockte alle herbei, die gerade freie Zeit hatten. Lady Fran bekam den besten Platz und der König hätte sich beinahe neben die Bank gesetzt, weil er keine Aktion verpassen wollte.

Sogar die anderen Ritter vergaßen völlig, dass sie doch eigentlich trainieren sollten, und schauten gebannt zu. Die Kämpfe endeten unentschieden, weil in der fünften Runde beide mit Punktegleichstand benommen zu Boden gingen.

Timothy reichte Finnegan die Hand und zog ihn auf die Füße. „Hat Spaß gemacht."

„Mir auch." Finnegan betrachtete seinen eingebeulten Helm.

Der König winkte beide heran. „Ihr werdet in ein paar Tagen die Gäste durch den Dunkelwald geleiten, um Bären und Wölfe von ihnen fernzuhalten. Das erspart tagelange Umwege."

Die Ritter warfen sich einen bezeichnenden Blick zu, worauf der König amüsiert meinte: „Wenn Ihr die Tiere wirklich zur Strecke bringen müsst, dann sollt Ihr auch die Felle haben."

„Im Augenblick sind sie friedlich. Ich hoffe auch, dass das so bleibt", erklärte Timothy.

„Fliegen wir rüber nach Sternfels", sagte Sir Andrew. „Ich habe Sehnsucht nach meinem Felsennest."

Er nahm Timothy auf den Rücken und hob gemeinsam mit Sir Finnegan ab. Bei der Landung erschreckten sie ein Kälbchen, das in einem Gatter auf der Wiese stand.

„Oh, Zuwachs", schmunzelte der Prinz. „Wem mag es gehören?"

„Ich kenne eigentlich nur zwei, die sich das Leben voll eingerichtet haben", entgegnete Timothy. „Ich tippe auf John und Sarah."

Timothy behielt recht. Meister John hatte es als Bezahlung für einen größeren Auftrag von einem Bauern erhalten, der nicht flüssig bei Kasse gewesen war. Das Kleine wurde von den Hütekindern bewacht, als sei es der größte Schatz der ganzen Welt.

Ritter Finnegan wurde von allen neugierig beäugt und äugte genau so neugierig zurück. Sarah begrüßte die drei Herren vor der Tür der Schmiede und eilte in die Küche, wo sie zum Fenster hineinrief: „Drei Teller mehr bitte. Sir Andrew, Sir Timothy und ein Ritter vom Turnier sind da!"

Sir Andrew lachte. „Das ist Sir Finnegan, der zweite Ritter von Sternfels. In ungefähr 14 Tagen zieht noch jemand hier ein, den ich als Vorarbeiter für die Holzfäller in Dienst genommen habe. Ich möchte, dass er einen eigenen Raum bekommt."

„Ich kümmere mich", versprach John.

Finnegan sagte gar nichts. Er stand an der Werkbank des Meisters und staunte. „Für wen sind diese wundervollen Arbeiten?"

„Für den König. Sie müssen pünktlich zur Hochzeit auf Burg Drachenstein eintreffen."

„Ihr müsst, also du und Sarah, auch pünktlich zu eurer Hochzeit in der Königsburg erscheinen", verriet Prinz Andrew sofort.

Die beiden brauchten mehrere Anläufe, um die Worte zu begreifen. Dann war der Jubel riesig.

Finnegan schmunzelte. Er hatte das Pärchen am Rande des Turnierfeldes stehen und mit Timothy leiden sehen. Auch die Wertschätzung, welche der Schmied beim König erfuhr, hatte er selber erlebt.

„Sobald wieder ein bisschen Luft ist, werde ich natürlich auch Eure Wünsche erfüllen", sagte John unvermittelt zu ihm und bekam ein begeistertes Nicken.

„Wie viele Lehrburschen hast du jetzt?", fragte Sir Andrew erstaunt, weil schon wieder ein Bürschlein durch die Schmiede huschte.

„Zwei Lehrburschen und vier Handlanger, die Holz holen und andere Hilfsarbeiten verrichten", erwiderte John. „Die Burschen schmieden grobe Werkzeuge für die Bauern und ich filigrane Dinge für Ritter und Edelleute." Er schob ihm ein paar wunderschöne Gürtelschnallen über den Tisch.

„Ich arbeite auch gegen Naturalien. Bis heute war die Zahlung von Truhenbeschlägen fällig. Sie kam nicht, also hole ich mir morgen noch ein Kälbchen ab. Milch trinken wir alle gern. Die werden die beiden ja sicher irgendwann geben. Ich muss mich nur mit einem

Leihstier für ein paar Tage bezahlen lassen, wenn sie alt genug sind."

„Lasse einen Stall auf einem Fleckchen bauen, das halbwegs hochwassersicher ist", gebot Sir Andrew. „Ich stelle auch noch ein paar Kälber mit hinein.

Was machen eigentlich die Hühner? Ich habe es gar nicht gackern hören."

„Die sitzen allesamt und brüten", erzählte Sarah. „Das ist zwar ungewöhnlich, aber hier am Burgfelsen scheint nichts unmöglich zu sein. Unsere beiden Hähne gehen sich meistens aus dem Weg und spektakeln nur morgens lauthals um die Wette. Da drüben auf der Wiese scharrt gerade einer von ihnen."

„Fruchtbares Klima", witzelte Finnegan, worauf Sarah seufzte und John mit den Schultern zuckte.

Sir Andrew stutzte. „Was ist passiert?"

Die jungen Leute wechselten einen kurzen Blick, dann murmelte Sarah: „Eines der Mädchen ist schwanger und keiner will's gewesen sein."

Prinz Andrew winkte ab. „Wenn es nur eins ist. Mein Vater hatte mir schlimmere Szenarien prophezeit, als ich so viel junges Volk auf einen Fleck holte und nicht unter ständige Aufsicht stellte. Das kleine Mäulchen werden wir sicher auch noch satt bekommen."

Sarah lächelte dankbar und Finnegan staunte erneut, wie einfach die Mitglieder der Königsfamilie Probleme aus dem Weg schafften, weil sie erst gar keine aus vielen Dingen machten. Er freute sich, diesem jungen Herrn Treue geschworen zu haben.

Dass den Prinzen seine beiden Vertrauenspersonen sofort informieren würden, sollte ruchbar werden, dass Gewalt hinter der Sache gesteckt hatte, musste nicht extra erwähnt werden.

In diesem Fall hätte der Übeltäter sein Bleiberecht verwirkt und würde mit Schimpf und Schande davongejagt werden.

Sir Andrew hörte sich eine volle Stunde lang Wünsche und Beschwerden seiner Schützlinge an. Davon gab es nicht wirklich viele, denn die meisten Dinge konnte Meister John allein regeln.

Drei Streithähne betrachtete er eingehend von Kopf bis Fuß, ehe er sagte: „Ich kann auch gern einen ganzen Kodex Ge- und Verbote festlegen, wenn ihr nicht wie vernünftige Menschen miteinander umgehen könnt. Nur gilt der dann Buchstabe für Buchstabe für alle und ich möchte lieber nicht wissen, was euch dann von den anderen blüht, wenn ich nicht in der Nähe bin.

Ich kann euch auch gern für eine Weile an einen anderen Dienstherrn ausleihen, damit ihr begreift, was es heißt, von Sonnenauf- bis Sonnenuntergang hart arbeiten zu müssen. Vielleicht wäre solch eine Erfahrung ganz heilsam."

Er winkte sie ziemlich unwillig mit der Hand fort.

„Sie haben noch eine Woche Zeit, sich zu besinnen, dann werde ich richtig hart durchgreifen", teilte er John mit. „Es kann nicht sein, dass hier alle selbstständig arbeiten, nur diese drei faulenzen und Dummheiten im Kopf haben."

„Schickt sie am besten einzeln in den Wald Holz schlagen, wenn Euer Vorarbeiter hier einzieht. Dann vergehen ihnen die Flausen sicher ganz rasch", schlug John vor. Und an Timothy gewandt: „Kennt Ihr ihn? Wie ist er so?"

„Findet es bitte selbst heraus. Nur so viel: Er ist der Bruder meines Vaters."

„Aber ..."

„Nichts aber. Wir haben uns gegenseitig für tot gehalten und im Krieg durch einen unglaublichen Zufall wiedergetroffen. Ihr werdet ihn mögen."

Die Schreiner und Zimmerleute des Königs schätzten schon nach der ersten Fuhre Holz die Arbeit des neuen Mannes im Wald. Es blieb ja keine Zeit, das Material aufwendig zu trocknen. Es musste sofort zu Möbeln verarbeitet werden.

Auch wenn Lady Maya in den vergangen bald 500 Jahren mehrmals verheiratet gewesen war, war sie nicht weniger aufgeregt als Lady Fran, die zum ersten Mal den Bund der Ehe eingehen sollte. Die beiden Damen gingen stundenlang in den Gärten um die Burg spazieren und Maya erzählte lustige Episoden aus ihrem Leben.

„Wie kommt es eigentlich, dass viele der ersten Drachen, wie Ihr, so jung aussehen, als wären sie in meinem Alter?", fragte Fran.

„Ungewöhnlich ist eher, dass einige älter aussehen", lachte Maya. „Aber ganz im Ernst, ich weiß es nicht genau. Ich vermute, dass das an dem Zauber liegt, den uns unsere Ahnherrin Lady Lilian angedeihen ließ und an jenem, der Seelen aus der Höhle unter Blackstone. Ihr wisst ja, dass ich eine davon beherberge.

Euer Liebster, auch ein ewig Junger, ist der Auserwählte. Deshalb ist er von gewaltig größerer Gestalt als alle männlichen Drachen, die es seit unserem Wiedererstarken gegeben hat."

Die Damen Faye und Brenda kommunizierten ebenfalls fleißig miteinander, um nicht versehentlich in der gleichen Robe ihren großen Tag zu erleben. Die Männer hoben die Schultern. Es gab keine zwei völlig gleichen Prunkrüstungen in den Rüstkammern.

Die Plattnermeister hatten über die Jahrhunderte geradezu eifersüchtig darauf geachtet, dass nichts komplett kopiert wurde.

Meister John und Sarah fassten sehr tief ins Geldsäckel, um inmitten der hochherrschaftlichen Brautpaare nicht völlig deplatziert zu wirken. Samt, Seide und Goldborten waren unverzichtbar.

Ein Schwert, wie die Ritter, durfte John zwar nicht tragen, aber einen Dolch. Dass der ein Damaszener-Prachtexemplar sein werde, konnte sich wohl jeder an fünf Fingern abzählen.

Timothy und Sir Finnegan wurden ausgeschickt, um die ersten Gäste durch den Dunkelwald zu begleiten. Es waren drei Wagen und fast nur mit jungen Mädchen besetzt, die, im Falle eines Angriffs durch Mensch oder Tier, völlig hilflos gewesen wären. In der Gesellschaft der beiden schmucken Ritter reiste es sich wohl auch noch besonders gut, denn der ganze verrufene Wald hallte von fröhlichem Gelächter wider.

Nach und nach trafen auch die anderen Brautpaare, zwei davon mit großem Gefolge, in der Königsburg ein, vor der eine bunte Zeltstadt für genügend Quartiere sorgte. Auf dem Turnierplatz standen unzählige lange Tische und Bänke, Grillplätze für Ochsen am Spieß waren vorbereitet, eine ganze Scheune, bis unters Dach mit Wein- und Bierfässern gefüllt.

Alle Ritter bei Hof hatten Repräsentationsaufgaben und es fiel irgendwann auf, dass sich ständig junge Mädchen um Sir Timothy scharten, kaum dass er irgendwo auftauchte.

„Und nicht eine von ihnen ahnt, dass er mit ihnen noch nichts anfangen will", lachte Prinz Andrew. „Sein

Charme ist angeboren und so feinfühlig, wie er reagiert,
hält sich schon jetzt jede für die Eine."

Große Augenblicke

Timothy konnte oder wollte die Aufregung um seine Person nicht verstehen. Wenn es sich nicht gerade um die Mitglieder des Drachenclans handelte, denen gegenüber er durchaus seine Gefühle zeigte, blieb er stets freundlich-reserviert.

Sein besonderes Augenmerk galt, im Angesicht der vielen Fremden, Lady Fran und den beiden Kleinen, die sie unter dem Herzen trug. Der König hatte ihn zu ihrem persönlichen Beschützer bestimmt und Timothy nahm diese Aufgabe sehr ernst.

Ihm genügte reiner Augenkontakt, um ganz genau zu wissen, was Lady Fran wünschte und erwartete. Dem darauf folgenden Wink des Ritters folgten sofort Mägde und Knechte, denen er klare Anweisungen gab. Während der Zeremonien nahm er den Platz genau hinter dem Königspaar ein, um notfalls beide mit seinem Leben zu schützen.

Ritter Sebastian nahm den gleichen Posten bei Prinz Vincent und Lady Maya ein. Sir Finnegan schützte Lady Brenda und Sir Oliver, während Prinz Andrew Lady Faye und Sir Elliot folgte, worüber sich König William aus ganzem Herzen freute. Am Ende kamen Meister John und Sarah, die ziemlich sicher keine Anschläge auf Leib und Leben befürchten mussten.

Die Zeremonie fand im gleichen Augenblick für alle Paare statt und Sarah nahm mit großen Augen einen Ring von John entgegen, der einer Prinzessin würdig gewesen wäre. Genau so fühlte sie sich auch, als sie etwas später an der langen Tafel der anderen Paare sitzen durften.

Auch wenn sie am unteren Ende saßen, waren die Nachbarn Edelleute, Ritter und allesamt Mitglieder des legendären Drachenclans.

Die Geschenke fielen entsprechend edel aus. Besonders jene, die der König vergab. Sir Elliot sah sich plötzlich im persönlichen Besitz der Burg Löwenstein. Sir Oliver bekam Alberichs Ländereien mit Erbrecht, Prinz Vincent Gebiete um das Territorium der Burg Blackstone zu vergrößern, Lady Fran Königinnenwürde und ein wohl gefülltes Schmuckkästchen aus der gut gehüteten Schatzkammer.

„Und weil ich gerade in Geberlaune bin", schmunzelte der König schließlich, „sucht sich Meister John einen guten Stier und zwei Pferde in meinen Ställen aus."

„Von mir bekommt er das Baumaterial für Ställe und Pferche", rief Sir Andrew quer über den Tisch. „Die geltenden Bedingungen haben wir ja schon für die Kälbchen ausgehandelt."

„Frau Sarah, du wirst uns doch wohl nicht ohnmächtig werden", lachte der König, als sie um Fassung und Luft rang.

„Ich kann sie so gut verstehen", seufzte Königin Fran, ihre zierliche Krone im Spiegelbild des Weinbechers betrachtend.

Von überallher im ganzen Land trafen Boten mit Geschenken ein. Einer dieser festlich gekleideten Reiter bat, zum König vorgelassen zu werden. Als man ihn abwies, wurde er blass, fiel auf die Knie und flehte mit erhobenen Handen. Der Knecht kratzte sich am Kopf, ließ Sir Timothy rufen und wartete darauf, wie dieser entscheiden werde.

Timothy musterte den Mann. Solch verzweifelten Blick hatte er schon lange nicht mehr gesehen. „In wessen Auftrag kommst du?"

„Ich weiß es doch wirklich nicht", jammerte der Mann, ängstlich Schwert und Dolche des Ritters taxierend. „Es war Nacht und der Fremde hatte die Kapuze seines Umhanges tief ins Gesicht gezogen. Er warf mir einen Beutel Goldstücke zu, gab mir ein schweres, in weiß gegerbtes Hirschleder eingeschnürtes Paket und eine mündliche Botschaft mit auf den Weg.

Ich dürfe es ausschließlich dem König oder seiner Frau übergeben, sonst hätte ich mein Leben verwirkt. Er würde mich suchen und in die Bärenschlucht werfen lassen, hat er gesagt."

„Warte einen Moment, ich werde den König fragen, ob er geneigt ist, mit dir zu sprechen."

Der Bote nickte, faltete die Hände und stammelte: „Tausend Dank, hoher Herr."

Ein paar Minuten später kam Sir Timothy zurück und winkte dem Boten, ihm zu folgen. Mit zitternden Knien eilte dieser dem hilfreichen Ritter hinterher.

Der König hörte sich noch einmal die verworrene Geschichte an, ehe er seinem Ritter zunickte. Timothy streckte die Hand aus und erhielt unter den Augen des Königs das ominöse Paket, welches er äußerst vorsichtig aufzuknoten begann.

„Wie lautet die Botschaft?", fragte Sir William, noch ehe er sehen konnte, was sich unter der Hirschhaut verbarg.

„Der Mann sagte wörtlich: Ich bitte um Vergebung, nicht um Verständnis." Der Bote öffnete mit einer hilflosen Geste die Hände.

In diesem Augenblick schlug Sir Timothy die letzte Lage Leder auseinander und legte eine große Smaragdstufe mit geradezu riesigen, fast makellos klaren Kristallen frei.

Lady Fran schlug beide Hände vor Nase und Mund, um einen Überraschungslaut zu ersticken, der König sprang auf und die Gäste riefen „Ah" und „Oh".

„Es ist Eure Entscheidung, ob Ihr die Gabe annehmt", wandte sich der König an seine junge Frau.

Fran nickte und alle warteten darauf, wie sie reagieren werde. „Sagt dem Absender Folgendes: Als Tochter bin ich geneigt, das Geschenk abzuweisen. Als Königin nehme ich es an, weil ich eine Verantwortung habe. Frieden im ganzen Land ist wichtiger als Familienzwist. Allerdings erwarte ich, dass er zukünftig zu seiner Herkunft steht, wenn man uns wieder einmal angreifen sollte."

Der Drachenclan applaudierte.

„Eine weise Entscheidung", freute sich der König. „Heute soll der Bote gut bewirtet werden. Morgen, ehe er zurück reitet, möchte ich noch ein paar Worte mit ihm sprechen."

Unter tiefen Verbeugungen entfernte sich der Genannte, überglücklich, seinen kniffeligen Auftrag zu einem guten Ende gebracht zu haben.

Sir Andrew nutzte den gigantischen Trubel der Hochzeitsfeier, um seinen besten Ritter zu beobachten, der von allem unbeeindruckt agierte, als ob jeden Tag solcher Hochbetrieb in der Burg herrsche.

„Es fällt Euch wohl jetzt schon schwer, ihn für eine Weile bei mir zu lassen?", fragte der König seinen jüngsten Sohn.

„Ja. Auch wenn meine Burg erst in Jahren fertig sein wird, ist schon sein Name ein Garant, Gelichter aus unseren Gebieten fernzuhalten", erwiderte Prinz Andrew. „Bis er mir wieder voll zur Verfügung steht, muss ihn Sir Finnegan, so gut es geht, vertreten."

„Sir Timothy!", rief der König, worauf der Gesuchte sofort erschien.

„Ich habe soeben eine Entscheidung getroffen. Ihr werdet uns stets von Montag bis Mittwoch zur Verfügung stehen, in den anderen Tagen Euren Dienst für Sternfels verrichten."

Timothy verneigte sich zum Einverständnis, wobei er etwas irritiert wirkte. Er hatte erwartet, in den nächsten fünf Jahren bestenfalls besuchsweise nach Sternfels zu kommen. So nahm seine Miene schon nach Sekunden einen behaglichen Ausdruck an.

Sir Andrew grinste vergnügt und der König murmelte, auf seinen Sohn und Sir Timothy deutend: „Was tut man nicht alles, um gute Leute bei Laune zu halten.

Zur *Strafe* werdet Ihr beide Meister John und seiner Gattin helfen, den Stier unbeschadet nach Sternfels zu bringen."

Sir Andrew veranschlagte dafür einen ganzen Tag, weil das Rind kaum in der Lage gewesen wäre, mit galoppierenden Pferden mitzuhalten. Zudem musste man auf Sarah Rücksicht nehmen, die noch nie geritten war und nun gleich ihr eigenes Pferd nach Hause bringen sollte.

„Keine Sorge", tröstete Timothy, „wenn du gar nicht zurechtkommst, dann nehme ich dich zu mir auf das Pferd und führe deins am Zügel."

Als sich zu später Stunde die Brautpaare zurückzogen, um die Hochzeitsnacht zu genießen, saßen die Ritter noch lange beisammen.

Sir Andrew verriet, dass in der kommenden Woche der Grundstein für die neue Burg gelegt und mit dem Bau zügig begonnen werden solle. Timothy überlief ein Schauer. Oft hatte er gehört, dass man dabei ein Mädchen bei lebendigem Leibe mit eingemauert hatte, um böse Geister zu bannen. Ihm drängte sich das Bild der beiden Babyskelette auf.

Sein Herr schien ihm die Gedanken anzusehen, obwohl Timothy schon ziemlich gut darin war, die Drachen nicht immer mitlesen zu lassen.

„So etwas wird in meiner Burg nicht stattfinden", hörte er ihn sagen. „Wenn, dann mauere ich eine Drachenschuppe, ein Schwert und einen Dolch ein, damit die Herrschaft der Drachen auch noch in Jahrtausenden andauert.

Nicht mal einem lebenden Hahn, wie anderswo, würde ich so etwas antun."

„Noch mehr Gründe, Euch ewige Treue zu schwören", antwortete Timothy mit fester Stimme.

Sir Andrew legte ihm eine Hand auf die Schulter. „Einen besseren Beschützer, als Euch, können meine beiden kleinen Halbschwestern nicht bekommen. Ich weiß genau, dass sie von Euch viel über gegenseitige Achtung, Liebe und Ehre lernen werden."

Sir Finnegan nickte zustimmend. Er hatte den jungen Mann, der sich mit Mut und Geschick den Ritterschlag erkämpft hatte, schon seit dem Turnier ins Herz geschlossen. Er wusste, dass es dieser als große Auszeichnung und nicht als Makel ansah, zwei kleine Prinzessinnen zu umsorgen.

„Ich habe nichts dagegen, wenn sich die Geschichte Eurer Dynastie wiederholt, mein König", flüsterte Fran, als sie sich glücklich zum Schlafen in Williams Arme kuschelte.

„Ich auch nicht. Timothy erinnert mich so sehr an John, der meine Schwester Mary-Ann geheiratet hat, dass ich beinahe schon hoffe, er möge warten, bis unsere Kleinen das richtige Alter haben." William streichelte liebevoll Frans Bauch. „John war ganz genau so ein armes Waisenkind gewesen, das sich den Ritterschlag und große Ehren hart erkämpft hat."

Der viel gepriesene Timothy suchte soeben auch sein Bett auf. Er hatte zwar mit den anderen gebechert, nur ahnten die nicht, dass eine Magd seinem Befehl gefolgt war, seinen Wein mit sehr viel Wasser zu strecken. Er wollte einen klaren Kopf behalten, wenn unzählige Fremde das Burggelände füllten.

Bei jedem ungewohnten Geräusch schreckte er auf und horchte in die Dunkelheit. Irgendwann murmelte er: „Ich bin nicht der Einzige, der hier eine Verantwortung hat." Dann schlief er ein. Wozu gab es doppelte Nachtwachen, welche ihn und die anderen Ritter des Königs im Notfall wecken konnten?

Nur zwei fanden in dieser Nacht keinerlei Schlaf finden – Sarah und John. Die kosteten die neue Erfahrung der Zweisamkeit im Bett mit den ehelichen Pflichten aus, denen sie sich bis zum ersten Hahnenschrei hingaben.

„Fall heute nur nicht vor Müdigkeit vom Pferd!", witzelte John.

„Dann folge ich dem Angebot und werfe mich Ritter Timothy in die Arme", konterte Sarah blinzelnd.

John begann herzhaft zu lachen. „Würde ich den nicht durch und durch als Ehrenmann kennen, dann gäbe es den ersten Ehekrach aus Eifersucht." Er schaute interessiert zu, wie sich Sarah anzog.

„Du freust dich schon jetzt auf die umgekehrte Reihenfolge heute Abend, nehme ich an", schmunzelte sie.

Das begeisterte Nicken sprach Bände.

Genau drei Stunden später suchte sich Meister John in den Ställen des Königs die versprochenen Tiere aus und der kleine Trupp ritt durch das Haupttor davon. Nach den ersten Häusern wuchs er auf über 30 Reiter an, denn viele zogen es vor, im Schutz der Ritter bis Sternfels zu reisen. Unter ihnen Pete, der sich freute, endlich ein wirklich sesshaftes Leben führen zu können.

Am Burgfelsen angekommen, bekamen die Frischvermählten große Augen. Der Eingang zur Schmiede war mit Blumengirlanden geschmückt und das ganze junge Volk jubelte ihnen zu. Die drei Ritter wechselten zufriedene Blicke.

„Das nenne ich nach Hause kommen", sagte Timothy behaglich.

„Wenn er das jetzt schon sagt, wo noch nicht mal ein richtiges Haus da ist!", blinzelte John.

„Also lasst uns gleich morgen mit dem Ritual beginnen, welches den Burgberg ewig mit uns Drachen verbinden soll", schlug Sir Andrew lächelnd vor.

Seine Ritter kreuzten wie auf Kommando die Schwerter mit ihm.

Meister John und Sarah brachten ihre Pferde auf die Koppel. Der Stier wurde mit einer langen Kette auf der Wiese im saftigen Gras angepflockt und fing auch sofort gemächlich zu fressen an. Dann stieg die kleine heimlich organisierte Hochzeitsfeier, die Sir Andrew gern erlaubte und an der er mit seinen Rittern teilnahm.

Die Burgbergbewohner hatten sogar ein Fässchen Wein organisiert, welches mit Quellwasser gestreckt wurde, um für alle zu reichen.

„Genau meine Mischung", blinzelte Timothy, als er gekostet hatte.

Den beiden anderen ging rasch ein Licht auf. Der junge Mann hatte noch nie getrunken und gestern bestenfalls mit einem leichten Hauch Röte im Gesicht auf die vielen Becher reagiert.

„Ich mache mich doch vor meinem König und den Gästen nicht zum Hanswurst", kicherte er. „Die Trinkfestigkeit eines Drachen werde ich auch mit viel Übung kaum erreichen. Drum versuche ich es gar nicht erst, mit Euch mithalten zu wollen."

„Dabei hättet Ihr es verdient, einer von uns zu sein", antwortete Prinz Andrew. „Wirklich schade, dass die Urmutter unseres Clans und große Zauberin, Lady Lilian, alle Geheimnisse mit in die Gruft genommen hat."

„Ich weiß von ihren Wundern um die Damen Faye, Maya und Brenda", erklärte Timothy. „Ich weiß aber auch, dass Lady Brenda Sir John ein großes Wunder angedeihen ließ. Sie ist der einzige weiße Drache, den es seit fast einem Jahrtausend gegeben hat.

Was meine Person betrifft – auch, wenn ich mich jetzt wiederhole: Ich habe in meinem jungen Leben schon mehr Ehren und Auszeichnungen erfahren, als sich manch gestandener Ritter in seinem ganzen Dasein erkämpfen kann. Ich habe wahrlich keinen Grund zur Klage oder Unzufriedenheit."

Am nächsten Morgen, die Sonne erreichte gerade die Reste der Grundmauer, verwandelten sich die beiden Drachen, um mit Ritter Timothy in vollem Harnisch den Berg zu weihen.

Prinz Andrew hob einen riesigen Stein aus dem Gefüge. Sir Timothy legte eines seiner Schwerter und Sir Finnegan seinen Dolch hinein.

Reißt mir die Herzschuppe heraus, wandte sich Sir Andrew an Timothy.

Der zog seinen Dolch und führte den Befehl ohne zu zögern aus. Drache Andrew nahm die Schuppe entgegen, um sie wie ein schützendes Schild über die Spitzen der beiden Waffen in der Grube zu legen.

Nun flüsterte er in einer fremden Sprache ein paar Worte, die wie eine Beschwörung klangen, dann passte er den Steinquader wieder ein. Er spie eine Feuergarbe hoch in die Luft und nahm Menschengestalt an.

Die Burgbergbewohner hatten auf der Wiese gestanden und versucht, lange Hälse zu machen. Aber außer den Köpfen der Drachen und der Feuergarbe konnten sie weder etwas sehen noch hören. Zumindest wirkten die drei Herren sehr zufrieden, als sie vom Berg herab schritten.

Sir Andrew begab sich vorsichtshalber zu Sarah, um sich eine Salbe auf die wunde Stelle auftragen zu lassen, wo in Drachengestalt die Herzschuppe gesessen hatte.

Timothy flüsterte währenddessen mit Meister John. Das hatte zur Folge, dass dieser in einer seiner Truhen kramte und einen einfachen Kettenüberwurf zutage förderte. Timothy zahlte und bat seinen Herrn: „Tragt dies, bis die Schuppe nachgewachsen ist. Ich werde sonst keine ruhige Minute finden, wenn ich meinen Dienst auf Drachenstein verrichte."

Der flehende Blick bewirkte, dass Sir Andrew zufasste, sich das kunstvoll vernietete Kettenhemd überstreifte und versprach, es nicht abzulegen, bis der Drachenpanzer wieder makellos geschlossen sei.

Sir Finnegan versicherte zudem, dem Prinzen keinen Schritt von der Seite zu weichen, solange erhöhte Aufmerksamkeit vonnöten war.

„Und wer bewacht meinen Meister John?", schmunzelte Andrew.

„Wir!", tönte es aus der Werkstatt und zwei verwegen aussehende Knaben traten aus der Tür. „An unserem Schmied und seiner Habe vergreift sich ganz sicher niemand ungestraft."

„Wenn meine zukünftige Feste keine echte Trutzburg wird, dann bin ich eine Schildkröte", lachte der Prinz.

„Ich muss zurück nach Drachenstein", ließ sich Timothy vernehmen. „Der König ruft mich."

Andrew fuhr herum. „Bitte was?!"

„Euer Vater wünscht, mich in drei Stunden zu sehen. Mit einem Gewaltritt querfeldein schaffe ich es gerade so."

„Ihr haltet mich doch auf dem Laufenden!"

„Natürlich, mein Herr." Timothy stieg auf sein Pferd und galoppierte davon.

Flöhe hüten

Auf den regulären Wegen wäre er wohl auch nicht vorangekommen. Dort tummelten sich zahllose Pferdewagen, Wanderer und Reiter auf dem Heimweg von der grandiosen Hochzeitsfeier.

Er preschte über die Zugbrücke in den Hof, sprang ab und überließ das schäumende Ross einem herbeihastenden Stallburschen. Drei Stufen auf einmal nehmend, eilte er in den Thronsaal.

„Seid Ihr geflogen?", fragte der König überrascht, nach dem Stand der Sonne schauend.

„Wusstet Ihr nicht, dass mein Pferd ein Nachkomme des legendären Pegasus ist?" Timothy verbeugte sich mit einem schelmischen Lächeln.

„Ich würde es Euch von Herzen wünschen", erwiderte der König amüsiert. „Zumal Ihr ab heute der persönliche Beschützer meiner Töchter sein werdet. Jetzt sollt Ihr dafür sorgen, dass der Bote, den ich nach der Hebamme geschickt habe, sicher mit ihr durch den Dunkelwald kommt."

Timothy verneigte sich, wählte im Stall des Königs ein frisches Pferd aus und verließ in schnellem Trab den Burghof. Er durchquerte den Wald und traf kurz vor dem Nachbarort auf die Gesuchten, die aufatmend die Dienste des Ritters annahmen.

In der Nacht hatte man erst wieder weithin schallendes Wolfsgeheul vernommen und niemand begab sich in diesen Wald, der nicht unbedingt musste. So rechnete der Ritter auch eher mit einem Rudel Wölfe, als mit einem Bären, wie er plötzlich aus dem Unterholz hervorbrach und auf die Reiter losging.

Das Pferd der Hebamme scheute und Timothy hatte Mühe, das Tier zu bändigen und gleichzeitig die Bärin in Schach zu halten, deren beide Jungtiere am Waldrand spielten.

„Reiß einen harzigen Ast ab und schlage Feuer!", rief er dem zitternden Boten zu.

Als der nicht reagierte, erfüllte die Frau den Auftrag. Sie steckte zwei Äste in Brand, gab einen dem Ritter und schlug selber den zweiten dem Bären um die Ohren.

Brüllend, mit angesengtem Fell gab der schließlich Fersengeld und verschwand mit den beiden Kleinen zwischen den Bäumen.

„Nicht übel", lobte Sir Timothy, ihr aufs Pferd helfend. Dann griff er das Tier des völlig erstarrten Boten am Zügel und nebeneinander durchquerten sie den unwirtlichen Wald.

In der Sicherheit der Burg taute der Bote wieder auf und erzählte allenthalben, wie Ritter Drachenherz und die Hebamme mit drei Bären gekämpft hatten. Natürlich kam das auch dem König zu Ohren.

„Und wo sind die Pelze?", fragte er seinen Ritter.

„Bei jenen, denen sie gewachsen sind", bekam er zur Antwort. „Ich mache doch nicht zwei hilflose kleine Petze zu Waisen. Die sollen lieber erst mal richtige Bären werden, ehe ich mich mit ihnen befasse."

„Ach je! Nach dem, was man hier hört, dachte ich, Euch hätten drei ausgewachsene Tiere angefallen."

„I wo! Nur eine besorgte Mama, die ihre Winzlinge schützen wollte. Das kann man ihr ja wohl nicht wirklich übel nehmen."

In den Morgenstunden des nächsten Tages riss Babygeschrei den König von seinem Thron. Mit langen

Schritten eilte er hinaus und rannte beinahe die Treppe hinauf. Timothy folgte ihm langsam.

Des Königs Augen glänzten, als er sein erstes Töchterchen in den Arm gelegt bekam. Eine Stunde später folgte das Zweite und er ließ auf dem höchsten Turm eine Fahne hissen, um das freudige Ereignis zu verkünden.

In den nächsten Tagen und Wochen wachte Timothy neben der Wiege der beiden Kleinen und bestaunte die strahlend blauen Augen der Schwestern. Wie Faye und Maya waren die Mädchen zwar Zwillinge und doch nicht gleich.

Sir William gab ihnen die Namen Shona und Caitlin. Shona hatte rabenschwarzes Haar, Caitlin hingegen hellblondes.

Wie bei ihrer großen Halbschwester Brenda zeigte sich bei Shona deutlich Drachenhaut, wenn sie schrie, weil die Windel voll war. Am schnellsten beruhigte sie sich, wenn Ritter Timothy sie in den Armen wiegte und leise mit ihr sprach. Dann fixierte sie ihn mit ihren strahlenden Augen und lächelte.

Die stillere Caitlin genoss es genau so sehr, herumgetragen zu werden, wenn Mama Fran Schwesterchen Shona zuerst versorgte.

Timothy meldete sich stets mit den Worten: „Zum Drachenbändigen bereit", bei seinem König, der dies durchaus wörtlich nehmen konnte. Shona war ein rechter Wildfang, der nur bei Ritter Timothy schlagartig handzahm wurde.

Ihn neckte sie später erheblich weniger als alle anderen und nahm es sich sehr zu Herzen, wenn er sie auch nur strafend anschaute.

Die größte Überraschung erlebten alle, als die Prinzessinnen im Alter von drei Jahren das erste Mal die rasch wachsende Burg Sternfels besuchten. Die kleine Lady Shona nahm Ritter Timothys Hand und führte ihn unter den verdutzten Blicken der anderen geradenwegs zu jener Stelle, an welcher der neue Bergfried auf den Grundmauern des alten errichtet worden war.

Sie zeigte auf den versteckten Mechanismus des Geheimganges. „Macht bitte auf!"

Timothy gehorchte.

Sie zog ihn in das Dunkel des Tunnels, hockte sich vor die Steinplatten, welche er nur zu gut kannte, strich mit der Hand darüber und sagte laut und für alle vernehmbar: „Danke, Ritter Drachenherz."

Timothy wurde ganz seltsam zumute. Die kleine Lady umwehte schon jetzt eine unglaubliche Magie. Das sollte für den heutigen Tag auch nicht das Letzte sein, womit sie für Wirbel sorgte.

Das kleine Mädchen, welches im Burgberg lebte und keinen Papa hatte, wagte es doch, sich Timothy ebenfalls zu nähern, wie es das sonst manchmal tat.

Shona stellte sich vor ihn, starrte ihre *Rivalin* trotzig an und erklärte: „Ritter Timothy gehört mir. Wenn ich groß bin, werde ich ihn heiraten."

Alle brachen in schallendes Lachen aus, nur Timothy nicht. Der stand zur Salzsäule erstarrt da und sandte seinem König einen hilflosen Blick zu.

„Das ist dann wohl das erste Mal, dass ich ihn völlig ratlos sehe", sagte der König zu Lady Fran, die noch immer herzhaft über den fassungslosen Ritter lachte.

Lady Shona begehrte inzwischen, von diesem auf den Arm genommen zu werden. Kaum war sie oben, streichelte sie mit beiden Händen sein Gesicht und drückte ihm schließlich einen Kuss auf die Wange. „So!" Ein stolzer Blick zur *Nebenbuhlerin* und es war klar, wer hier das Sagen hatte, was mit Sir Timothy geschähe.

Am Abend ließ das Königspaar Timothy rufen, der sich auf einen äußerst heftigen Rüffel wegen der Vorgänge auf Burg Sternfels gefasst machte.

„Wir sollten dringend einige Dinge klären", begann der König auch sofort, nachdem er dem Ritter bedeutet hatte, sich auf einen der Schemel zu setzen. „Ist Euch irgendwo ein Mädchen zur Frau versprochen worden? Oder gibt es eine, um die Ihr Euch bemüht?"

Timothy schüttelte den Kopf. „Nein, mein König."

„Sehr gut. Also hätte Shona eine reelle Chance, ihren Traum zu verwirklichen."

Timothy wurde abwechselnd rot und blass. Dass er, wie alle anderen Ritter, die Dienste der hübschesten Dirnen der Stadt in Anspruch nahm, wusste jeder.

„Sie wird es akzeptieren müssen", sagte Sir William unvermittelt. „Immerhin sind es noch über zehn Jahre."

„Ihr wollt mir wirklich Shona zur Frau geben?", hauchte Timothy ungläubig.

„Sie will es und ich will es auch", erklärte der König.

„Den soeben auftretenden Fall hatten wir schon einkalkuliert, als die beiden noch nicht einmal geboren waren", warf Königin Fran ein. „Es liegt uns allerdings fern, Euch zu zwingen."

Sir Timothy lächelte erleichtert. „Würde ich diesen Wunsch nicht erfüllen, wäre ich es nicht wert, länger Ritter des Königs genannt zu werden. Es ist die höchste Ehre, die einem Menschen widerfahren kann, der Schwiegersohn des Drachenkönigs zu werden."

„Ihr nehmt an?!"

„Ja."

„Damit hat die junge Dame noch mehr Gründe, Euch ab sofort ohne Murren zu gehorchen. Ich werde es auch alle wissen lassen, dass es müßig ist, irgendwann um Shonas Hand zu werben." König William wirkte in der Tat sehr erleichtert.

„Um Caitlin müsst Ihr Euch dabei keine Sorgen machen. Sie lässt sich seit gestern von Sir Finnegan trösten, der wohl auch den ehrenvollen Posten als Schwiegersohn antreten wird", schmunzelte Lady Fran. „Nur weiß er noch nichts davon."

Der Herold, der die Nachricht verbreitete, Prinzessin Shona habe Ritter Drachenherz als zukünftigen Gatten auserkoren, traf eher auf Burg Sternfels ein, als der plötzlich Verlobte selber. Sir Andrew war kein bisschen überrascht. Er wusste ziemlich gut, dass Drachendamen in Liebesdingen immer ihren Kopf durchsetzten, mochten sie noch so jung sein.

Er hätte sich eher gewundert, wenn es nicht genau so gekommen wäre. In den nächsten Tagen würden wohl einige junge Mädchen Trauer tragen, weil der schmucke Ritter nicht nur im eigenen Land hoch begehrt gewesen war.

Sir Finnegan erfuhr von seinem Glück erst ein paar Wochen später. Lady Caitlin zog es vor, ehe ihr eine andere den zweitbesten Happen wegschnappte, ebenfalls zu äußern, einen Ritter von Sternfels zu heiraten. Wer sollte das wohl sein, wenn nicht Finnegan?

Timothy Drachenherz hatte wie ein Grab geschwiegen und so schlug die Nachricht mit voller Wucht ein. Finnegan fragte gleich drei Mal, ob wirklich er gemeint sei.

Pete, mit der flotten Axt, rieb sich die Hände. Das roch nach vielen gut bezahlten Aufträgen. Meister John setzte schließlich auch seine Drohung in die Tat um und unterstellte ihm jeden Querulanten für ein paar Tage.

Zudem verkniff es sich der Herr der Burg, um Handwerker zu werben. Die Waisenkinder hatten allesamt ihre Bestimmung gefunden und viele kreative Köpfe rauchten regelrecht, um aus wenig, Großes zu machen.

Einer, der Knaben, hatte zufällig am Bach ein reiches Tonvorkommen entdeckt, zaghafte Versuche unternommen mit bloßer Hand Gefäße zu formen und Meister John gebeten, ihm die Probestücke im Nebenofen der Schmiede zu brennen.

Dann tüftelten sie gemeinsam an der richtigen Technik und bauten neben die Schmiede eine kleine Töpferei mit einer ordentlichen Scheibe und einem Brennofen mit mehreren Etagen. Für reichlich Nachschub an Material war immer gesorgt, denn die kleineren Kinder panschten mit Vorliebe im Wasser und brachten dem neuen Handwerker nur zu gern neuen Ton. Dafür bekamen sie dann auch liebevoll geformte Figuren aus Selbigem gebrannt.

Einem Händler kaufte der Töpfer eine Okarina ab und stellte flugs und ohne Federlesen gleich selber welche nach diesem Muster her. Den richtigen musikalischen Ton zu treffen, war nur eine Frage der Zeit und so vertrieben sich die Hirten schließlich den Tag auch mit Musik. Selbst die beiden Prinzessinnen gehörten rasch zur Kundschaft des wahrhaft kreativen Töpfers.

Nach und nach wuchsen kleine Häuschen um den Burgberg in die Höhe. Das früher so verlassene Tal verwandelte sich in ein schmuckes Dörfchen, auf das die stattliche Burg herabzulächeln schien.

Eines der größeren Häuser gehörte Pete, der es sich behaglich einrichtete. Er baute sogar etwas Gemüse in seinem Gärtchen an. Und wie er eines Abends Wasser aus dem Brunnen schöpfte, hörte er hinter sich die Frage: „Brauchst du nicht eine Magd?"

„Wer? Ich?" Verdattert drehte er sich herum. „Hat unser Herr keine Arbeit für dich?"

„Doch. Schon. Es liegt auch nicht am Geld …"

Pete fiel ein, dass er die junge Frau des Öfteren mit einem kleinen Mädchen an der Hand gesehen hatte, welches immer traurig zu sein schien. Dann kam ihm die Geschichte in den Sinn, die ihm die anderen erzählt hatten, wonach die Existenz der Kleinen auf einem unschönen Vorfall beruhe, der niemals aufgeklärt worden sei, weil die Mutter eisern schwieg.

„Versuchen wir es", sagte er spontan. „Was zahlt man dir jetzt?"

„Eine Silbermünze im Monat", lautete die Antwort.

„Gerade ausreichend für zwei hungrige Mäuler", überlegte er laut. „Du kannst mit deiner Tochter im Oberstübchen wohnen, Kost und Logis sind frei. Dafür wirst du für mich alle Arbeiten im Haus erledigen."

„Großen Dank, Herr Pete! Ich gehe rasch und hole meine Habe."

Er stand noch immer am selben Fleck und starrte vor sich hin, als sie mit ihrer Tochter und einem Kleiderbündel zurückkam.

„Bereust du es, mir die Stelle gegeben zu haben?",
fragte sie vorsichtig.

Pete hob den Kopf. „Ach, was soll es. Mich schert
das Gerede der andere nicht. Kann doch jeder denken,
was er will. Kommt!"

Eine Stunde später wussten es wohl alle. Lynn hatte
sich bei Meister John ordnungsgemäß aus dem Dienst
Sir Andrews abgemeldet und auch angegeben, dass sie
für Pete arbeiten werde. Logisch, dass man die beiden
nun besonders beobachtete.

Es machte rasch die Runde, dass man die Kleine der
Magd das erste Mal habe lächeln sehen, als sie im
Garten ihres Hausherrn Unkraut zupfte und Wasser
aus dem Bach zum Gießen holte. Dass Pete in der
Mittagspause ein Holzpüppchen geschnitzt hatte,
verbreitete sich auch wie ein Lauffeuer.

„Wenn er die beiden durchfüttert, muss ich mich
nicht sorgen", stellte Prinz Andrew lakonisch fest.
„Und sollte mehr daraus werden, werde ich es ihm
nicht verbieten. Er ist ein freier Mann und alt genug,
um zu wissen, was er tut."

Das wusste Pete sehr genau. Er sparte nicht mit Lob,
wenn ihm etwas gefiel, was seine beiden Mitbewohne-
rinnen gut und richtig gemacht hatten. Er verlangte
auch nicht, dass Lynn vom frühen Morgen bis in die
späte Nacht nach seiner Pfeife tanzte.

Als dann das erste Mal herzhaftes Kinderlachen aus
seinem Haus ertönte, wunderte sich niemand mehr.
Hin und wieder kam Ritter Timothy auf einen
Kurzbesuch, wenn der Hausherr zufrieden auf einer
Bank vor dem Häuschen saß. May trug die Becher
herbei und Lynn schenkte Bier ein – fast familiäre
Atmosphäre.

Im nächsten Winter besuchte die Königsfamilie im Pferdeschlitten die Burg. May war gerade dabei, Kugeln für einen Schneemann zu rollen, was die kleinen Prinzessinnen mit großem Interesse verfolgten.

„Darf ich mitmachen?", fragte Lady Shona schließlich und May nickte heftig. Das fröhliche Lachen der Mädchen lockte auch Pete herbei, der die drei gigantischen Kugeln aufeinandertürmte und dem Schneemann einen Eimerhut verpasste.

May rannte zur Schmiede und bat Meister John um ein paar Kohlenstücke als Augen und Mund für das Kunstwerk. Sarah steuerte eine Mohrrübe bei, damit der kalte Geselle eine ordentliche Nase bekam.

Caitlin reihte sich erst mit ein, als alle Kinder singend um den Schneemann tanzten. Sir Timothy und Finnegan schmunzelten. Womöglich hatte Sir William seinen beiden Töchtern schon zu verstehen gegeben, dass sie eines Tages ihren Gatten auf Burg Sternfels folgen mussten. Jedenfalls erinnerte nichts mehr an die kleine Eifersüchtelei vom Sommer. Shona schenkte May sogar ihr warmes Halstuch.

Alles fügt sich zusammen

In den nächsten Wochen erstarrte regelrecht das Leben unterm Frost. Sarah kontrollierte täglich Rinder- und Pferdestall, wo es sich auch die vielen Hühner bequem gemacht hatten.

Um Holz zu sparen, wurde nur der halb fertige Palas der Burg beheizt, in welchem sich alle zusammenfanden, die Dienst hatten. Die anderen blieben gleich in ihren Betten, um die Kälte besser zu ertragen.

In Petes Haus rückte man auch enger zusammen und irgendwie ergab es sich, dass er Lynns eiskalte Hände warm rieb, als sie mit einem Eimer Wasser vom Brunnen kam. Weil die Aktion nicht sofort den gewünschten Erfolg brachte, legte er ihre Fingerspitzen an seinen warmen Hals.

„Oh, das tut gut", murmelte Lynn mit geschlossenen Augen.

„Das auch?" Pete zog sie in seine Arme und legte seine Wange an ihre Stirn.

„Ja. Das auch", hauchte sie, sich fest anschmiegend.

Die Tür vom Oberstübchen klappte und Pete ließ Lynn aufseufzend los. „Könntest du dir vorstellen, als meine Frau hier zu leben?", fragte er leise.

Er bekam ein sehr heftiges Nicken als Antwort.

May spähte von der Treppe aus in den Raum und wünschte: „Guten Morgen!"

„Guten Morgen", entgegneten die beiden und Pete setzte hinzu: „Nach dem Essen, wenn Mama am Spinnrad sitzt, musst du mir helfen. Ich brauche nämlich jemanden, der kleine Finger hat und Holzstückchen rundherum ganz glatt schleifen kann."

Dass es ein Legespiel für May werden sollte, würde diese früh genug erfahren. Pete freute sich ganz einfach auf die Überraschung, die ihm am Ende auch hervorragend gelang.

Timothy merkte schon beim Eintreten, in das tief verschneite Häuschen, dass sich etwas geändert hatte. Am Fenster stand ein kleiner Tisch mit Schemel in Kindergröße und auch das Spinnrad versteckte sich nicht mehr verschämt im Nebengelass.

„Ernste Absichten?", fragte er sofort.

„Sehr ernste", erhielt er zur Antwort. „Könnt Ihr nicht irgendwie den heiligen Mann aus der Hauptstadt überzeugen, für eine Zeremonie zu uns zu kommen?"

Lynn, in Erwartung einer abschlägigen Antwort, biss sich auf die Unterlippe.

„Ich werde mit ihm reden", versprach Ritter Timothy in diesem Moment und sorgte für strahlende Gesichter.

Genau drei Tage später fand auf Burg Sternfels die Hochzeit statt, welche die beiden eigentlich nur im kleinen Kreis angedacht hatten. Sir Timothy, der alles organisiert hatte, grinste breit. „Ihr seid doch meine Familie."

Sir Andrew machte Pete ein besonderes Hochzeitsgeschenk. Er ernannte ihn zum Aufseher über seine Wälder.

Damit war May plötzlich die Tochter eines sehr respektablen Bürgers und traute sich sogar, Ben, den Sohn Meister Johns, in der Schmiede zu besuchen, wo sie gemeinsam mit dem Legespiel Spaß hatten. Pete hatte nichts dagegen. Bei Sarah und John war die Kleine gut aufgehoben.

Sie lernte so ganz nebenbei Kräuter und ihre Wirkung kennen, was man schon im nächsten Frühjahr deutlich in Petes Garten sehen konnte, der um mehrere sorgsam gepflegte Beete anwuchs. Stolz auf May kaufte der Stiefvater vorsichtshalber noch ein bisschen Land.

Vier Jahre später wuselten dort nämlich drei Kinder mehr herum, von ihrer großen Schwester May beaufsichtigt.

Burg Sternfels hatte sich inzwischen zu einem Prachtexemplar gemausert, welches, beinahe doppelt so groß, wie die alte Vorgängerin, in den Himmel ragte. An zwei Seiten durch schroffe Hänge geschützt, hatte Sir Andrew an den offenen Flanken einen tiefen Burggraben ausheben und mit einer Zugbrücke versehen lassen.

Damit löste man auch das Problem der Frühjahrsüberschwemmungen im Tal. Während die einen noch mauerten, schnitzen andere schon kunstvolle Figuren in die Balken des Palas. Sie nahmen auch die Mahnungen Petes sehr ernst, nicht zu viel Material von den Trägern abzuheben, um die Festigkeit nicht zu beeinträchtigen.

Meister John werkelte an zwei großen Kerzenleuchtern, die an langen Ketten von der Decke herabhängen sollten. Mehrere kleine dazu passende Wandhalter lagen schon bereit.

Einer seiner Gesellen war auf Wanderschaft gegangen und kam als guter Hufschmied wieder. „Sternfels hat mir gefehlt", erklärte er Sir Andrew, der ihm die Genehmigung gab, innerhalb der Burgmauern sein Handwerk zu betreiben. Arbeit gab es reichlich.

Den Rittern wurde es auch nicht langweilig. Alle zwei Jahre fanden auf den Wiesen vor der Burg Turniere statt und Timothy wechselte sich regelmäßig mit Sir Finnegan auf den Plätzen eins und zwei ab.

Die herbeiströmenden Menschenmassen kurbelten den Handel an und die Burggemeinde Sternfels lebte in Wohlstand. Natürlich lockte das auch Diebe und Räuber an, denen die Ritter und ihre zahlreichen Knappen stets das Handwerk legten.

Die Menschen vergaßen viel zu oft, dass sie den scharfen Sinnen der Drachen einfach nicht entkommen konnten. Sir Andrew ließ die Delinquenten in Ketten legen und für ein bis zwei Jahre, je nach Schwere des Vergehens, auf seinen Feldern arbeiten. Mörder wurden gehenkt, sobald ihre Schuld zweifelsfrei nachgewiesen war.

„Gedankenlesen ist manchmal recht nützlich", pflegte Sir Andrew dann stets zu sagen und legte den abgeschlossenen Fall zu den Akten.

Für die königlichen Zwillinge stand meist ganztägiger Unterricht auf dem Programm. König William hielt nichts vom Müßiggang. Nur bekam jede von ihnen die Ausbildung, die ihren Neigungen entsprach.

Lady Shona, die Amazone, übte sich im Waffenhandwerk. Sir Timothy verlangte von ihr die gleiche Disziplin und die gleichen Dienste wie von den Knappen. Ziemlich oft knirschte Shona mit den Zähnen, fügte sich aber, weil es im Kampf wahrlich um Leben und Tod gehen konnte.

Sie wagte, außer beim Bogenschießen, auch nicht, ihre Drachenkräfte einzusetzen, um den gestrengen Lehrmeister nicht zu verärgern.

„Er hat das Temperamentbündel hervorragend im Griff", schmunzelte der König, wenn er mit seiner Gattin vom Fenster aus, den Lektionen zusah.

Butterweich wurde Shona nur, sobald ihr zukünftiger Gatte verletzt aus einem Turnier kam.

„Ziemt sich das für ein junges Mädchen, die Gemächer der Ritter aufzusuchen?", flüsterte Timothy, am halben Körper bandagiert im Bett liegend, mühsam.

Shona, gerade 15 Jahre alt, zuckte mit den Schultern und konterte: „Ich suche meinen zukünftigen Gatten auf, Herr Ritter. Falls er es nicht vorzieht, sich vor der Hochzeit beim erstbesten Turnier erschlagen zu lassen."

„Ich kann nicht mal lachen", stöhnte Timothy mit verdrehten Augen.

„Kein Wunder bei mehreren gebrochenen Rippen. Erstaunlich, dass Ihr überhaupt noch lebt." Der missbilligende Blick entging ihm keinesfalls.

„Wie geht es Sir Finnegan?", fragte Timothy.

Shona lachte. „Ähnlich wie Euch. Ihr habt ihn mit der Lanze aufgespießt, wie einen wilden Stier. Caitlin ist so in Sorge, dass sie Sir Andrew hinterhergeflogen ist."

„Geflogen?"

„Ja. Ihr habt zwei volle Tage kaum ein Lebenszeichen von Euch gegeben und so einiges verpasst." Sie ließ ohne Mühe milchweiße Drachenschuppen auf ihrer Haut erscheinen. „Was glaubt Ihr wohl, wer Euch hierher getragen hat?"

„Kann ich es wiedergutmachen?" Timothy benötigte sogar Hilfe, um sich etwas bequemer betten zu können.

Shona ging ihm ganz selbstverständlich zur Hand. „Könnt Ihr. Wenn Ihr wieder genesen seid, werdet Ihr mich für einige Wochen in den Nebelwald begleiten, wo ich meine Kräfte erproben möchte."

Timothy wollte sich schon wundern, als ihm einfiel, dass Shonas 16. Geburtstag kurz bevor stand.

„Wenigstens habt Ihr das nicht vergessen", sagte sie mit einem Blinzeln.

„Was habe ich denn vergessen?" Der verletzte Ritter kramte vergeblich in seinem Gedächtnis.

„Dass Ihr beim Kampf auf Euch aufpassen solltet!" Shona schüttelte gespielt missbilligend den Kopf. „Nun liegt Ihr hier und seid mir hilflos ausgeliefert."

„Nicht ganz, ich könnte um Hilfe schreien."

Shona fuhr auf. „Untersteht Euch!!!"

Nun konnte sich Timothy das Lachen doch nicht mehr verbeißen, was er einen Wimpernschlag später bitter bereute. Der Schmerz raste durch seinen Körper.

Als er nach ein paar Minuten wieder zu sich kam, fragte er leise: „Wie steht es wirklich um mich?"

„Nicht gut." Shona wischte eine Träne weg.

Es klopfte und Sir Andrew trat ein. „Oh, er ist aufgewacht! Welch hervorragende Nachricht. Habt Ihr es ihm gesagt?"

Timothy schaute verständnislos, weil Shona stumm den Kopf schüttelte und in Tränen ausbrach.

„Erzählt Ihr ihm, was in den letzten beiden Tagen geschehen ist", bat sie ihren Bruder, das Zimmer des Ritters verlassend.

Prinz Andrew setzte sich auf die Bettkante. „Nun ja, eigentlich hatte Euer Herz schon aufgehört zu schlagen", begann er zu erklären. „Allerdings haben weiße Drachen ihre eigene Vorstellung vom Leben und so hat Euch Lady Shona noch auf dem Turnierplatz von ihrer Lebenskraft abgegeben, was sie entbehren konnte.

Sie hat unglaubliche Energien entfesselt, um sich dann auch noch zu verwandeln und Euch hierher zu tragen. Seitdem sitzt sie an Euerm Bett und gibt Euch ab, was sie nicht unbedingt zum Leben braucht."

„Oh je", murmelte Timothy geschockt.

„Nun ist es Euer Kampf, wieder auf die Beine zu kommen. Allerdings wird etwas zurückbleiben und Euch immer wieder an diesen einen Lanzenritt erinnern ..."

„Was", fragte Timothy mit einem bangen Gefühl.

„Ach, nichts Schlimmes, mein Lieber." Sir Andrew öffnete Timothys Hemd. „Ihr seid durch Lady Shonas unglaubliche Magie auf dem besten Wege ein Drache zu werden." Er schob den Brustverband ein wenig beiseite. Die schwarze Schuppe des Königs war auf der Herzseite unverrückbar mit der Haut verwachsen und rechts sah es aus, als bilde sich gerade das Gegenstück.

„Sir Finnegan habt Ihr ein Stück Leber herausgestochen. Aber das wächst ja wieder nach", verriet er noch, nicht sicher, ob es Sir Timothy wirklich erfasste. Der starrte noch immer mit ungläubig geweiteten Augen das Wunder auf seiner Brust an.

Am Abend kam König William zum Krankenbesuch. Kopfschüttelnd zog er sich einen Stuhl neben das Bett. „Was macht Ihr nur für Sachen? Ich habe schon verdammt viele gute Männer beim Turnier sterben sehen, aber nichts ging mir bisher näher. Ich verbiete Euch, und das gilt auch für Sir Finnegan, jemals wieder auf einem Turnier zu kämpfen!"

„Ich gehorche, mein König", murmelte Timothy. *Ich werde es ja sicher auch nie wieder können.*

„Wenn ich alles glaube, nur das nicht", erwiderte der König auf den gedachten Satz. „Die Damen Shona, Brenda, Faye und Maya stecken schon die Köpfe zusammen, um ein Mittelchen zu ersinnen, Eure Wirbelsäulenverletzung zu heilen."

Das ist es also, was mir keiner sagen wollte. Timothy schloss resigniert die Augen.

„Ich habe mich mit Absicht verplappert, eben weil keiner wusste, wie er es Euch beichten sollte." König William stand auf. „Es ist eine heftige Quetschung, kein Bruch. Tut, was Shona von Euch verlangt, was immer es auch ist."

Als er das Zimmer verließ, huschte Shona über den Gang. „Geht zu ihm. Er braucht Euch", flüsterte Sir William. „Ich habe ihm die Wahrheit gesagt."

„Auch, dass die Methode, die ich anwenden will, eigentlich aus Folterkammern stammt?"

„Nein. Das nicht. Ich habe ihm befohlen, Euch zu gehorchen, egal wie irrsinnig Euer Wunsch klingen mag."

„Lasst bitte nach Ritter Sebastian schicken. Ihm traue ich am ehesten zu, seine Kraft richtig zu dosieren." Shona öffnete Sir Timothys Tür.

„Wollt Ihr wirklich einen Krüppel heiraten?" Er öffnete nicht einmal die Augen. Er fühlte, wer hereingekommen war.

„Ganz sicher nicht." Shona sagte das mit solcher Bestimmtheit, dass Timothy erstaunt aufschaute. „In wenigen Augenblicken wird Sir Sebastian erscheinen und Euch nach meinen Anweisungen in ein Foltergerät spannen. Ihr dürft schreien, dass man es bis Sternfels hört, was leider auch nicht ausbleiben wird. Wenigstens die ersten Behandlungen werden für Euch eine wahre Folter sein. Dann sollte sich der Zustand bessern. Je eher wir beginnen, umso so höher ist die Chance, dass Ihr eines Tages wieder laufen könnt."

Timothy kam nicht einmal dazu, etwas zu erwidern, da stand auch schon Ritter Sebastian mit mehreren breiten Lederschlaufen neben seinem Bett. „Verzeiht mir. Befehl des Königs."

„Ich weiß. Tut, was getan werden muss." Timothy verfolgte mit den Augen, wie der Ritter die Anordnungen der Prinzessin in die Tat umsetzte.

„Es ist ein bisschen wie Streckbank", erläuterte Shona, sehr genau beobachtend, dass Sebastian kein Fehler unterlief.

Augenblicke später spannte sich ein fester Ledergurt um Timothys Becken und der Kopf steckte, am Kinn gehalten, in einer Schlinge am oberen Bettende. Verletzte Arme und Beine wurden nicht fixiert, was Timothy etwas ruhiger werden ließ.

„Es geht los", warnte ihn die Prinzessin und Ritter Sebastian zog gerade und gleichmäßig den Beckenriemen nach unten.

Timothy knirschte mit den Zähnen. Er glaubte, innerlich zerrissen zu werden. Den Schrei konnte er wirklich nicht unterdrücken, so sehr er es sich auch vorgenommen hatte. Sofort reduzierte Ritter Sebastian die Zugkraft ließ aber erst den Riemen los, als Prinzessin Shona das Zeichen dazu gab.

„Noch einmal, mit etwas weniger Zug."

Timothy wusste nicht, ob und wie er die Tortur überstehen sollte. „Gebt mir ein Stück Leder zwischen die Zähne", bat er.

Shona erfüllte den Wunsch und Sebastian begann zu ziehen. Die wenigen Sekunden kamen Timothy wie eine Ewigkeit vor. Schweiß trat aus allen Poren und er biss das dicke Leder glatt durch.

„Danke, Ritter Sebastian", hörte er wie durch Watte Shona sagen und fühlte, wie sie ihm das Lederstück aus dem Mund und die Riemen abnahm. Angenehme Kühle auf dem Gesicht brachte ihn wieder richtig zu sich.

„Ich liebe Euch." Shona legte ihm beide Hände an die Schläfen. Timothy dämmerte sofort weg. „Gut so. Schlaft Euch gesund." Sie blieb noch fast zehn Minuten in der gleichen Pose sitzen, um ihm Kraft zu geben.

Als sie das Zimmer verließ, wusste nur das Königspaar, was Shona als Nächstes tun werde. Auf dem hinteren Hof wartete ein frisch geschlachtetes Rind darauf, von dem weißen Drachen mit Haut und Haar verschlungen zu werden, wie jeden zweiten Tag, seit dem Unglück. Anders hätte Shona nicht die immense Kraft aufgebracht, ihren Liebsten zu heilen.

Am Morgen erschien sie in Begleitung von May im Krankenzimmer. Timothy glaubte zu träumen. Petes Ziehtochter packte Salben und Öle aus, begutachtete die Wunden, versorgte und verband sie neu.

„Gegen die Schmerzen gebe ich Euch nichts. Sonst könnt Ihr nicht fühlen, wenn Eure Beine wieder ihren Dienst tun wollen", erklärte sie kurz und verschwand wieder.

Dafür trat Ritter Sebastian ein. Timothy atmete einmal tief durch. „Ich bin bereit."

„Das klingt endlich etwas optimistischer", freute sich der Ritter, sein *Folteropfer* in Position bringend.

Diesmal hielt sich der Schmerz sogar in gewissen Grenzen. Timothy war zwar sofort wieder schweißgebadet, fühlte sich aber, als habe man eine Tonnenlast von seinen Schultern genommen.

„War da was an meinem Bein?", fragte er, ziemlich sicher, sich geirrt zu haben.

Shona zuckte zusammen. „Ihr habt gespürt, dass ich einen losen Grind abgerissen habe?"

„Ja. Es ziepte."

Sie drückte ihm einen zärtlichen Kuss auf die Lippen, völlig egal, dass Ritter Sebastian noch danebenstand. „Alles wird gut", flüsterte sie mit Freudentränen in den Augen.

Sebastian blinzelte ihm vergnügt zu und machte sich schnell aus dem Staub.

Shona nahm ein Fläschchen vom Tisch. „Fichtennadeleinreibung – kühlend, anregend, schmerzlindernd. Mays Geschwister haben wie die Bienchen frischen Austrieb gesammelt." Sie massierte seine Beine kräftig mit dem intensiv riechenden Gebräu und Timothy konnte jeden Handgriff spüren.

Das schönste Geburtstagsgeschenk für Shona war, als Timothy an jenem Tag zum ersten Mal die Zehen bewegen konnte. Er bekam sogar eine Überraschung. Sir Finnegan kam mit Caitlin herein. Dem Ritter ging es schon wieder recht passabel. Er war, wenn auch mit einem Zwischenstopp, sogar aus eigener Kraft nach Drachenstein geflogen.

Nun saß er am Krankenbett und erzählte, was in den letzten Wochen in Sternfels los gewesen war. „Alle fragen stets nach Euch", beendete er seinen Bericht.

„Dann sagt ihnen, dass ich wiederkomme. Nur wann, das weiß ich nicht. Werde wohl noch eine Weile auf Hilfe angewiesen sein."

„Aber die ist ohne Gleichen und grenzenlos. Ich hätte wohl auch ins Gras gebissen, wenn Lady Caitlin nicht gewesen wäre. Der König hat recht. Wir müssen keinem mehr beweisen, aus welchem Holz wir geschnitzt sind. Die anderen wollen ja auch mal eine Chance haben."

„Wenigstens kann ich wieder schmerzfrei lachen", stellte Timothy zufrieden fest.

Sir Finnegan verzog das Gesicht. „Glaubt mir, ich hätte nicht mit Euch tauschen wollen. Da tut einem ja schon beim Zuhören alles weh und Ritter Sebastian ist wahrlich kein Schwätzer."

Shona schmunzelte. „Das glaub ich gerne. Nur habe ich so lange als Geistwesen die Folterkammer genau vor der Nase gehabt, dass ich mehr Studien betreiben konnte, als mir lieb gewesen sind. Wenn es Wirbel zusammenstaucht, muss man sie wieder strecken, habe ich mir gesagt und meine ganzen Hoffnungen darein gesetzt.

Ab wann es irreparable Schäden gibt, hab ich beinahe täglich mit ansehen müssen. Und dass ich den Mann, der mich von einem bösen Fluch befreit hat, nicht sterben oder grundlos leiden lasse, kann sich wohl jeder an wenigen Fingern abzählen."

Im Nebelwald

Innerhalb der nächsten drei Monate gelang es Timothy tatsächlich, beide Beine ohne Hilfe bewegen zu können. Nur mit dem Sitzen klappte es noch nicht so richtig.

„Eure Muskeln sind inzwischen völlig aus der Übung", seufzte Shona. „Aber das kriegen wir auch wieder in den Griff. Ich bringe Euch in den Nebelwald, wo so viel Drachenmagie ist, wie Ihr sie sicher noch nie zuvor erlebt habt."

Auf einen Stock gestützt, hinkte Timothy auf den hinteren Hof, wo sie sich von der Königsfamilie verabschiedeten. Shona hatte kriegstaugliche Rüstung angelegt. Sie verwandelte sich, griff vorsichtig nach Timothy und trug ihn in ihren Krallen behutsam davon. Zu groß war ihre Sorge, er könne von ihrem Rücken fallen und neue, nicht mehr heilbare, Verletzungen erleiden.

Sir William hatte ihnen keine Verhaltensregeln mitgegeben. „Sie sind sich eh versprochen und wegen der paar Monate geht sicher nicht gleich die Welt unter."

Fran schüttelte amüsiert den Kopf und schaute dem wundervollen weißen Drachen nach, der wie Silber in der Sonne funkelte.

„Ich kenne noch jemanden, der sein Leben für eine große Liebe gegeben hätte." William zog Fran an sich und küsste sie so innig, dass die Wächter vor Neugier beinahe vom Turm stürzten.

Shona achtete auf jede Regung Timothys. Begann er unruhig zu werden, landete sie sofort und ließ ihm viel Zeit, sich zu erholen.

„Ich komme mir so völlig nutzlos vor", seufzte er auf der Rast vor der letzten Etappe.

Shona setzte sich neben ihn, lehnte sich an seine Schulter und streichelte seine Hand. „Glaubt mir, wüsstet Ihr alles, was ich euretwegen getan habe, würdet Ihr Euch schlechter fühlen. Ich schwöre Euch, dass Ihr bis zu unserer Hochzeit wieder der sein werdet, der Ihr einmal wart."

„Ich glaube Euch und werde mich bemühen, mit dem Gejammer aufzuhören."

Da unten beginnt der Sumpf vor dem magischen Wald, hörte er gegen Abend Shonas Stimme in seinem Kopf. Den Wald konnte er nur erahnen, in dem silbrigen Dunst, der wie eine umgestülpte Glocke aussah.

Shona flog zielsicher die kleine Lichtung an, als sei sie schon 100 Mal hier gewesen. Und mit der Landung wurde sie zur Kräuterfrau, wie all ihre Vorgängerinnen auf diesem Fleckchen Land. Sie machte Feuer im großen Herd und bald duftete es nach Tee und Eintopf. Timothy stellte das Geschirr bereit.

„Ich vertreibe erst einmal den Nebel, ehe er ins Haus dringt", erklärte Shona. Sie lief auf die Wiese, streckte die Arme in den Himmel und wie auf Befehl zog sich der zähe feuchte Dunst zwischen die Bäume zurück.

„Und schon ist es im Haus ein bisschen heller", frohlockte Lady Shona. „Ach, ich freue mich auf das Abendessen."

„Schmeckt lecker", stellte Sir Timothy zufrieden fest.

„Hmm, hmm, besser als alle zwei Tage tote Kuh. Davon kann selbst ein Drache schwermütig werden."

Auf Timothys verständnisloses Gesicht hin erzählte sie, auf welche Weise sie die ersten Wochen er- und überlebt hatte.

„Oh weh! Sobald ich kann, werde ich Euerem Vater die Herde ersetzen", rief er sofort.

Shona winkte ab. „Dann fällt ganz einfach das Hochzeitsgeschenk ein bisschen kleiner aus. Ich werde es verschmerzen."

Den restlichen Abend saßen sie auf der Bank vor dem Häuschen und schauten zu den Sternen auf.

„Lust auf ein Bad?", fragte Shona unvermittelt.

„Klingt gut", bestätigte Timothy. „Ich hole Wasser."

Er füllte die Eimer nur halb, um sich nicht zu übernehmen, lief dafür aber doppelt so oft, was mit jedem Gang besser klappte. Shona beobachtete das sehr genau.

Als der Inhalt des großen Kessels zu sieden begann, mischte sie ihn unter das kalte Wasser im Badezuber und träufelte Blütenessenzen hinein. Sir Timothy hob schnuppernd die Nase.

„Es wird Euch guttun", versprach Shona.

Timothy ahnte nicht, was sie damit wirklich meinte. Erst als sie sich das Kleid abstreifte, wurde er stutzig.

Das riecht nach Ärger, schoss es ihm durch den Kopf.

„Ganz bestimmt nicht", lachte Shona. „Jedenfalls solange nicht, wie Ihr Euch nicht zu einer Dummheit hinreißen lasst. Ich habe auch nicht gesagt, dass Ihr es hier mit mir leicht haben werdet. Ich habe Euern Anblick genossen, sobald die Waschmagd fertig war. Nun biete ich Euch eine kleine Wiedergutmachung."

„Die sich wirklich sehen lassen kann", bestätigte er, nicht erst versuchend die Gefühle hinterm Berg zu halten.

„Es gibt hier übrigens nur ein Bett", sagte sie unvermittelt. „Ihr werdet also hautnah spüren, was Ihr mit großen Augen anstarrt."

„Das klingt nach verschärften Bedingungen", seufzte er.

„Nur für Euch." Shona beugte sich über ihn hinweg nach dem Handtuch, sodass ihre prallen Brüste fast sein Gesicht streiften. „Ich bin in dieser Beziehung so gut wie völlig ahnungslos."

„Aber Ihr wisst schon, dass Ihr ein verdammt heißes Feuer schürt? Ich tippe eher auf Berechnung."

„Erwischt." Sie blieb vor ihm stehen und genoss es, wie seine Blicke über ihren Körper glitten. „Ich betrachte es als kleine Entschädigung für große Mühen meinerseits."

„Und als Test, ob ich mir bei dem Spiel mit dem Feuer die Finger verbrenne oder nicht", fügte er hinzu.

„Das auch. Kommt lieber ins Bett, Herr Ritter. Mich fröstelt. Sonst gebt Ihr mir noch die Schuld, wenn der Anblick für Euch noch erregender wird."

„Kleines gerissenes Hexlein", schmunzelte Timothy, sich rasch abtrocknend.

Die Wanne musste bis zum Morgen stehen bleiben, ehe er sie leeren werde.

Shona wartete schon unter der Decke auf ihn. Kaum lag er im Bett, schmiegte sie sich in seine Arme. Ritter Timothy bereitete es Mühe, seine Hände unter Kontrolle zu halten. Sie streichelten Shonas Haar, glitten über ihren Rücken und stoppten wie gebannt, als sie ihren festen Po erreichten.

„Mehr!", wisperte sie, sich in seinen Armen schlängelnd, worauf das Streicheln langsam von unten noch oben wanderte.

„Schluss", legte Timothy fest, hauchte ihr einen Kuss auf die Stirn und blieb demonstrativ still liegen.

„Schade." Shona zog seine Hand an ihre Brust.

Timothy regte keinen Muskel, als bemerke er es nicht.

Mit dem ersten Sonnenstrahl wurde er munter. Shona lag wie gemalt zwischen den Kissen und schlummerte noch ganz fest. Timothy wand sich behutsam aus ihrem Griff, schlich die Treppe hinunter und zog sich beinahe lautlos an.

Das kalte Brunnenwasser war kristallklar und schmeckte köstlich. Dann begann er den Zuber leer zu schöpfen und trug das alte Badewasser zur Sickergrube. Schließlich brachte er die hölzerne Wanne ins Nebengelass zurück. Auf der Bank vor dem Haus wartete er auf Shona.

Als er ungeduldig werden wollte, rief sie von drinnen: „Frühstück!"

„Was? Schon alles fertig? Wie habt Ihr denn das gemacht?"

Sie strahlte ihn fröhlich an. „Ihr habt gestern getan, als ob Ihr schlieft, ich heute Morgen. Ihr habt heute den halben Tag für Euch allein. Ich gehe dann in den Wald Kräuter sammeln."

„Darf ich Euch nicht begleiten?"

„Nein. Ihr werdet ganz brav hier auf mich warten. Sorgen müsst Ihr Euch auch keine machen. Das Gefährlichste in diesem Wald bin ich."

Es beruhigte ihn etwas, dass sie einen Dolch umschnallte, ehe sie schnellen Schrittes zwischen den Bäumen im Nebel verschwand. Ihre anderen Waffen lagen auf der alten Truhe neben der Tür und Timothy gab schließlich dem Drang nach, mit dem Schwert die altbekannten Bewegungen eines ausgiebigen Trainings zu zelebrieren. Anschließend wusch er sich am Bach und brachte Wasser in die Küche. Erst als er damit fertig war, merkte er, dass er diesmal problemlos volle Eimer getragen hatte.

Als die Sonne den höchsten Punkt erreichte, trat Lady Shona mit Kräuterbündeln beladen aus dem Nebel hervor. An ihrem Gürtel baumelte ein totes Kaninchen, das ihr nicht schnell genug entkommen war.

„Nicht übel", freute sich Timothy, der ihre Treffgenauigkeit beim Werfen eines Dolches kannte. Er nahm ihr das Tier ab. Rasch zog er dem Mümmelmann das Fell über die Ohren und steckte ihn am Bratspieß übers Feuer. Nebenbei schaute er zu, wie Shona die Kräuterbündel sortierte und manche davon zum Trocknen aufhängte.

Andere schnitt sie klein und zerrieb sie in einem Mörser zu einer duftenden Masse, die sie mit ein paar Tropfen Öl verrührte und in winzige Tiegelchen mit Deckel gab. Die Kräutermischung, mit der sie das Fleisch würzte, als es auf den Tellern lag, ließ Timothy das Wasser im Mund zusammenlaufen.

„Nicht viel, aber lecker", kommentierte sie, als der letzte abgenagte Knochen im Abfall landete. Mit dem Ruf: „Mittagsruhe!", hielt sie ihm die Hand hin und zog ihn die Treppe hinauf.

Er fügte sich nur zu gern und wurde mit hochgradig erfüllenden Streicheleinheiten belohnt.

„Der Beweis, dass ich soeben nicht sittsam gewesen bin, dürfte schwerfallen", blinzelte sie, ihre Fingerspitzen über seine Brust huschen lassend.

Plötzlich hielt sie inne, setzte sich auf und betrachtete mit neugierigem Blick seine Haut.

„Was ist?"

„Ich habe noch nie mehrfarbige Drachenpanzer gesehen."

Ritter Timothy kniff die Augen zu und schüttelte den Kopf. Offenbar hatte er sich verhört.

„Ich meine es ernst! Auf dem Herzen tragt Ihr die schwarze Schuppe des Königs. Die daneben ist weiß, darunter zeigt sich olivgrüne Farbe und hier wächst eine Rote. Zudem haben Eure Augen einen bernsteinfarbenen Schimmer angenommen."

„Aber wie kann sich ein einfacher Mensch in einen Drachen verwandeln? Ich verstehe es nicht."

„Müsst Ihr auch nicht. Ich habe Euch so mit Drachenenergie vollgepumpt, dass diese mit der Schuppe reagiert hat, die Euch mein Vater schenkte. Zudem seid Ihr vom Charakter mehr Drache als manche Drachen selber. Und schon allein deshalb liebe ich Euch von Herzen."

Timothy zog Shona fest an sich. „Ich liebe Euch auch. Ich werde niemals vergessen, was Ihr für mich auf Euch genommen habt. Mein wunderbarer, geheimnisvoller weißer Drache."

Shona kuschelte sich wieder an. „Ein bisschen Streicheln für mich ist doch sicher noch drin?"

Timothy tat es so ausgiebig, dass beide erschraken, als schon langsam die Sonne unterging.

„Habt Ihr Hunger?", fragte Shona zwischen herzhaftem Gähnen.

„Ein bisschen."

„Gut, dann stehen wir auf." Sie streckte sich noch einmal genüsslich, von den letzten Sonnenstrahlen wie vergoldet aussehend.

Timothy küsste, was er gerade vor der Nase hatte und Shona blinzelte: „Ihr werdet doch jetzt nicht übermütig werden, Sir Timothy?"

Er lächelte sehr breit und zufrieden. „Nein. Ich freue mich nur wie wahnsinnig darauf, wo all die schönen Dinge mir gehören. Bis dahin werde ich ganz brav mit vorsichtigen Fingerchen genießen, was keinen Schaden anrichten kann."

„Dann nichts wie Abendbrot essen und ab ins Bett!"

„Euer Wunsch ist mir Befehl, Prinzessin", lachte Sir Timothy.

„Es ist schön, dass Ihr Euer Lachen wiedergefunden habt", schwärmte sie. „Es tut mir in der Seele weh, wenn Ihr traurig und in Euch gekehrt seid. Ich hatte Euch doch versprochen, dass alles wieder gut wird. Was ich verspreche, das halte ich auch, wie keiner besser wissen kann als Ihr."

Die nächsten Tage liefen genau so ruhig und gemächlich ab. Hin und wieder durfte Ritter Timothy Lady Shona in den Nebelwald begleiten, wo er das Phänomen der weithin blau strahlenden Augen zum zweiten Mal erlebte.

Jeden Abend stellte Shona fest, dass ihm wieder ein bis zwei neue verschiedenfarbige Schuppen wuchsen, forderte ihn zum Schwertkampf heraus und hoffte auf die Magie des Vollmondes.

An jenem Abend umwehte Lady Shona plötzlich eine silberne Lichtkorona, die dem guten alten Mond Konkurrenz zu machen schien.

Sir Timothy schaute mit großen Augen. „Was habt Ihr vor?"

„Einen grandiosen Zauber", flüsterte sie geheimnisvoll und winkte ihn hinaus auf die Wiese. „Stellt Euch genau ins Zentrum und wartet ab, bis Euch das Mondlicht trifft."

Sir Timothy gehorchte. Der silberne Schein kam immer näher, umhüllte ihn und wanderte weiter. Shona trat lächelnd auf ihn zu, verwandelte sich in den weißen Drachen, schloss ihn in ihre Schwingen und raunte Worte in einer fremden Sprache, die sie ständig wiederholte und die er eigenartigerweise mit einem Mal verstehen konnte. *Im Schutz der Nacht wird es vollbracht. Begrüßt den Tag mit Flügelschlag. Ein Schuppenpanzer, hart wie Stein, soll Euch als Schutz gegeben sein.*

Dann verdeckte eine Wolke den Mond und Drache Shona öffnete seine Schwingen, betrachtete ihn von allen Seiten und verwandelte sich zurück. „Ihr solltet heute vorsichtshalber auf der Wiese schlafen."

„Wie?", fragte er verdattert.

„Das Haus würde unter der Last eines ausgewachsenen männlichen Drachen zusammenbrechen, Herr Ritter", erwiderte sie schmunzelnd. „Ihr werdet die erste Verwandlung kaum steuern können. Dazu braucht man einige Übung."

Sie rannte kichernd hinein, um ihm zwei wärmende Decken zu bringen. Timothy konnte jeden ihrer Schritte und jeden Atemzug hören, obwohl fast 50 Meter Abstand zwischen ihm und dem Haus waren. Im Wald trippelten unzählige Hufe und Pfoten. Selbst den für Menschen lautlosen Flügelschlag der Eulen vernahm er deutlich.

Shona kam wieder und Timothy musste den Kopf senken, während sie ihren in den Nacken legte, um ihm in die Augen sehen zu können. „Na so was! Das ging aber schnell!", hörte er sie völlig erstaunt sagen.

Seine Antwort war ein Fauchen, welches ihn erschreckt innehalten ließ. Shona brach in amüsiertes Gelächter aus und wurde zum Drachen. *Dann schlafen wir halt beide draußen. Ihr seid es mir wert. Morgen üben wir ein bisschen, damit Ritter Drachenherz eine gute Figur macht, wenn wir nach Hause fliegen.*

Ich ... ich ... ich weiß nicht, wie ich Euch danken, oder was ich sagen soll, stammelte der bunt gefleckte neue Drache, seine lederigen Schwingen vorsichtig in die Luft streckend.

Auf alle Fälle seid Ihr gut getarnt, mein Lieber. Eure Riesengestalt verschwimmt vor jedem Hintergrund. Da werden einige neidisch schauen. Shonas Augen blitzten vor Stolz. *Hatte ich schon erwähnt, dass ich glücklich bin? Nein? Na, dann wisst Ihr es jetzt. Gute Nacht!* Sie ließ sich neben dem völlig aufgewühlten Drachen Timothy ins Gras sinken, schloss die Augen und schlief auf der Stelle ein.

Gute Nacht, mein wundervolles Zauberwesen! Er hingegen konnte keine Ruhe finden. So hockte er die ganze Nacht neben ihr, um ihren Schlaf zu bewachen und immer wieder die milchweiße, filigran wirkende Drachengestalt zu bewundern.

Sein *Herbstlaubpanzer* gefiel ihm aber nicht weniger. Shona hatte recht. Damit zerfloss er optisch. Die weißen Flecken imitierten Wolkenfetzen oder lichte Stellen im Laub.

Als sie mit dem Morgengrauen die Augen aufschlug, rieb er seine Drachennase an der ihren. *Guten Morgen, mein Schatz. Ich bin auch glücklich.*

Sie blinzelte. *Achtung! Schwingen drei Mal fest an den Körper drücken!*

Der Trick funktionierte. Ritter Timothy riss Lady Shona in die Arme und drehte sich mit ihr im Kreis.

„Tz, tz, tz, nennt man das Etikette?", kicherte sie.

Er wurde blass. „Oh, verzeiht!"

„War nur ein Spaß. Wir sind im Nebelwald und hier bin ich eine einfache Kräuterfrau." Sie deutete auf das schlichte hellgraue Gewand, das sie im Dunst fast unsichtbar machte. „Da darf ich nämlich auch das!" Sie nahm sein Gesicht in beide Hände und küsste ihn so leidenschaftlich, dass ihm eine wohlige Gänsehaut über den Rücken kroch.

Shona tafelte duftendes Brot, Honig und Eier auf. „Ich bin gestern in den Nachbarort geflogen und habe all die schönen Sachen für Salbe und seltene Kräuter erstanden", erklärte sie lächelnd. „Es traut sich seit Jahrhunderten kaum einer in diesen Wald, wo der schreckliche Drache und die Wetterhexe hausen. Da zahlen die Leute gern das Doppelte, um an die Raritäten zu kommen. Irgendeine von uns Drachenfrauen ist nämlich fast immer hier anzutreffen und wir sind gefääääährlich!", dehnte sie das Wort vergnügt blinzelnd.

Zwei Hochzeiten und ein Todesfall

Den ganzen Tag durchstreiften Timothy und Shona die Lüfte, übten Flugmanöver, den dosierten Einsatz der Drachenflamme und ließen sich spät in der Nacht zwei Wildschweine schmecken, weil die Verwandlung viel Kraft kostete.

Der Weg zurück nach Drachenstein gestaltete sich dann zu einem regelrechten Schauflug für Ritter Timothy.

Als er sich das erste Mal verwandelt hatte, war König William auf seinem Thron zusammengeschreckt und hatte gerufen: „Es gibt einen neuen Drachen!"

Er kontaktierte sofort alle Clanmitglieder und legte fest, wann die Hochzeitsfeier der beiden Paare stattfinden sollte. Die Einladung, so bat er, möge das glückstrahlende Pärchen Timothy und Shona persönlich in alle Drachennester tragen, wie der König scherzhaft die Burgen und Anwesen des Clans nannte.

So waren sie fast noch vier Wochen unterwegs, weil keiner den gefleckten und den weißen Drachen ohne deftiges Freudenfest weglassen wollte. Auf Burg Whitecastle, der ersten Station ihres Fluges, suchten sie die Gruft der Ahnherrin des Clans, Lady Lilian, auf. Sie brachten auch frische Blumen für den legendären Sir John nach Blackstone mit, dessen Schicksal, dem von Timothy ähnelte. Nur, dass es Letzterer durch die Wunder des weißen Drachen geschafft hatte, selbst einer zu werden.

Und überall hieß es: „Der bunte Drache von Sternfels ist im Anflug."

Shona lachte. „Das muss Euch doch nicht peinlich sein, wenn man mich nicht zuerst nennt. Es gibt immerhin zwei weiße, aber nur einen mehrfarbigen Drachen. Und das hat die Drachenwelt nie zuvor gesehen."

Lady Brenda begrüßte die beiden besonders begeistert. „Endlich kann ich auch einmal bestaunen, wie unglaublich ein weißer Drache in der Sonne funkelt", schmunzelte sie. „Nur hätte ich es fast verpasst, weil ich nach Sir Timothy ausgeschaut habe, den ich zuerst für einen dunklen Wolkenschleier hielt.

Wenn Ihr nach Löwenstein fliegt, komme ich mit. Lady Faye werden die Augen übergehen, wenn unser stattlicher Fleckendrache zwischen zwei weißen Fünkchen auf die Burg zuhält."

Sir Elliot erspähte die Reisenden als Erster. Er schnappte seinen Chronisten und erstklassigen Maler am Kragen und schob ihn eilig vor sich her. „Genau das da will ich als Gemälde für meinen Palas haben!", rief er und weidete sich mit Lady Faye an den fast synchronen Flügelschlägen der majestätischen Riesen.

Faye eilte auf den Hof, um die Landung mitzuerleben. „Keine violetten Schuppen?", fragte sie erstaunt, als sie einmal Sir Timothy umrundet hatte.

„Doch. Eine. Genau über der Nase", verriet Lady Shona und küsste die besagte Stelle, ehe sich Ritter Timothy verwandelte.

„Heh, heh, Ihr kennt wohl jede Einzelne seiner Schuppen", witzelte Sir Elliot.

Shona setzte ein breites Lächeln auf. „Darauf könnt Ihr wetten!"

Timothy nahm deutlich Farbe an, was die Damen mit einem Blinzeln quittierten.

„Fliegt Ihr auch die Smaragdminen an?", fragte Sir Elliot am nächsten Morgen.

„Das haben wir vor. Ich werde Großvater einladen, wie ich es mit Lady Caitlin und unseren Eltern abgesprochen habe", erklärte Lady Shona.

„Dann gutes Gelingen!"

Es gab wohl keinen, der dem grandiosen Bild der drei startenden Drachen nicht zusah. Lady Brenda verabschiedete sich über Wildforest. Eine halbe Stunde später ließen die kühnen Flieger den Urwald hinter sich und landeten am Rand der Smaragdberge.

Sie erwarteten nicht, von Sir Emerald empfangen zu werden, freuten sich um so mehr, als der alte Edelmann persönlich erschien, um sie in seine Burg zu führen.

Beide staunten, sie hatten schon viele Burgen von innen gesehen, aber diese schlug alle Rekorde. Hier waren die weniger reinen Steine und Kristallstufen in den Wänden vermauert worden. Das Licht der Sonne brach sich in den Smaragden und ließ den Palas wie einen immergrünen Wald funkeln. Erst auf den zweiten Blick erkannten sie, dass unzählige andere Edelsteine zwischen den Smaragden steckten.

Sir Emerald schaute Timothy lange an, der ganz ruhig den tastenden Blick erwiderte. „Ihr gefallt mir, Herr Ritter. Mir ist, als hätte ich Eure Energie schon einmal hier gespürt."

Timothy nickte und erzählte von jenem Tag, als er fortgejagt worden war. Lady Shona hörte regungslos zu. Sir Emerald hatte die ganze Zeit das Gesicht des Ritters beobachtet und keine Spur von Groll entdeckt. Die fast unglaubliche Geschichte faszinierte ihn, genau wie der einzigartige gefleckte Panzer dieses ungewöhnlichen Drachen.

„Diese Burg würde Euch gut zu Gesicht stehen, Sir Timothy", sagte er schließlich. „Ihr beide sollt sie haben, wenn meine Zeit abgelaufen ist. Und so wie es aussieht, werdet Ihr darauf nicht allzu lange warten müssen. Ich habe ewig überlegt, wer mein Erbe sein soll. Königin Fran würde die Burg niemals annehmen. Aber ein weißer und ein bunter Drache können das mit ruhigem Gewissen tun. Vielleicht ist dann auch ein bisschen Schuld abgetragen, was ich anderen angetan habe."

Er ist ein Drache, der ganz genau weiß, dass der Tod schon auf ihn wartet, sagte Shona betrübt, als sie am nächsten Morgen die Smaragdminen verließen. *Ich denke nicht, dass er sich irrt. Er glaubt, dass es in seinen geliebten Smaragdstollen geschehen wird, wenn eine Decke einstürzt. Derart tiefes Schürfen kann auf Dauer ja wirklich nicht gut gehen.*

Timothy nickte in Gedanken versunken. Sir Emerald hatte die Teilnahme an ihrer Hochzeit zugesagt und ihnen ein Päckchen mit auf die Reise gegeben. „Öffnet es erst, wenn Ihr zu Hause seid."

Erst nach Sternfels, dann nach Drachenstein?

Genau in dieser Reihenfolge, bestätigte Lady Shona fröhlich.

Auf den Wiesen und Wegen warteten schon alle Einwohner und suchten eifrig den Himmel ab. Sir Andrew stand mit Sir Finnegan auf dem höchsten Turm, um bloß nichts zu verpassen.

„Joi, ist das ein Anblick!", rief er und schaute gebannt zu, wie die beiden Drachen mehrere Runden um Burg und Wiese drehten, ehe sie zur Landung ansetzten.

Sir Timothy verwandelte sich noch nicht zurück, denn beinahe jeder wollte das unglaubliche Farbenspiel von Nahem sehen. Doch nur den Rittern, Meister

Johns und Petes Familie stand es zu, den Drachen zu berühren.

„Wir sind in den unwirtlichsten Gegenden gewesen und haben jeden Drachen eingeladen, der nicht bei drei seine Burg verriegelt und verrammelt hatte", witzelte Sir Timothy. „Das heißt, es werden alle Drachen kommen."

„Alle?"

„Alle!"

„Auch der grüne Griesgram?" Sir Andrew schaute die beiden skeptisch an.

Lady Shona nickte, zeigte auf Sir Timothy und erklärte: „Sein zukünftiger Erbe. Das sagt wohl alles."

„Huch, das erschreckt mich nun doch etwas!"

Finnegan grinste. Sir Andrew brachte normalerweise nichts wirklich aus der Ruhe. Diese Information zog ihm allerdings glatt den Boden unter den Füßen weg, denn er musste sich setzen, um die Nachricht zu verdauen.

Ähnlich reagierte der König. Er ließ sich die ganze Geschichte mehrmals erzählen, ehe er sie glauben konnte. So beeindruckt, wie er war, musste sich Sir Timothy gleich im Thronsaal liegend verwandeln, wobei den versammelten staunenden Rittern kaum Luft zum Atmen blieb.

„Ich hab doch noch was!", rief Sir Timothy schließlich. „Kommt, Lady Shona, schauen wir nach, was uns Sir Emerald mitgegeben hat!"

Er zog das Päckchen unter seinem Wams hervor. Alle schauten erwartungsvoll zu, wie er es akribisch aufknotete und schließlich das schützende Leder auseinanderfaltete. Ein smaragdbesetztes Schwertgehänge, eine breite juwelenbesetzte Kette und ein versiegeltes Pergament kamen zum Vorschein.

Timothy brach das Siegel. „Gütiger Himmel! Das ist die Besitzurkunde der Smaragdburg!"

„Hier ist noch ein Blatt!" Shona reichte es ihm und Sir Timothy las vor: „Es war mir ein Bedürfnis, damit sie nicht durch einen bösen Zufall doch ein anderer bekommt. Ich weiß, dass Ihr mich nicht vor der Zeit hier vertreiben werdet. Emerald." Sir Timothy hob den Kopf. „Das heißt, er rechnet damit, am Tag unserer Hochzeit nicht mehr unter den Lebenden zu weilen."

„Ich hab es ja schon geahnt, als wir fortgeflogen sind", murmelte Shona bedrückt.

Zwei Wochen später kündigte Hörnerklang die Landung jedes einzelnen Drachen an. Als das Horn den 47. Drachen meldete, kam Sir Timothy persönlich heraus, um sich zu vergewissern, dass kein Irrtum vorlag.

Er führte Sir Emerald unter den neugierigen Blicken der anderen in den Thronsaal. Der vorzeitig gealterte Edelmann kniete vor seinem König nieder, küsste den Saum des Kleides der Königin und bat noch einmal um Verzeihung.

Nach den wahrhaft herzergreifenden Zeremonien hielten es Lady Shona und ihr Gatte für ratsam, Großvater Emerald Gesellschaft zu leisten. Oder wenigstens in seiner Nähe zu bleiben, weil er sich unter den vielen, ihm meist unbekannten Drachen sehr unwohl fühlte.

Dankend nahm er den Ausflug nach Sternfels an, wo er die ganze Geschichte des gefleckten Drachen erfuhr. Sir Andrew ließ fürstlich auftafeln. „Es gibt nicht viele, die von sich behaupten können, Sir Emerald habe in ihren Mauern geweilt."

Es würde auch keiner jemals wieder von sich behaupten können. Am nächsten Morgen war Emerald tot – friedlich, mit einem Lächeln auf den Lippen, in der Königsburg für immer eingeschlafen.

„Ich bringe ihn zur Smaragdmine", erklärte Timothy. „Im Berg hat er sein ganzes Leben verbracht, also soll er auch im Tode dort ruhen."

Ihn begleiteten beide Prinzessinnen und die Ritter Andrew und Finnegan, um dem wohl ungeselligsten Drachen ein würdiges letztes Geleit zu geben. Lady Fran schickte einen Blumenstrauß mit. Sie hatte Emerald endgültig verziehen.

„Und nun?", fragte Sir Andrew mit einem bedrückt wirkenden Lächeln, als man die Gruft geschlossen hatte.

„Bitte ich um meinen Abschied, mein Herr", entgegnete Sir Timothy.

„Ich hab es befürchtet oder besser, ich habe es erwartet. Zwar nicht so schnell, aber es muss wohl so sein. Macht diesen Landflecken zu einem Ort, wo man sich wohlfühlt. Jetzt, wo die Smaragdburg einen mildtätigen Herrn hat, wird sicher keiner mehr hungrig von hier fortwandern. Und wir werden uns sehen, wann immer es geht!"

„So soll es sein." Timothy drückte fest die angebotene Hand, umarmte Sir Finnegan zum Abschied, verneigte sich vor Lady Caitlin und schaute mit Lady Shona den Davonfliegenden hinterher, bis sie in den Wolken verschwanden.

Am nächsten Morgen wehte über der alten Burg ein neues Banner im Wind. Auf den Farben des Königs prangte ein gefleckter Drache, der schützend mit seinen Schwingen einen Stern und einen Smaragdkristall umschloss.

Weitere spannende Bücher:

Die Nebelwald-Saga

Band 1: Der Nebelwald

Band 2: Die Schlacht um Wildforest

Band 3: Unter dem Banner des Gefleckten
   Drachen

Band 4: Eine neue Dynastie

Band 5: Prinzenraub

Die Aurëus-Saga

Band 1: Der Spiegel des Aurëus

Band 2: Das Geheimnis des Aurëus

Band 3: Die Urenkelin des Aurëus

Band 4: Die Drachen des Aurëus

Der Nixen-Clan

Band 1: Adaia

Band 2: Die Meermänner von Tuvalu

Band 3: Alarmstufe rot

Band 4: Im Reich des Lóng

Band 5: Rückkehr in die Menschenwelt

Die Magier von Tarronn Band 1 - 6

www.sinas-drachen.com